손자 향한

사랑 많은 할아버지 편지

손자 향한
사랑 많은 할아버지 편지

2024년 1월 20일 제 1판 인쇄 발행

지 은 이 ㅣ 최석희
펴 낸 이 ㅣ 박종래
펴 낸 곳 ㅣ 도서출판 명성서림

등록번호 ㅣ 301-2014-013
주   소 ㅣ 04625 서울시 중구 필동로 6(2층·3층)
대표전화 ㅣ 02)2277-2800
팩   스 ㅣ 02)2277-8945
이 메 일 ㅣ ms8944@chol.com

값 18,000원
ISBN 979-11-93543-32-0

손자 향한
사랑 많은 할아버지 편지

저자 최석희(崔錫熙)

도서출판 명성서림

들어가는 말

　모든 사람은 세상에 태어나 자연과 더불어 삶을 세우고 더 넓은 세계를 향하여 나아가고 싶어 한다. 시기는 다를지 몰라도 나름의 품은 뜻을 이루기 위해 가정에서 사회로 국가로 세계로 지평을 넓혀가며 자신의 꿈과 이상을 조금씩 채워간다.

　나에게도 이 세상살이는 꿈을 찾아가도록 밀어주셨고 헐거운 주머니를 채워 주시며 위로와 희망을 끝까지 밀어주셨던 분들의 격려와 충고는 지금을 있게 한 동기가 된 것이 아닌가 한다.

　아무리 곱씹어 생각해도 '나는 참 열심히 산다'는 생각을 떨칠 수 없다. 지금까지의 배움에서 그랬고, 평범한 생활 속에서도, 정년퇴직 후의 삶, 칠순 중반을 넘은 지금도 그렇다.

　후회 없는 삶을 살아보겠다는 목표가 뚜렷해서도 아니고, 한번 잘살아보겠다는 강한 의욕도 없으며, 더욱이 남보란 듯 ~하는 연유를 따라 특별한 마음을 둔 것도 아닌데 오늘도 내가 있는 주변과 그 세상을 변화의 바람으로 불어넣고 싶어 한다.

　칼날 같은 부정적인 영역이 없지 않으나 모든 것들이 내겐 희망적으로 보이고 어떤 것도 가능해 보이며 하나에 부딪히고 둘에 부딪혀 보며 스스로 즐거움과 행복의 시간을 만들어 낸다.

신중년으로 향해 가는 시점에 손자들을 만나게 되고 함께 살아보는 좋은 경험을 몸소 겪으며 정이 깊이 들어 세상 어떤 것보다 소중함을 느끼며 내 모든 것을 다 바쳐서 내어 준다 해도 평생 잊을 수 없는 커다란 병이 되었다.

팍팍한 세상이라고 뭇사람들이 아우성쳐도 소박하고 작은 것에 감사하며 비움과 나눔의 큰 만족으로 넉넉함을 품을 줄 아는 생활의 본을 만들어 가고 싶다는 생각을 많이 하고 산다.

그리고 녀석들이 성장해서 어린이집, 유치원, 초등학교 거쳐 중고등학교를 들어가 세상으로 나아가게 됨을 영광과 기쁨 속에 깊고 깊은 사랑에 빠져들어 '이 녀석들이 초등학교에 들어가게 되면, 올바른 인성을 갖춘 학생으로 자라 사회와 국가에 봉사하는 삶을 살아야 할터인데….' 하고 소원했다.

그 실천으로 학교에 들어감과 동시에 매달 편지를 보내서 읽고 느끼도록 하고 싶었다. 다만 초등학교 6년을 졸업하면 끝점으로 정하고 올바른 인성과 효행을 근간으로 삼고 예의, 인간관계, 생활 방식, 건강, 가족 행사 등등 기념될 만한 일이 있을 때마다 그리고 사계절이 바뀌는 철에 편지글을 보내게 되었다.

태어난 순서로 네 번째 손자인 큰아들의 둘째 막내가 중학교를 입학하면서 편지글은 끝나게 되었다. 2016년 2월에 시작하여 2023년 3월 중학 생활로 들어감과 동시에 8년간의 편지글을 완성하게 된 것이다.

그것을 기념하여 책을 만들어 녀석들에게 남겨 주고 싶은 마음이 강해서 출판을 생각하게 되었다. 그동안 할아버지의 편지를 읽어 주어서 감사하고 올곧게 자라줌에 감사하며 조금 멀리 볼 줄 아는 능력들이 있어 교육자로만 살아온 내 삶에 새삼 뿌듯함을 맛보게 한다.

처음엔 '건강하게만 자라다오'였고 그다음은 '세상을 향한 어떤 울림이 있으라' 그리고 '어떤 어려움이 다가와도 굴하지 말아라'는 바람이 컸던 것 같다.

이 책은 녀석들이 저학년일 때는 글자를 큰 글씨체로 썼고, 차츰 학년이 높아질수록 작은 글씨체로 작성하였으며, 여행지에서 육필로 쓴 편지도 있었으나 원고를 만들 때는 모두 정해진 글씨로 바꿔서 남겼다.

처음의 속마음은 편지를 받으면 답장이 있기를 바랐으나 기대를 접고 오로지 보내는 것으로 만족하기로 했으며 그랬음에도 가족행사 즉 생신, 졸업, 기념이 되는 일이 있을 때 보내 준 편지에 고맙고 기특하여서 그 편지글을 모아 마지막 부분에 손자들의 답신을 모두 함께 담아 놓기로 하였다.

정년퇴직 후 홀로 우리나라 방방곡곡이 궁금해서 이 나라에 태어난 백성이기에 알아보아야 겠다는 열정으로 한강, 영산강, 낙동강, 금강과 동해, 서해, 남해, 제주도 종주 잔차라이딩을 하면서도 가는 곳마다 한 번은 동해의 바다를 바라보며 또 한 번은 서해와 남해의 아름다운 산과 강을 바라보며 책을 출간 하겠다는 각오를 다지고 다짐했다.

내 삶에 새로운 기회와 영적 성장을 맛볼 수 있도록 능력 주심에 감사드리며 녀석들의 답장에서도 배울 점이 있었다는 사실을 솔직히 고백한다. 또한 가난한 삶에도 등불이 되어주고 삶의 길잡이 역할과 열과 성을 다해 살아준 영원한 친구 같은 아내 지애자에게 지면을 통해 고마운 마음을 전한다.

　그리고 서재에서 생각의 시간을 주고 부족한 능력에도 용기를 잃지 않도록 수많은 나날을 잘되기만을 기도하고 배려해 준 당신에게 다시금 깊이 감사한다.　아울러 가까운 가족과 친구들의 응원에도 깊은 의미를 부여하고 싶다. 교정에 정성을 다하신 남궁 교열사, 이사무총장과 출판 인쇄를 흔쾌히 맡아 주신 박동주 대표에게도 깊은 감사드린다.

　하나님이 부르는 날까지 주신 생명 감사기도 하며, 모든 일에 최선을 다하는 삶으로 이웃과 사회, 국가에 봉사와 사랑으로 보답하며 살아갈 것이다.

2024년 1월 최석희(崔錫熙)

제1부 무엇이든 새 희망을
[첫 만남 2016년 2월 ~ 2017년 12월 말까지]

제2부 "꿈과 희망이 있는 삶"
[자람 2018년 2월 ~ 2019년 말까지]

1

무엇이든 새 희망을

첫 만남

널 만나 행복했어
하나님 주신 선물 바로 너
신비스런 기운 교차해
사랑의 씨앗을 알 수 있었어.
봄 햇살처럼......,

기쁨이 충만하게 하소서
세상 무엇과도 바꿀 수 없는 너
하늘 구름 타는 듯 즐거움 가득가득
막힌 가슴 화아악
봄기운처럼...,

꽃바람, 구름 따라
세우고 달리며 밝고 맑고 아름답게
큰 웃음 작은 외침으로,
세상 희망 별빛이 되기 기원한다.
너 첫 만남 시작을 위하여!

첫 손자가 세상에 태어났을 때 2007년 2월

무엇이든 새 희망을

楷珉아! 3학년, 많이 자랐다.

楷珉이의 꿈은 세계적 **强國**인 **美國**을 관리할 수 있는 사람이 되면 좋겠다.

매일 **楷珉**을 생각했고 보고 싶어 했다.

"너는 무엇이든 할 수 있다."

가우스 같은 건축가, 나라를 지킨 이순신 장군, 반기문 같은 세계적 외교가, 스티브 잡스 같은 세계적인 부자 사업가 등과 같은 **偉**(훌륭할 위)**人**이 될 수 있다.

銘(새길 명)**心**할 일은

첫째, 지금처럼 책을 많이 읽고 깊이 새겨라.

둘째, 항상 의문(?)을 갖고 발견하며 풀어내는 노력과

셋째, 게으르지 말고 **自身**을 이기며,

마지막, 나를 사랑할 줄 알고 꿈을 찾아내어 발전시켜 이루어 내 보라.

약속!

하나, 魔法(귀신 마, 법 법)**千字文** 책은 새 책이 나올 때마다 사 준다. **둘,** 부탁하는 것은 생각해 보고 협의해서 모두 들어 줄 것이다. (장난감은 제외) **셋,** 골고루 먹고 건강하게 자라면 **'건강 수당'**을 준비한다.

창민이 잘 이끌고 행복하여라.

2016년 2월 2일 할배 글

약속 2

彰珉아, 3월에 入學하는구나!

할매 곁을 떠나 엄마랑 학교에 가고 새 친구들이랑 즐거운 시간 만들어 가겠지. 할머니는 특히, 창민이를 많이 생각하고 있다.

彰珉의 꿈은 자연이 아름다운 특징이 있는 나라 **스위스**와 넉넉한 여유와 묵묵히 일구어 내는 힘이 있는 나라 **독일**을 다스리는 사람이 되었으면 좋겠다.

"아마도 그 꿈은 이루어 낼 거야, 그렇지."

"우리 **彰珉**은 할 수 있어. 믿는 마음이 많아!"

요즈음 彰珉이가 책과 많이 가깝게 지내는 모습을 보면서 자기 꿈을 이루어 낼 거라 생각했지.

할배의 부탁은,

하나, 식사는 골고루 잘 먹어야 한다.

둘, 수학적인 사고력을 향상시켜라.

셋, 하고 싶은 일은 꼭 이루어 내야 한다.

마지막, 새 **學校**에 **入學**하여 여러 친구를 사귀어 보면 좋겠다. 입학할 때 할머니랑 같게!

형이랑 같이 재밌고 즐거운 생각을 많이 하고 놀이를 통해 형제 사이의 정을 만들어 가며 건강하게 잘 자라면 창민에게도 '**건강 수당**'을 준비하겠다.

2016년 2월 3일 할배 글

翰栗에게

栗아, 너의 태권도 품세는 세계에서 가장 멋있는 모습이었음을 지금도 할배 머릿속에 그림을 그리고 있다.

우리 장손이 벌써 4학년이 되는구나!

할배는 너무너무 기분이 좋고 신기하다는 생각이 든다. 그리고 '**클라이밍**'을 통해 달라진 栗이의 체격과 체력을 보며 열심히 하면 **翰栗**이처럼 저렇게 달라질 수 있구나 하는 믿음으로 행복하다.

그래서 할배도 매일 같이 스트레칭과 걷기, 추워도 운동을 꼭 하고 지낸다.

우리 **翰栗**의 꿈은,

세계에서 가장 큰 나라 **中國**을 관리하는 사람이길 소원한다. 의지가 강한 남자! 할 수 있다. 믿는다.

명심할 일은,

첫째, 큰 꿈을 키워라.

둘째, 마음에 품은 뜻은 이루어 내야 한다.

셋째, 어떤 경우라도 주눅들지 말고 자신감과 용기를 발휘하기 바란다.

약속!

하나, 위의 약속을 꾸준히 지켜 나간다면 할배는 '**건강 수당**'을 준비하겠다. 4학년에서도 파이팅!

2016년 02월 03일(수) 할배 글

약속 4

明憲아!   ♣ 엄마가 읽어주렴 ♣

명석한 우리 막내 손자,

할배, 할매는
늘 너를 생각하며 사랑한다.
그리고 건강하기만을 바란다.

떨어져 살아도
명헌이를 머릿속에 그리면서 산다.
보고 싶을 때는 달려갈 거야.
그래도 되지? 아마, '예'라고 대답하겠지.
明憲이는 우리나라에서 유명한 인물이 되길 소원한다.
아마, 엄마·아빠 말씀대로 잘 듣고 해 나가면 틀림없이 건강하고 훌륭한 사람이 될 거야.
무엇이든 잘해! 알았지?
항상 묻고
밝고 명랑해야 된다.
하고 싶은 말은 모두 다 하고,
용감하게 뜻을 밝힐 줄 아는 **明憲**이가 되어라.
너에게도 할배는 '**건강 수당**' 준비한다.

2016년 2월 3일 할배 글

이사 간 날 기리며

잘 지내고 있지? 이 편지 받을 때면 **楷珉**이가 아마, 전학해서 새 학교에 다니고 있겠지.

새 학교에서는 선생님의 말씀을 귀담아듣고 잊지 않도록 하는 것이 제일 중요하다. 그리고 많은 친구를 짧은 시간에 가깝게 사귀어 서로가 협조하고 재미있는 놀이도 같이 하며 지냈으면 좋겠다.

'**楷珉**이는 잘할 것으로 믿는다.'

학교생활도 원만하게 잘할 것으로 믿어서 할아버지의 마음이 든든하다.

지난 편지에서도 말했지만, 너는 무엇이든지 해낼 수 있다. 큰 꿈을 갖고 **自身**이 하고 싶은 일을 하는 훌륭한 인물이 되기를 기도한다.

아 참, 태권도장이 바뀌어 사범님이 어떠한지도 궁금하다. 꾸준히 **體力**을 단련해서 튼튼하고 씩씩한 멋진 모습을 보면 좋겠다.

끝으로, 엄마·아빠 말씀 잘 듣고 따르고, 작은 일이라도 도와드리고 있지? 부탁한다.

안녕!

2016년 3월 2일 할아버지 편지글

꿈에라도 보고 싶은 彰珉

3월 2일 입학 때 入(들 입)學(배울 학)式(법 식) 날 강당에서 꽃길을 걸으며 새 담임 선생님이 기다렸다는 듯이 가슴으로 안아 주던 모습이 지금도 생생하다.

이제 조금씩 다른 친구들과 가까워지고, 예쁜 선생님과 재미있는 공부도 하며 1학년 4반에서 배우는 소리가 막 들리는 듯하다. **彰珉**이가 아주 많이 보고 싶기도 하고 변해 가는 모습 등이 궁금하다.

彰珉아, 입학하면 중요한 것이

첫째, 안전하게 등교하고 집으로 돌아오는 것이다.

둘째, 선생님 말씀 귀담아듣는 것이고,

셋째, 친구를 많이 사귀는 것이다.

공부는 조금만 해도 되고 학교생활이 즐겁고 재미있어야 최고다. 그리고 튼튼함과 든든함이 최고지!

할머니께서 너를 무척 많이 보고 싶어 하고 계신다. 왠지 모르지만 그래도 조금 어릴 때 헤어졌고 무언가 닮은 점이 많아서 그런지 할머니의 품은 사랑이 깊었나 보다.

가끔씩 할머니께 전화해라.

그럼 안녕!

2016년 3월 2일 할아버지 편지글

4학년의 큰 꿈

새 학년이니 더욱 새롭겠다.

알고 지내던 친구들이 있겠지?

부회장이 되어서 학급의 대표가 되었으니 너무너무 그 소식 듣고 기뻤다. 다시 한번 축하한다.

우리 **栗**이는 특별하다고 생각한다. 왜냐하면,

첫째, 클라이밍을 해서 체력을 키운다. 끈기 있게 힘든 운동을 참아 낼 줄도 알고 목표를 달성해 내는 마음을 키워 가는 모습을 보고 있고,

둘째, 태권도 시범단에 입단하여 태권 예술을 볼 수 있는 기회를 주기 때문이다.

셋째, 가르침에 따라 자기의 최선을 다하는 모습 등등 미래를 읽을 수 있도록 기대를 채워 준다.

그리고, 달라지는 **翰栗**의 모습에서 앞으로 국가와 민족을 위해 훌륭한 인재임을 믿고 있기 때문이다.

翰栗아, 어느 곳에서 무슨 운동을 하더라도 안전해야 한다. 무리하지 말고, 그리고 아빠·엄마께 힘들면 힘들다고 말하고, 하고 싶은 말이 있을 때는 주저하지 말고 말씀드려야 한다.

큰 꿈을 가져라. 안녕!

2016년 3월 2일 할아버지 글

우리 明憲!

재미있게 놀지?
새 장난감 많이 생겼어?
형아랑 함께 사이좋게 지내지?

이제는 우리 明憲이 생각도 많아지고
하고 싶은 말도 똑똑히 잘해서 할아버지는 너무 행복하다.

고마워 明憲아!
할아버지는 너를 볼 때마다
'저놈 아마, 큰 인물이 될 거야'라고 생각한다.
그리고 기도한다.

형아랑 잘 지내고,
엄마, 아빠 말씀도 잘 듣고,
유치원에서도 사이좋게 즐겁게 지내기 바란다.
늘 재미있고 건강해라.
또 편지할게 明憲아! 안녕!

2016년 3월 2일 할아버지 보냄

하나씩 채워 가는 생활

점점,
따스한 봄날이 깊어 간다.
산, 들, 강가에도
개나리, 진달래, 벚나무, 버들강아지……
힘차고 멋진 모습으로 겨우내 참고 견디며 자라온 자신을 자랑하듯
봄 세상을 주름잡고 있다.

새 봄맞이 학교생활 속에서 선생님과 친구들에게 인정받고 인정해 주
며 잘 자라고 있다고 믿는다.
할아버지는 늘 너를 곁에 두고 살고 있다. 어떤 때는 꿈속에서 널 볼
때가 있기도 하고……

지난 월요일 할머니랑 '국립현충원' 봄나들이를 4시간 정도 걸었다. 벚
꽃이 활짝 피진 못했어도 '능수벚나무'만은 아주 아름다워 동영상을 찍
기도 했지.

이제부터 **楷珉**이를 위해 편지 1통과 '감화이야기' 한 장을 넣어 읽게
하고 한 달 한 가지씩 실천해 가는 **楷珉**를 보려고 자료를 보낸다. 읽고
새로워지는 마음을 하나씩 채워 가길 바란다. 꼭!

4월 할아버지 글

희망찬 翰栗에게

부회장님, 잘 지내고 있죠?

우리 栗에게 할아버지는 믿는 마음이 많다.

매년마다 학급의 대표가 되어 친구 관계를 쌓으며, 태권도에서도 시범단이라 많은 아이가 하고 싶을 텐데 선발되고, 클라이밍에서도 남과 다른 우수함을 보이는 등등 참 대견하게 생각한다.

어제 할머니랑 '진해 군항제'를 갔다 왔는데 벚꽃이 너무 흐드러지게 피어 기쁘게 했고, 우리나라 동해, 남해, 서해를 지키는 아주 큰 '이순신 함대'를 직접 올라가서 보며 栗이를 생각했다. 우리 손자들도 이렇게 위용을 자랑할 인물이 되었으면 하고.......

栗아, 대표가 된 사람은 '전체의 흐름을 읽는 사람이어야 한다.' 전체의 흐름이란? 학급 친구들의 생각을 알고, 아빠, 엄마의 생각을 알고, 가족의 생각을 알며 다른 반의 생각을 읽어서 참고하는 것이다. 그래야 자신이 바라보는 생각의 폭이 넓어지고 새로운 뜻을 세우는 데 도움이 된다.

이달부터 '감화 이야기'를 보낼 테니 읽고 내용을 파악하며 나도 실천할 한 가지를 계획하여 새로운 마음 하나하나씩 쌓아 가는 栗이를 보고 싶다.

가족과 함께 한번 시작해 보렴.......

4월 할배 글

소원 하나!

학교생활이 즐겁고 재미있지?

봄에 솟아오르는 새싹처럼 힘찬 모습을 보이고 있으리라고 생각한다.

할아버지는 창민이가 훌륭한 인물이 될 거라고 믿는 마음이 많다. 왜냐하면 남을 이해할 줄 알고 자기가 하고자 하는 일에 정확하려고 노력하며 또, 새로운 일에도 도전할 줄 아는 모습을 보았기 때문이다.

훌륭한 사람은 공통점이 있는데,

첫째, 책을 아주 많이 읽었고,

둘째, 읽은 것들을 나에게 맞게 실천했으며,

셋째, 풍부한 생각을 품고 있어서 다른 사람들이 존경했어.

아마, 창민이도 그런 인물이 될 거야.

보고 싶다!

이달부터는 '감화 이야기'를 1편씩 보낼 텐데 형아랑 같이 읽고, 외우고, 실천할 일 한 가지를 계획해서 잊지 말고 실천해 보기 바란다. 물론 엄마, 아빠랑 같이 해야겠지. 사랑해.......

4월 할아버지 글

부탁이 되어!

사랑해, 명헌!

전화 왔을 때, 명헌이가 목소리가 이상하던데.

아마, 감기로 기분이 나빴나?

할아버지 부탁이 있어,

부탁 하나,

친구들과 잘 지내야지.

부탁 둘,

두려워하지 말고 하고 싶은 말 있으면 자신 있게 말하여야 하고,

부탁 셋,

무엇이든 잘 먹고 씩씩하고 건강한 몸을 길러야지.

4월부터 명헌이도 꼭 실천할 일 한 가지를

엄마, 아빠에게 약속하고

실천해 보라고 '감화 이야기' 자료 보낸다.

형아랑 같이 해 봐, 알았지!

보고 싶어,

우리 명헌 사랑해 다시 만나자!

4월 할아버지 글

하늘 향하여!

명헌아,

푸르름 가득히 채워지는 5월 두 손을 하늘 높이 올리며 좋아할 달이 되었구나.

'할아버지는 늘 너가 보고 싶어'

1년 중 이러한 행사가 많은 달에는 첫째, 씩씩하고 튼튼하여라. 둘째,

엄마 아빠의 말씀에 잘 듣고 따라라. 셋째, 멋지고 좋은 친구를 많이 사귀어라.

이렇게 부탁하고 싶다.

귀여운 우리 손자 명헌이, 형아의 클라이밍 대회에서 우승하도록 힘차게 응원해 주기 바란다.

작은 목표를 세워서 하루하루를 생활하기 바라며 파이팅! 언제나 사랑한다.

2016년 05월 03일(화) 할아버지 글

봉사할 줄 아는 어린이

창민아,

5월은 어린이의 달! 그 푸르름의 세상이 활짝 펼쳐져서 점점 아름다워져 가고 있다. 창민이의 앞날을 축하해 주듯이 말이다.

강, 산, 바다, 들판 모두가 진녹색으로 변해져서 평안하고 싱그러움을 많이 준다.

힘차게 솟아오르는 새싹처럼 너도 새로운 학교생활에서 잘 적응하고 이젠 마음의 여유도 생겼으리라 믿는다.

멋지게 자라나라.

훌륭한 일 많이 하고 작은 것이라도 봉사할 줄 아는 어린이가 되기 바란다.

항상 곁에 두고 싶다.

사랑한다. 할머니랑 꼭 보러 갈게.......

2016년 05월 03일(화) 할아버지 글

감사할 줄 아는 사람

해민아,

늘 잘 지내리라 생각한다.

그리고 늘 그리워한다 해도 과언이 아니다.

이제는 학교생활에 충분히 적응했겠지. 우리 손자는 환경에 대처하는 능력이 우수하고 넉넉하고 여유로운 마음을 갖고 있어서 할아버지는 든든하단다.

이 오월은 중심이 어린이 달이라고 보지만 가정의 달이기도 하고 스승의 달이 있기도 한 달이란다. 1년 중 유독 이달을 귀하게 여기도록 한 연유는 잘 모르지만 그만큼 5월은 상당히 자연적으로 사람과 친화적인 계절이라서가 아닌가 한다.

그러므로 당연히 위함도 받아야 되지만, 부모님께도 감사할 줄 알고 작은 일에서든 큰일에서도 봉사할 줄 아는 꾸러기이길 바란다.

늘 바쁜 엄마와 아빠를 많이많이 도와드리고 어떤 일이 도움이 될지 항상 생각하는 학생이어라.

사랑한다. 건강하고 행복하기 바란다.

할머니랑 꼭 갈게.

2016년 05월 03일(화) 할아버지 글

최선을 다할 줄 아는 삶

우리 율이가 운동을 좋아해서 할아버지를 닮았다고 생각한다. 그리고 세상 누구보다 건강하고 씩씩하게 자라고 있어서 큰 믿음을 갖고 바라본다.

부산 클라이밍 대회,

평소에 갈고 닦아 연습한 대로 최선을 다해 보아라. 좋은 결과가 있으리라 믿는다. 왜냐하면 너는 평소 연습할 때도 최선을 다했으니까.

할아버지도 살면서 큰일 작은 일 그 모두에 열심히 살아왔으며 앞으로도 최선을 다해 목표 있는 삶을 살아갈 것을 약속한다.

율이를 바라보면서 '이런 녀석이 세상에 태어나게 해 주신 하나님께 감사한다.' 그리고 너로 말미암아 항상 행복감을 느끼며 산다.

지금 기분을 비유한다면 잔차를 타고 긴 터널을 막 빠져나온 기분이다.

사랑한다. 최한율을.......

2016년 05월 03일(화) 할아버지 글

오늘을 잘 보내기

전화도 했지만,

그래도 보고 만나고 싶다.

물론 할아버지가 할매랑 전철 타고 가면 충분하긴 한데 가지도 못했다.

늘 '자알, 지내겠지이' 하고 그리고 할배가 못 가도 스스로 자기 할 일을 잘하며 친구들과 재미있게 시간을 잘 활용하며 생활하겠지 하는 생각도 한다.

주어진 '시간'을 잘 활용해라. 할배도 '오늘'이란 날을 주신 하나님께 늘 감사하며 지나간 일보다는 오늘을, 다가올 어떤 일보다는 오늘을 어떻게 하면 가장 보람 있게 보낼 수 있을까를 고민하며 산다.

영어 회화 공부, 한자 쓰기, 일기 쓰기, 성경 쓰기 등 그리고 요즈음엔 '나는 단단하게 살겠다'란 책을 읽고 있단다. 한 번 읽고 마음에 닿아서 또 한 번 읽고, 지금 다시 한번 정독을 하며 중요한 문장은 공책에 메모하며 읽고 있다.

楷珉아,

내가 하고 싶은 것이 무엇인지 알아내어서 그것을 위하여 노력해 보아라. 그리고 모든 일에서 주저하지 말고 씩씩하기를 바란다.

잘 지내! 안녕!

2016년 6월 1일 할배 씀

뜻 있는 곳에 길

지난 일요일 너를 보았지만,
또 보고 싶네.......

이제는 아주 고학년다운 모습을 보면서 우리 **栗**이가 훌륭한 일을 해낼 손자라고 생각한다. 왜냐하면 어떤 일을 하는 데 꾸준함이 돋보인다. 그리고 하고 싶은 일에 최선을 다하는 의지와 친구들과의 관계도 멋지게 맺어가고 있기 때문이야. 또 있다. 책도 많이 읽고 장난감보다는 자신에게 도움이 되고 보람이 있는 것을 선택하는 좋은 모습을 보이고 있기 때문이기도 하지.

할아버지는 어릴 때 열심히 건강하려고 했던 것 같고 공부보다는 자연과 어울리며 놀기를 좋아했다. 그리고 동해 바다에서 떠오르는 해를 바라보며 '세상에 필요한 사람이 되게 해 달라' '무언가에 필요한 사람이 되겠다'는 마음을 갖기도 했다.

翰栗에겐 이런 부탁을 하고 싶다.

무엇이든지 잘 먹어라. 그리고 지금처럼 하고 싶은 일을 찾아서 하고, 친구들과의 관계도 멋지게 맺어라. 할아버지가 살아온 경험 한 가지를 알리면, **사람과의 관계**를 소중하게 생각하는 것이 나의 발전에 커다란 힘이 되기도 하였다.

'뜻이 있는 곳에는 분명히 길이 있다.'

어떤 경우에도 비굴하지 말고 올바르고 당당하기를 기대한다.

잘 지내고 건강하고

명헌이랑 즐겁고 재미있게 보내라.

할아버지가 널 보고 싶으면, 할머니랑 같이 달려가서 안아 줄게.

아 참,

부산에서 클라이밍하고 올라오면 '한우'를 사 주기로 약속했었는데 갑자기 못 해 준 건

翰栗가 장염에 걸려서 죽을 먹어야 한다기에 못 해 주었다.

약속은 지킨다.

배가 아프지 않을 때 할아버지, 할머니에게 알려주면 달려가서 사 줄게. 기대해도 좋다.

해 달라고 무얼 부탁하는 일, 주저하지 말고 당당히 말해야 한다. 이것은 어디에서 누구하고도 마찬가지야. 어떤 실수를 한다 해도 당당한 자세가 습관이 되면 용기가 생긴단다. 할배도 엄청 실수 많이 했어. 그러나, 그 실수를 내 것으로 바꾼 경험이 있지.

우리 **翰栗**이 항상 파이팅! 하는 날을 보내길.......

2016년 6월 1일 할아버지 씀

학·교·생·활

벌써 6월이다.

1학년에 입학한 지 반년이 되어 간다.

이젠, 학교생활에 익숙하겠지?

공개 수업하는 모습을 보고 자신감과 용기기 보였다. 그런데, 지난번 할배가 집에 가서 창민이 학교생활이 재미있어? 하고 물었을 때

"아직, 그저 그래요." 하길래

'어, 창민이가 즐겁고 재미가 없나?' 하고 생각했지.

자기 생활에서 즐겁고 재미있으려면 창민이 스스로 즐겁고 재미있는 일을 찾기도 하고 새롭게 만들어 보려고 노력해야 한다.

그런 말을 했지만, 할아버지는 실망하지 않았어. 왜냐하면 충분히 우리 창민이는 극복할 거라고 생각하기 때문이야.

수 셈 능력이 우수한 창민이,

항상, 즐겁고 재미있는 날이 연속되길 바란다.

파이팅! 아 참, 할아버지가 자전거를 타고 꼭 고양시 창민이 마을을

방문할 거야. 요즈음 그렇게 가고 싶은 마음이 아주 많다. 지금은 오른쪽 무릎이 아파서 기회를 보고 있다. 안녕!

2016년 6월 1일 할아버지 글

잘생긴 막내 손자

지난 일요일 할배 집에 왔을 때
집을 찾는 우리 잘생긴 **明憲**이를
지금도 생각한다.
참 멋지고 훌륭했다.

할아버지가 명헌이 생각하며 편지를 쓰고 있는데 감나무, 대추나무를 나르면서 까치가 울고 시원한 바람이 할아버지 방으로 솔솔 들어와서 너무 좋다.

할아버지 집에 왔다가
"왜 이렇게 빨리 가는 거야!" 하며
가기 싫어하는 명헌이를 보고 할아버지도 못 가게 붙들고 싶은 마음이 많았다.

明憲아!

떨어져 살고 있어도 명헌이랑 함께 살고 있다고 생각한다.

점점 똑똑해지고 있는 우리 손자 막내

즐겁고, 재미있게, 잘 놀고, 친구들 많이 사귀어라. 건강하고....... 아 참, 수족구는 괜찮은지 모르겠다.

전화로 물어볼게 엄마·아빠께. 안녕!

2016년 6월 1일 할아버지 씀

Goals(楷珉)야!

컴퓨터로 편지를 쓸 때마다 한글로 '해민'이라 치면 'goals'로 변환된다. 물론 내가 자동 처리했기 때문이지만 할아버지는 더 깊은 의미를 갖게 된다. 영어에서 'goal'이란 단어는 해민이가 알고 있듯이 축구 선수가 키퍼에게 공을 차 넣었을 때 쓴다. 그래서 하나를 넣으면 '1:0'이라고 말하지. 그런데 S가 붙으면 3:0, 10:0과 같은 뜻으로 여러 개의 골을 넣었다는 뜻이 된다.

楷珉이가 자라서 세계적인 축구 선수 메시나 호날두 같은 선수가 될 것 같고, 세계적인 농구 선수 LA 레이커스의 '코비 브라이언트'나 '마이클 조던' 선수 같은 유명한 인물이 된다고 믿고 싶은 마음이 있다. 아마도 운동선수가 아니라도 **楷珉**이는 멋지고 훌륭하고 유명한 인물이 될 거라 믿고 있다.

6월까지 편지 쓰면서 할아버지가 느낀 것을 이제 표현한 거야! 참 재밌지?

7월이구나!

방학이 있는 달이고, **楷珉**이가 좋아할 달이고, 할배도 어렸을 때 좋아했던 달이다. 이번 3학년의 첫 방학은 무얼 할 거야? 묻고 싶다. 물론 마음에 두고 있는 것이 있으리라 생각하지만, 할아버지는 이런 이야기를 해 주고 싶다. 혹시 뜻이 일치한다면 한번 실천해 보기 바란다.

방학을 한자로 풀이하면 '놓을 放, 배울 學'인데 이 말은 '배우는 일을 놓는다'란 뜻으로 3학년 1학기의 배움이 끝났다는 뜻이 된다. 모든 사람은 배우는 일을 놓을 수 없다. 그래서 '평생 공부'라는 말을 한다. 지금도 할아버지는 책 속에서 생각하고 느끼고 표현하고 중요한 것을 배우고 익히고 모아 쓴 것들을 다른 사람과 대화할 때에 사용하고 있다.

늘 방학이 되면 이렇게 하면 좋겠다고 생각해서 학교장이었을 때 체육관에서 '방학식 하던 날' 삼일초등 어린이들에게 훈화한 한 말이다.

放學에서 '놓을 방'을 '놀 방'으로 뜻을 좀 바꾸어 풀이했다. 즉, **放學**은 놀면서 즐기고 재미있는 일을 찾아서 체험이나 경험을 한 후 부모님과 선생님, 그리고 친구, 형들과 대화하며 그 뜻을 새겨보는 일을 많이 해 보라고 했다.

楷珉이도 여름방학 기간에 선생님과 학급 친구들과 함께 배우는 일은 놓지만, 의미 있게 아이디어를 찾아내며 잘 놀았으면 좋겠다.

의미 있게 잘 놀이하는 방법은 무얼까? (스스로 생각해 봐!)

무작정 그냥 놀이를 하는 것이 아니라 새로운 아이디어를 불어 넣어 더 재미있고 발전된 놀이를 하는 뜻이다. 그래서 놀고 난 후 '참 잘 놀았다, 놀이하며 얻은 바가 있다.' 이런 느낌이 드는 놀이 체험을 해 보는 것이다. 다시 말해서 놀이를 통해 체험과 경험을 많이 해 보는 것이 좋다는 뜻이다.

세계적인 화가 '파블로 피카소'는
"모든 아이는 예술가로 태어난다. 문제는 그들이 자란 뒤에도 어떻게 예술가로 남아 있는가?이다."라고 했다. (문장이 좀 어렵지?)

풀이해 보면 태어날 때 분명 예술가(훌륭한 사람)로 태어나는데 어른들이 만들어 놓은 틀에 의해(정형화된 지식들) 예술가적인 가치가 없어지고 결과에는 엉뚱한 가치로(인물로) 자라게 한다는 뜻이다. 〈풀이가 부족하면 아빠, 엄마와 대화로 깊이 있게 풀어라〉

알찬 체험과 경험은 어떤 것들이 있을까?
'내 생각이 담긴 과제 처리', '비 오는 날 저수지에서 낚시질', '등산해서 정봉까지 오르기', '새로운 곳으로 여행', '바닷가에서 詩 한 수 짓기', '하루 종일 책 읽기', '걸어서 할배 집까지 오기', '잔차로 낙동강 종주(634km) 하기', '바닷가에서 캠핑', '클라이밍 새 과제 통과' 등등 많다. 그런데 꼭 <u>유념할 일은 자기 수준에 맞는 좋은 경험과 체험이어야 하고, 항상 어른들과 함께 실천해야 한다.</u>

할배랑 '인천 서해갑문 자전거 타고 갔던 일, 돌아오다가 할배 잔차가 펑크 나는 바람에 고생했던 일, 해민이 앞에서 그냥 뒹굴어 넘어진 어떤 할아버지, 엉덩이 너무 아파 쉬자고 했던 일' 기억나지? 이렇게 자기가 해 본 경험이 아직도 남아 있을 수 있는 체험이 해민이를 앞글에서 말한 예술가(훌륭한 인물)로 남게 할 수 있다.

언제나 그 어떤 것(일, 학습, 문제 등)도 정답은 있다. 사람이 살아가는 방식이 여러 가지 있듯이 그 정답을 찾는 길(방법)은 여러 가지가 있음을 알기 바란다. 어쩌면 틀리다고 생각한 것도 엉뚱한 발상에 따라서는 정답이 될 수도 있다. 그래서 "이게 뭐야!"하고 소리치지 말아야 하고, "쓸데없는 짓(행동) 하지 마라" 식의 대화는 함부로 하면 안 된다.

책 많이 읽어라! 책이 스승이다. 나를 예술가로 만드는.......
즐겁고 체험하는 여름방학이길 바란다.
과제는 자기 생각이 담긴 답으로 풀어라.
사랑한다. 눈물이 나도록.......
그리고, 건강하고 행복해야지.
넓은 세상을 가슴에 품어보라.

할밴, 지금도 해민 위해 기도한다.
다음 또.......

2016년 7월 1일 사당동에서, 할아버지 글

翰栗군!

잘 있지! 늘 곁에서 보고 싶다.

가끔씩 카톡에 '최씨 집 사람들'의 올라오는 -'태권도 회전 도립', '방방곡곡에서 클라이밍 대회 모습'- 자랑스러운 너의 사진이나 동영상을 보면 할아버진 가슴이 벅찰 때가 한두 번이 아니다.
너의 서프라이즈에 할배, 할매는 '아, 율이가 또 해냈네, 정말 대단하다, 이런 것도 저런 것도 하네, 씩씩하게 잘 자라 주고 있다' 등등에 삶의 보람을 얻는다.
그래서 마음 깊은 곳의 샘을 담아 하나님께 기도한다.
"하나님의 큰 눈으로 우리 손자를 지켜 주소서......"라고.

7월이구나!

방학이 있는 달이고 **翰栗**이가 좋아할 달이고 할배도 어렸을 때 좋아했던 달이다. 이번 4학년의 첫 방학은 무얼 할 거야? 묻고 싶다. 물론 마음에 두고 있는 것이 있으리라 생각하지만 할아버지는 이런 이야기를 해 주고 싶다. 혹시 뜻이 일치한다면 한번 실천해 보기 바란다.

방학을 한자로 풀이하면 '놓을 放, 배울 學'인데 이 말은 '배우는 일을 놓는다'란 뜻으로 4학년 1학기의 배움이 끝났다는 뜻이 된다. 모든 사람은 배우는 일을 놓을 수 없다. 그래서 '평생 공부'라는 말을 한다. 지금도 할아버지는 책 속에서 생각하고 느끼고 표현하고 중요한 것을 배우고 익히고 모아 쓴 것들을 다른 사람과 대화할 때에 사용하고 있다.

늘 방학이 되면 이렇게 하면 좋겠다고 생각해서 학교장이었을 때 체육관에서 '방학식 하던 날' 삼일초등 어린이들에게 훈화한 한 말이다.
放學에서 '놓을 방'을 '놀 방'으로 뜻을 좀 바꾸어 풀이했다. 즉, **放學**은 놀면서 즐기고 재미있는 일을 찾아서 체험이나 경험을 한 후 부모님과 선생님, 그리고 친구, 형들과 대화하며 그 뜻을 새겨보는 일을 많이 해 보라고 했다.
翰栗이도 여름방학 기간에 선생님과 학급 친구들과 함께 배우는 일은 놓지만, 의미 있게 아이디어를 찾아내며 잘 놀았으면 좋겠다.

의미 있게 잘 놀이하는 방법이란?

무작정 그냥 놀이를 하는 것이 아니라 새로운 아이디어를 불어 넣어 더 재미있고 발전된 놀이를 해 보라는 뜻이다. 그래서 놀고 난 후 '참 잘 놀았다, 놀이하며 얻은 바가 있다.' 이런 느낌이 드는 놀이 체험을 해 보는 것이다. 다시 말해서 놀이를 통해 체험과 경험을 많이 해 보는 것이 좋다는 뜻이다.

세계적인 화가 '파블로 피카소'는

"모든 아이는 예술가로 태어난다. 문제는 그들이 자란 뒤에도 어떻게 예술가로 남아 있는가?이다."라고 했다. (문장이 좀, 어렵지?)

풀이해 보면 태어날 때 분명 예술가(훌륭한 사람)로 태어나는데 어른들이 만들어 놓은 틀에 의해(정형화된 지식들) 예술가적인 가치가 없어지고 결과에는 엉뚱한 가치로(인물로) 자라게 한다는 뜻이다. 〈풀이가 부족하면 아빠, 엄마와 대화로 깊이 있게 풀어라〉

알찬 체험과 경험은 어떤 것들이 있을까?

'내 생각이 담긴 과제 처리', '비 오는 날 저수지에서 낚시질', '등산해서 정봉까지 오르기', '새로운 곳으로 여행', '바닷가에서 詩 한 수 짓기', '하루 종일 책 읽기', '걸어서 할배 집까지 오기', '잔차로 낙동강 종주(634km) 하기', '바닷가에서 캠핑', '클라이밍 새 과제 통과' 등등 많다. 그런데 꼭 <u>유념할 일은 자기 수준에 맞는 좋은 경험과 체험이어야 하고, 항상 어른들과 함께 실천해야 한다.</u>

언제나 그 어떤 것(일, 학습, 문제 등)도 정답은 있다. 사람이 살아가는 방식이 여러 가지 있듯이 그 정답을 찾는 길(방법)은 여러 가지가 있음을 알기 바란다. 어쩌면 틀리다고 생각한 것도 엉뚱한 발상에 따라서는 정답이 될 수도 있다. 그래서 "이게 뭐야!" 하고 소리치지 말아야 하고, "쓸데없는 짓(행동) 하지 마라" 식의 대화는 함부로 하면 안 된다.

책 많이 읽어라! 책이 스승이다. 나를 예술가로 만드는……
즐겁고 체험하는 여름방학이길 바란다.
과제는 자기 생각이 담긴 답으로 풀어라.
사랑한다. 눈물이 나도록……
그리고, 건강하고 행복하기를 기도한다.

아울러서 넓은 세상을 가슴에 품어보라.

다음 또.......
안녕!

2016년 7월 1일 사당동에서, 할아버지 글

彰珉군!

잘 다니고 있지? 하고
전화로 부르고 물어보았다.
너의 목소리에 할아버지의 감기가 낫기도 한다.
조금 힘없는 목소리면 할아버진 걱정과 실망하고, 밝고 씩씩한 목소리
면 할배도 괜스레 힘이 솟는다.

울 손자 생각

7월에 할아버지

창밖의 빗소리
여름날을 깊어지게 한다.

7월 방학엔 무얼 할까?
여행을 할까, 책을 읽을까, 새로운 체험.......
아니, 즐겁고 재미있게 놀아야지.
어떻게?.......

조용히 혼자 방에 있노라면,
빗소리도 친구가 된다.

　창민아, 7월 방학이 되면 학습과 배우는 일은 잠시 놓고 즐겁고 재미있는 경험과 체험하는 일을 많이 했으면 바란다. 형아랑 뜻을 함께하여 새 놀이도 개발하고 매일 하는 일들은 접고 새 아이디어를 갖고 재밌고 즐겁고 행복한 보람을 얻기 바란다. 아마, 형아랑 함께 방학에 할 일을 찾아보면 상당히 많이 있을 거야.
　그중에서 태권도는 꼭 넣었으면 한다.
　학교생활에서 처음 맞이하는 방학이니 무척 기쁘겠구나!
　할아버지도 너희들과 같은 옛 생각에 입가에 웃음이 돈다.
　책 많이 읽어라. 책 속에 스승이 있다.
　사랑한다. 다시 만나자. 안녕!

　　　　　　　　　　　　　　　　　2016. 07. 01 사동에서 할배 글

明憲아!

　보고 싶다.
　할배가 가면 되지만, 멀리도 아닌데 자주 못가네
　미안해.
　그렇더라도 할배, 할배 생각하고 있지?

할아버지는 **明憲**이 크면 클수록 마음에 들고 무언가 꼭 해낼 것 같은 생각을 자주 한다. 왠지 모르지만.......

'하나님, 우리 손주 **明憲**이에게 사랑을 듬뿍 주셔서 씩씩하고 용감하게 세상을 살아갈 수 있도록 좋은 생각을 갖게 하여 주소서' 하고 기도한다.

할배의 마지막 손자!
엄마, 아빠에게 책 많이 읽어달라고 졸라.
맛있는 것은 할배가 사 줄게

내년엔 학교에 갈 준비도 하겠구나!
형아 방학하고 **明憲**이도 유치원 방학하면
만나자!
안녕!
사랑한다. 그리고 하나님께 감사한다.

2016년 7월 1일 사당동에서, 할아버지 글

어려움을 피하지 말라!

너무 덥다. 할배 마음이 너라도 보면 더위를 식힐 수 있을 것 같다만, 지금 넌 양산 외가댁이니 할배 **慾心**이었네.

미안하다. 할배가 일을 하지 않으면 너희 둘 데리고 여행을 한 번 했을 텐데. 일이 좋아서 하는 할아버지 이해할 수 있는 해민이겠지? 계속 욕심!

楷珉아, 더위를 피하지 말고 적극적으로 맞서 보길 바란다. 더위를 피하면 점점 더위가 너를 우습게 생각하니 이기는 방법을 생각해서 실천해.

할배도 할매랑 시원한사당탁구장'에서 탁구로 운동하며 너무 심한 더위를 이기고 이기려고 노력한단다.

사람은 어려움이 있다고 피하는 생각을 하면 점점 어려움이 다가온다. 그러나 그 어려움을 이기려 한다면 **分明** 더위가 겁먹고 달려들질 못한다. 알지?

放學 중에 '**별도로 보내는 용지 한 장**'을 한 번 해결해 보기 바란다. **父母**님이랑 함께!

楷珉아,

放學은 즐기는 거다. 지금 그렇게 하고 있지만,

그리고, 할밴 널 무척 사랑하고 있다.

늘 함께하고 있다. 안녕!

8월 할아버지 편지글

상대편 생각을

양산 외가댁!

폭염(너무 더움)이지만 재밌고 즐겁지?

이겨라! 더위를 무시해 버려 '그까짓 거' 하면서,

처음 **學校 入學**해서,

첫 여름방학이니 기억에 많이 남도록 즐겨라. 즐기려는 사람이 모든 영역에서 승리한단다.

외가댁엔 할아버지, 할머니께 잘해 드리고, 말씀에 잘 따르며, **彰珉**이 욕심보다 상대편을 배려함을 배우고, 상대편의 의견에 더 좋은 생각으로 위하려고도 노력하면 큰 사람이 된다. 부담은 갖지 말고.......

사랑한다.

형아랑 잘 지내고 가끔씩은 다투면서 또 대화로 풀고 의견을 제시하면 그 의견에 합당한가를 생각하여 내 생각도 함께 나누는 시간을 만들어 나아가라.

이번 여름 **放學**엔,

할배가 보내는 '한 장의 메시지'를 해결해 보면 좋겠다. 형도 갖고 있으니 엄마와 아빠랑 같이 잠시라도 생각나는 대로 기록하여 남겨보아라.

어디에 있다 하더라도 건강하고 행복하여라.

안녕!

2016년 8월

翰栗에 대한 기대

넌 참 훌륭하다.

힘든 줄 모르고 여행을 즐길 줄 알며, 어려운 암벽 등정(클라이밍)에도 굳건히 해내는 널 할아버진 사랑한다.

지난 TV에서 4년 후 닦아올 올림픽대회에선 클라이밍도 대회 종목으로 선정되었다. 그래서 이렇게 생각했다

'翰栗이가 클라이밍을 잘하고 있으니, 세계도 우리 翰栗이를 알아 줄 날이 온다'고 마음 한편으로 참 기뻤다. 또, '우리 翰栗이가 福이 많다'고도 생각했지. 할아버지의 욕심이겠지?

사랑한다.

방학을 즐기고 많은 경험, 좋은 경험을 쌓아서 나 자신을 든든하게 채워 가길 바란다.

할배가 보내는 '한 장의 메시지'를 해결해 보면 좋겠다. 엄마와 아빠랑 같이 잠시라도 생각나는 대로 기록하여 느끼며 마음에 남겨보아라.

安全하게

즐겁게

幸福하게 자라라.

안녕!

2016년 8월 할아버지 글

세상 모두에 감사

사랑해, **明憲**아.

할아버지는 명헌이가 다음 해에 학교에 입학한다니 놀랍고도 반갑다.

우리 **明憲**이는 **兄**아랑 여행, 클라이밍 힘들어도 참고 잘 따라다니고 있으니 무슨 일에서도 충분히 해결하는 능력을 보일 거라고 믿는다.

明憲아!
엄마, 아빠에게 감사하지!
할아버지도 아빠처럼 텐트 갖고 온 **山川**을 헤매고 다니고 싶었다. 그런데 지금 생각하니 마음과 뜻대로 해 보지 못한 것 같다.

건강하고, 행복해라.
그리고 **世上** 모든 것에
감사하자.

할아버진 너가 있어서,
정말 행복해!
明憲이 파이팅! 안녕~~!

8월 할아버지 글

여행이 준 선물

아직 가을 초입 서늘한 바람이 차갑게 느껴진다.
楷珉이가 베트남을 갔을 때 엄청 더운 날씨였는데 짧은 **時間**에 이렇게 달라진다. 이런 경우를 '변절기:여름에서 가을로 변한다 해서 일컫는 말' 이때 조심할 것은 감기이다. 몸을 따스하게 하고 차츰 낮은 기온에 나를 적응시킨 다음 계절에 맞는 옷으로 갈아입어야겠지!
海外旅行하면서 고생 많았지? 여행은 **苦行**(쓸 고, 갈 행)이라고도 한다. 왜냐하면 이리저리 여기저기 돌아다니면서 좋은 경험 쌓다 보면 힘들고 어려움이 따라오기 때문이다.

그러나 여행을 통해 어려움 참고 견디는 힘을 기르면 나중에 goals가 자라서 큰일을 접할 때 아주 큰 힘이 되기도 한다.

그래서 여행을 즐겨 떠나는 사람들이 해마다 늘어나고 있다. 할아버지도 모험심이 많아서 여행하기를 무척 좋아한다. 생각해 낸 것 중 하나 '잔차 여행'이를 통해 새로운 경험을 많이 하고 모험심을 통해 즐거움과 행복을 많이 느끼게 되었다.

楷珉아 2학기 **開**(열 개)**學**했지. 새로운 학기에 친구들 잘 사귀고 주어진 일에 게으르지 말고 즐겁게 생활하기 바란다. 책 많이 많이 읽어야 한다.

2016년 9월 할배 씀

방학은 이래야지

우리 부회장님 **開**(열 개)**學**(배울 학)했구만,

이번 여름 방학에도 **아빠, 엄마, 명헌이랑** 산, 바다, 강, 계곡, 캠핑, 클라이밍 등등 좋은 경험을 많이 했다고 본다. 지금처럼 **放**(놓을 방)**學**(배울 학)을 즐기는 것을 할배는 무척 바라고 있다.

그리고 이번 **'홍천강 오토캠핑장'**에서 율이의 의욕적인 실천력도 볼 수 있었고 명헌이도 형을 따라 책을 보는 모습은 참 좋은 경험을 동생에게 보여 주기 하여 스스로 적응력을 발휘하는 기회 흐뭇하였다.

또, 할아버지도 더운 여름을 시원하게 강가에서 율이와 명헌이랑 물장구치며 놀 수 있어서 참 **幸**(다행 행)**福**(복 복)했다. 그래서 '모두에 감사한다.'

율아, 앞으로 어떤 힘들고 어려운 일이 닥치더라도 태권도의 정신력과 클라이밍의 의지력, 판단력으로 극복하기를 바란다. 그래서 할아버지는 율이가 참 든든하다.

어떤 환경에서 어떤 일을 하더라도 가장 중요한 것은 '첫째 安全, 둘째도 安(평안할 안)全(온전할 전), 셋째도 安全'이다. 사람은 욕심이 있어서 한 곳에 집중하다 보면 가장 중요한 '安(평안할 안)全(온전할 전)'을 잊어버린다. 부탁한다. 잊지 마라.

2016년 9월 할배 씀

책은 평생의 스승

베트남 여행 어땠어?

만나면 좋은 경험 이야기 부탁해!

開(열 개)學(배울 학)했지, 친구들과 여행 이야기 많이 했겠다. 1학년 入學해서 첫여름 放(놓을 방)學(배울 학) 좋은 경험을 할아버진 무척 부러워한다. 방학

누구나가 모두 창민이 같은 여행 경험을 하는 건 아니야. 그래서 아빠, 엄마께 감사할 줄 알아야 한다. 그리고 무사히 귀국하기를 기도했는데 하나님이 할배의 소원을 들어 주어서 더욱 감사하고 있다.

이제 가을이 성큼 다가왔으니,

책 많이 읽어라.

책 속에는 彰珉이를 가르치는 스승도 있고 다양한 세계가 그 속에 담고 있어서 책을 가까이해야만 창민이가 더욱 훌륭하게 성장할 수 있다.

재미있는 것만 찾지 말고 한번 선택한 책은 모두 읽은 다음 다른 것을 선택하고 中(가운데 중)間(사이 간)에 덮어버리는 습관을 들이지 말거라.

지금 할머니가 창민이 많이 보고 싶어 한다. 한번 시간을 내어서 우리끼리 만나자.

변절기에 감기 조심하고 몸을 따스하게 하여 면역력을 기르기 바라면서.......

2016년 9월 할배 씀

가족 사랑의 힘

사랑해, **明憲**아.

홍천강 오토캠핑장에서 물장난 치는 모습, 6각 정자에서 재미있게 책 읽는 모습 등이

참, 우리 명헌이 훌륭하다.

1학년 들어가서 공부하면 아주 씩씩하게 잘 해낼 것으로 믿는다.

왜냐하면 형 따라 책을 좋아하고 글을 잘 못 읽어도 그림을 보고 이해하고 있어서 놀랍고 칭찬하고 싶다.

그런데 감기가 들어서 기침하기에 할아버지가 걱정한다. 물론 잘 견디어 내리라 생각한다만 할머니도 함께 걱정하고 있다.

아마, 명헌이가 물을 너무 좋아해서 감기 들었는가 보다 이해하기도 한다.

이 그림 보고 생각나는 낱말이 무얼까요?(   )
① 가족 ② 우리 ③ 나
④ 형 ⑤ 엄마 ⑥ 아빠

명헌아, 읽어보아라! ♣가족에 대한 이해를.......

2016년 9월 할배 씀

작은 것의 소중함

"작은 것을 소중히 여기면 큰 것을 얻는다."

아침, 저녁 날씨 서늘해졌다. 아무리 가마솥 같은 지난여름도 계절의 변화에는 이기지 못한다. 변절기엔 감기 조심해야 되고, 몸을 따스하게 해라.

崔楷珉, 세상의 모든 일 -큰일 작은 일 성공하는 일 등등- 은 그 사람의 생활 태도가 작은 것을 소중히 했는가에 달려 있다.

바다, 강, 개울물은 수많은 작은 물방울이 모여 만들어졌다. 중국, 북한에서 홍수가 나서 물난리를 겪고 있는 아픔도 '작은 물방울, 즉 비'가 만들어 낸 결과이다.

『도덕경』이라는 책에는 '천하의 어려운 일은 반드시 쉬운 것에서 시작된다.' '세상 모든 일은 결국 **些少**(적을 사, 적을 소)한 것에서 시작된다.' 이 문장은 가정, 학교, 사회, 이웃, 국가와 관계도 작은 일, 즉 말 한마디, 먼저 인사하기, 상대편 마음 읽기 등등을 잘 실천할 때 좋은 관계가 만들어지는 것도 작은 행동을 소중히 실천했기 때문이다.

튼튼한 담장도 개미구멍으로 흘러나오는 물 때문, 큰 화재도 작은 불씨 때문, 300~400페이지의 책도 한 장씩 읽어 가는 걸 소중히 생각하면 다 읽게 된다.

1초, 1분, 1시간이 모여 하루, 한 달, 일 년이 모여 사람의 평생이 되듯이 작은 단위를 소중히 여길 줄 아는 사람이 성공하게 되고 훌륭하게 된다.

우리 **楷珉**에게 주어지는 일이 무엇이든 작은 걸 소중히 생각하여 대처해 가는 하루하루였으면 한다.

사랑한다.

보고 싶다.

자주 만나질 못해도 늘 생각하며 살자!

안녕.

2016년 9월 30일(금) 할아버지 글

작은 것의 소중함 II

잘 지내지?

한율 **兄**아 클라이밍 대회로 가족 모임하고 헤어졌지? 할아버지는 그때 참 좋고 **幸福**(다행 행, 복 복)했다.

왜일까? **答**(대답 답) 3가지 쓰면 아이스크림 등 선물

답 하나 : _____
　둘 : _____
　셋 : _____

　사람은 대부분이 작은 것들을 소홀히 하고, 쉽게 여기며, 우습게 생각해 버리거나 잊는다.

　예를 들면, 1원짜리 10원짜리 심지어 100원짜리 동전도 우습게 생각하여 쓸 곳을 찾지 않거나 발로 차 버리는 행동을 쉽게 한다. **彰珉**아, 이 작은 돈이 모아져서 1억, 100억, 1,000억이 된다. 부자 된 사람이 하루아침에 돈 많은 사람이 되질 않았듯이, 수없이 많은 시간에 작은 것을 아끼고 소중히 다루었기 때문이다. 나의 점수가 100점이 될 수 있는 것도 1문제, 1문제를 소중하게 풀어냈다면 받을 수 있다. **泰山**(클 태, 뫼 산)도 한 줌의 흙이 모여 이루어지고, 두꺼운 담장도 작은 구멍으로 흘러나오는 물 때문에 무너진다. 그러므로 앞으로 작은 것을 소중히 여겨서 큰 것을 이루어 내길 바란다.

　사랑한다.

　보고 싶다.

　자주 만나질 못해도 늘 생각하며 살자! 안녕.

2016년 9월 30일(금) 할아버지 글

작은 것의 소중함 Ⅲ

　할밴 널 보면 참 든든하다.

　주어진 역할 잘해 내며, 꾸준한 행동, 하고자 하는 일은 일단 해놓고 쉴 줄 아는 너이기에 부럽다.

'고양시장배 전국 클라이밍대회'지난달 토요일 저녁 작은 아빠 집에서 '가족 모임'했을 때

할아버지는 너에게

"율아, 클라이밍대회 잘하거라"했을 때

한율이는

"할아버지, 별로 중요한 대회 아니에요"라고 했지.

나도 그렇게 알았는데 대회의 결과와 내용을 보니 작은 대회가 아니었구나 하고 더 기뻐했다.

그래서 이런 충고를 하고 싶다.

"작은 것을 소중히 여기면 큰 것을 얻는다."

세상의 모든 일의 성공은 작은 것을 소중히 생각하고 지혜롭게 다루었기 때문에 뜻을 이루어 성공하게 된 것이다.

泰山(클 태, 뫼 산)도 한 줌의 흙이 쌓여서고, 바다, 강, 여름날 너랑 명헌이랑 놀았던 홍천강 냇물도 작은 빗방울이 만들어 내고, 중국과 북한이 홍수로 물난리를 겪는 것도 작은 물방울이 모여 된 결과이다.

다시 말해서 고양시장배 전국클라이밍대회 3등도 한율이가 작은 노력을 오랜 시간 동안 해 왔기 때문에 모든 선수가 얻어 내려 하는 것을 성취했다.

『도덕경』이라는 책에는 '천하의 어려운 일은 반드시 쉬운 것에서 시작된다.', '세상 모든 일은 결국 **些少**(적을 사, 적을 소)한 것에서 시작된다.' 이 문장은 가정, 학교, 사회, 이웃과 관계도 작은 일 즉, 말 한마디, 먼저 인사하기, 상대편 마음 읽기 등등을 잘 실천할 때 좋은 관계가 만들어지는 것도 작은 행동을 소중히 생각하고 지혜롭게 실천했기 때문이다.

사람은 쉬운 것, **些少**(적을 사, 적을 소)한 것, 별로라고 생각한 것을 우습게 생각하여 차버리는 잘못을 범하기가 쉽다.

앞으로 우리 장손은 절대로 절대로 조그마한 것을 버리거나 우습게

생각지 말고 소중히 다루어서 큰일을 해내는 데 도움이 되기를 기도한
다.

사랑한다.

보고 싶다.

자주 만나질 못해도 늘 생각하며 살자!

안녕.

2016년 9월 30일(금) 할아버지 글

明憲의 자신감

형아랑 잘 지내지?

태랑유치원에도 잘 다니고?

친구들도 많이 사귀고 재밌게 놀지?

할아버지는 명헌이를 제일 사랑해.

만나면 안고 싶고, 장난치고 싶고, 잘생겨서 다른 할아버지 친구들에
게 자랑도 하고 싶단다.

내년에 학교에 들어간다는 것이 할아버진 신기하기도 하고 놀랍기도
하고 잘해낼 거야 하는 희망도 갖고 있다.

요즈음 아빠, 엄마랑 글자 공부 그림 공부 열심히 하고 있나 봐. 엄마
가 카톡에 올려놓은 사진을 보고 생각했지.

明憲아!

하나씩 하나씩 소중하게 실천하여 가다 보면 어느 때인가 명헌이가 '
아, 내가 이런 것도 알고 있다'라는 자신감을 갖게 될 거야.

힘들면 쉬고 하기 싫으면 하지 마라!

그리고 하고 싶은 일은 무엇이든지 –작은 것이든 큰 것이든– 중간에 포기하지 말고 꾸준히 하여야 된다. **약속! 힘내고 건강해라.**

사랑한다.

보고 싶다.

자주 만나질 못해도 늘 생각하며 살자!

안녕,

2016년 9월 30일(금) 할아버지 글

마음의 그릇

잘 지내고 있지?

엄마, 아빠 말씀도 잘 듣고 학교에도 성실하게 잘 다니고 있을 거라 믿는다.

이달에는 "큰 그릇은 늦게 채워진다"(大(큰 대)**器**(그릇 기)**晩**(늦을 만)**成**(이룰 성))란 말을 전하고 싶다.

그릇이란 먹을 때 사용하고 먹고 나서 씻어 놓는 주방의 그릇을 뜻하지만, 할배는 사람의 마음을 말한다고 본다.

사람의 마음은 아주 큰 그릇과 같다. 마음에 담을 수 있는 지식이라는 양식은 담아도 또 담아도 가득 채워지질 않는다. 그 때문에 너도 어려서부터 지금까지 여러 가지 생각과 배운 지식들을 매일매일 마음이란 그릇에 차곡차곡 담아 가고 있는 것이다.

사람의 넉넉한 마음 아름답고 좋은 것들을 많이 담아 놓고 있을 때

여유롭게 되고 배려와 사랑을 많이 품고 살게 된다. **楷珉**이도 그랬으면
한다.

이 가을 책을 통하여 마음의 그릇에 새로운 지식이나 다양하고 넉넉
한 생각들을 담아 누구보다 넉넉한 마음으로 친구를 만나고 선생님을
만나며 이웃을 만나길 바란다. 할배가 살아 보니,

책이 스승이더라. 위인들의 공통점은 '어려서부터 책을 많이 읽었다.'
우리 **楷珉**이도.......

가족 함께 행복하길 바란다.

그럼 안~녕!

2016년 11월 03일 할배 글

책과 넉넉한 역량

양산 할아버지 댁에 잘 갔다 왔지?

山도 잘 타고 **自**(스스로 자)**信**(믿을 신)**感**(느낄 감)이 넘치는 모습 보였다면서
참 잘했다. 할배 안부도 전했겠고.......

날씨가 영하의 기온으로 떨어졌다. 아침과 저녁엔 쌀쌀하다가 낮에
는 좀 올라서 햇살이 있는 양지바른 곳에는 따스한 여름의 한때를 생
각게 한다.

추위에 감기 조심하여라.

그리고 책을 많이 읽어서 다양한 지식이 쌓여서 몸과 마음 그리고 정
신이 건전하고 여유롭고 넉넉한 창민이길 바란다.

벌써, **1學**(배울 학)**年**(해 년)의 마지막이 가까워진다. 가을, 겨울이 지나면

2**學年**이 되겠지.

사람은 **學年**이 달라지고 나이가 한 살씩 많아지면 무언가 달라지는 것을 알 수 있다. 그러나 시간이 지나고 배운 바가 새로워도 늘 변하지 않고 그대로면 스스로가 후회하는 생활을 한단다.

몸도 마음도 정신도 건강하길 바란다.

부모님 말씀도 잘 듣고 선생님 말씀도 잘 들으며 친구들과도 배려와 사랑을 아끼지 않고 나누는 사람이었으면 한다.

특히, 늘 책 읽고 그 속에 담긴 지식들을 내 것으로 만들기 위해 책과 싸우는 창민이가 되었으면 한다. 그럼 안~녕

2016년 11월 03일 할배 글

성공과 실패의 차이

엄마, 아빠와 명헌이랑 재미있게 지내고 있지?

할배는 율이를 생각하고 있노라면 괜스레 든든한 생각이 들고 무엇인가 해낼 수 있는 멋진 손자일 거라 믿는 마음이 생긴다.

왜냐하면, 힘든 운동을 재밌다고 생각하고 잘 참고 해내고 있으며, 학교에서 주어진 과제를 제때 처리하는 등등 생활에 모범을 보이고 있기 때문이다.

우리 율이는 늘 조금씩 발전하고 향상되고 있다는 생각을 많이 한다.

栗아, 이번엔 이런 말을 전하고 싶다.

'**成**(이룰 성)**功**(공로 공)과 **失**(잃을 실)**敗**(깨뜨릴 패)는 자기 자신에게 달려 있다.' 그리고 실패하는 것을 두려워하지 말아야 한다. 어떤 실패를 경험함으

로 더 새로운 생각을 하게 되고 다시금 같은 잘못을 저지르는 일을 줄일 수 있기 때문이다. 우리의 크고 작은 실패하는 경험은 성공할 수 있는 기회가 된다.

그리고 모든 일에 성실하고 해내고자 하는 의지가 강한 사람에게는 그 누구도 이기지 못한다. 그러니까 머리가 좋은 천재도 성실한 자에게는 당할 수 없다.

그래서 성공하는 것과 실패하는 것의 차이는 본인의 열정과 노력 여하에 따라 달라지는 것을 얻는 것이 분명하다.

할배가 살아온 경험에서 보면 틀림이 없다. 아마, 우리 율이가 자라서 온갖 경험이 쌓이면 똑같은 생각을 하게 될 거야.

늘 건강하고 행복해라.

그럼 안~녕!

2016년 11월 03일 할배 글

미래의 미술 작가

잘 지내고 있지?

형아랑 재밌게 놀고?

이젠 명헌이도 추운 겨울을 지나 따스한 봄이 오면 1학년이 되겠다. 참 좋겠다.

할아버지 집에 왔을 때,

형아랑 잘 지내면서 혼자 할아버지 책상에서 멋진 만화를 그리고 조용히 종이접기를 하며 애쓰는 모습을 보고 할아버진 많이 놀랐다.

그때의 모습이 아직도 생생하다.

그래서 할아버지는 이렇게 생각했다.

우리 명헌이가 공부 많이 해서 '디자이너'가 되려나? 아니면 상상력이 풍부한 '만화 작가'가 될 것 같은 마음이 들었다.

明憲아,

어느 곳에서 어떤 일을 하여도

너가 좋아하고 너가 하고 싶은 공부를 하고

너가 재미있어하는 일을 하면 되는 거야.

아마 명헌이는 훌륭한 사람이 되겠다.

할배는 명헌이 생각하면 마음이 행복하다.

날씨가 점점 추워지는데 할아버지는 걱정한다.

건강해라.

재미있고, 하고 싶은 것 하며 즐거워라.

안녕!

2016년 11월 03일 할배

楷珉의 승리하는 삶

날씨가 추워 오는데 건강은 잘 챙기고 학교에 다니겠지.

할아버지 집에서 김장하던 날 함께 모여 웃고 장난치고 놀던 모습들이 **生生**하다. 벌써 11월 말 1년 12개월이 딱 한 달 남았다. 달력은 한 장 남고.......

나이를 한 살 더 먹는 **楷珉**은 몸도 마음도 자라고, 高(높을 고)學(배울 학)年(해 년)도 되고, 나이를 먹을수록 새롭고 즐거운 나날들이 닥쳐온다. 그런데 할배는 어떨까?

세상을 살아온 경험이 다양하고 많아서 생각이 풍부해지고 여유 있는 마음과 넉넉한 생활을 만들며 건강과 즐거운 날들이 많아지길 바라는 마음으로 살아간다.

어떤 때는 **楷珉**이와 같은 시절이 부럽단다. 저렇게 활기차게 뛰고 달리고 웃고 **勇氣**(날쎌 용, 기운 기) 나는 모습으로 부모님 뜻에 따라 모든 학습활동에 열심히 참여하던 때가 생각난다.

할배의 바램은 아빠와 엄마랑 함께 의견 나누며 건강하고 즐겁고 행복한 생활이 무궁하였으면 한다. 누구를 이겨서 내가 잘되고 위에 올라가는 그런 사람이길 바라지 않고 이웃과 더불어 친구들과 함께 뜻을 나누고 함께 정보를 공유하며 혼자의 힘보다는 여러 사람과 함께 하는 생각을 많이 하였으면 한다.

그러다 보면 **楷珉**이가 더 성숙하고 생각이 깊은 훌륭한 사람이 됨을 스스로가 느끼게 되는 때가 온다.

'자기 자신을 이기는 **楷珉**이가 되어라'

안녕!

2016년 11월 말 할아버지 글

너에 대한 믿음

형아랑 함께 하고 있지!

1년 달력이 한 장 남았다.

남성초 유치원 입학하여 서정초로 입학한 지 1년이 다 되어간다. 그동안 잘 참고 적응하며 배우고 익히는 일에 열심히 참여하는 모습이 생각난다.

할배는 창민이가 크면 클수록 멋있어 보인다. 말하는 태도도, 생각하는 마음도, 아주 순수하고 특히 **表現力**(겉 표, 나타날 현, 힘 력)은 대단하다고 본다.

아 참, **跆拳道**(밟을 태, 주먹 권, 길 도) 심사 국기원 가는 날이 12월 18〈일요일〉인가? 이날에는 할머니랑 함께 갈 거야. 창민아, 늘 연습하던 대로만 하면 목표한 '**단**'을 딸 수 있을 거야. 가끔씩 할아버지 앞에서 태권도 폼을 하는 걸 보면 든든한 믿음이 생긴다.

할배 생각은 초등학교에서 기본을 익히고 가장 힘써야 할 학습은 잘 달리고 뛰고 즐겁게 놀고 여행을 많이 하여 좋은 경험을 쌓아서 추억이 있고 생각이 풍부한 사람이 되면 된다.

그렇지만 꼭 따라야 하는 것이 있다면 '책 읽기'이다. 왜냐하면 자기 자신을 이길 힘과 넉넉한 생각이 쌓이고, 표현력은 물론 여유로운 마음 등등을 얻을 수 있기 때문이다.

늘 형아랑 함께 나누고

엄마, 아빠의 말씀에 따라 의견 나누고 하고 싶은 말은 마음에 품지 말고 밖으로 표현하는 용기를 익혀라.

너의 건강함과 늘 행복하기를 기도한다. 안녕!

2016년 11월 말 할아버지 글

책을 통한 승리 길 찾기

날씨가 점점 겨울다워진다.

우리 장손 **栗**이는 어떠한 추위에도 잘 이길 수 있지?

할배는 너에게 남다른 믿음이 있어서 날씨가 어떠하든, 세상이 어떠하든 걱정스러운 마음이 사라진다.

한 장 남은 달력을 보면서 이 해가 가면 초등학교 5학년 놀랍다는 생각만 한다. 할배 집 주방에 있는 너의 어린 시절 사진을 보면 더욱 그러하다.

엄마, 아빠에게서 태어나 멋지고 예쁘게만 자라던 모습이 태권도, 클라이밍, 축구, 학습의 의지 등등 해가 바뀌어 가면 갈수록 달라지는 栗이를 많이 많이 칭찬하고 싶다. 이런 일들이 모두 다른 친구들이 느끼지 못하고 너만 느낄 수 있는 행복이라고 본다.

할배가 "늘 행복해라"라고 입버릇처럼 말하는 행복이란, 다른 사람이 보기엔 특별한 것 아니고 些少(적을 사, 작을 소)해 보이더라도 자신에게 의미를 지니고 있는 것이라면 그것이 진정 행복함이 되는 것이다.

책 읽기를 좋아하는 栗이는 누구보다 큰 행복을 얻었다. 왜냐하면 책을 읽는 속에서 훌륭한 스승을 만나고, 自身(스스로 자, 몸 신)을 이기는 방법도 터득하며 넉넉한 마음과 풍부한 정신력을 만들어 가는 기초를 다지고 있기 때문이다.

할아버지가 생각하는 책은 세상을 이기는 자료이고 다른 사람들과 겨루어 이길 수 있는 수단이다. 그래서 사람은 책과 가까이해서 훌륭한 스승을 만나야 한다.

무슨 일에든 게으르지 말고 하고 싶은 일을 하여라.

아빠, 엄마와 함께 늘 건강하고 행복하여라.

2016년 11월 말 할아버지 글

멋지고 복 되게....

춥지?

우리 **明憲**인 추울 때 어떻게 이기지?

옷을 많이 입으면 이길 수 있고, 양지바른 햇살 속으로 들어가면 피하게 되고, 또 무엇이 있을까!

할배는 겨울을 좋아하는데 이제는 나이가 들어서인지 추워지면 자꾸 움츠러지고 밖으로 나가고 싶은 마음이 사라진다.

아마도 할배가 추위를 이기지 못하는 모양이야.

올해 겨울을 어떻게 지나야 할지 걱정이 되기도 한다.

하지만 우리 **明憲**이는

"추위! 그까짓 것 별것 아니야"

하며 밖으로 나가는 씩씩함을 보일 거야.

또 하나 놀라운 일 그리고 기쁜 일,

할배와 할매 그리고 형아랑 같이 자전거 타는 사진을 보면 씩씩하고 용감하고 늠름하고 자신감을 보여 준 명헌이에게 할배는 배운 것이 많았다.

그리고 내년엔 학교에 입학하니 더 잘하겠지만, 또 하나 만화 그리는 사진을 보고 앞으로 우리 명헌이가 세계에서 유명한 디자이너 아니면 유명한 화가가 되겠다고 생각했다.

학교에 가면 더욱 멋지게 놀고,

형아랑 함께 나누고 같이하고,

엄마, 아빠와 건강하고 행복하게 살기를 늘 기도할게.

明憲아, 또 만나자! 파이팅!

2016년 11월 말 할아버지 글

굴함이 없는 자신감

올해에 태어나는 아이는 닭띠가 된다. 동양에서는 사람이 태어나면 동물들의 이름을 따서 태어난 때를 구분한다. 그래서 띠동갑 하면 같은 나이 또래를 말하지.

해민이가 1월 30일이 되면 생일이 되는데 무슨 띠인가? 닭은 그 성격이 먹이를 찾든 싸움을 하든 최선을 다한대요. 머리가 좋고, 일의 감각도 뛰어나요. 닭띠는, 신중한 성격을 가지고 있고, 닭띠와 맞는 띠는 범띠라네. 성격은 다르지만, 서로 신선함을 느낄 수 있고, 부족한 점을 채워 줄 수 있는 능력을 가지고 있단다. 그래서 올해를 붉은 닭띠의 해라고 한단다.

닭의 어린 시절은 '병아리' 인데 바탕의 그림처럼 수탉의 모습을 보면 아주 늠름하고 누구에게도 굴함이 없는 자신감을 보이고 있잖니.

우리 해민이도 올해 수탉처럼 자신 있고 늠름한 모습으로 건강하게 자라기를 바란다.

4학년이 되면 새로운 친구들과 사귀는 능력을 기르는 힘과 새 담임 선생님과 적절히 뜻을 같이하며 생활하는 것도 중요하다. 그리고 각오도 새롭게 하고 무엇에 집중해 볼지도 마음에 두는 것도 빼놓을 수 없지!

즐거운 겨울 방학 잘 보내기 바라고,

좋은 경험 많이 하여 여유 있고 넉넉한 손자이길 바랄게. 사랑해!

안녕!

2016년 12월 31일 할배 글

새해엔 좋은 각오를....

벌써 2학년이 되는구나!

많이 컸고 많이 달라졌고 이젠 명헌이 형으로서 지난번에 같이 놀며 재밌는 역할을 잘하는 모습을 보고 흐뭇했다.

올해는 닭띠의 해란다. 닭의 성격처럼 현명하고 영특하여 친구를 사귀는 데에서나 집과 학교에서 새롭게 달라지는 창민이이길 소원한다.

방학 중엔 좋은 경험 많이 하고 무작정하고 놀아대는 것보다는 의미 있고 뜻이 있는 놀이를 통하여 자신을 향상시킬 수 있기를 기대한다.

국기원에서 태권도 품띠 도전의 모습을 실감나게 보지 못해 서운했으나 집에서 자신감과 힘 있는 품세를 보고 분명히 검은 띠를 받을 것이라고 믿었다.

결과가 나오면 할아버지께 알려주기 바란다. 궁금하니까 알았지?

할머니도 창민이가 2학년이 되면 더욱 멋지고 늠름하게 최선을 다하는 모습을 보고 싶어 한다. 누구에게 보이려고 노력하고 애쓸 필요는 없다. 그러나 할배, 할매의 입장에선 창민이의 새롭게 달라지는 모습을 볼 때면 아주 행복하고 자랑스럽단다.

새해엔 더욱 건강하고, 많은 친구 사귀며 좋은 각오를 갖길 바랄게.

사랑해, 안녕!

2016년 12월 31일 할배 글

翰栗군!

올해 태어나는 아이는 닭띠가 된다. 동양에서는 사람이 태어나면 동물들의 이름을 따서 태어난 때를 구분한다. 그래서 띠동갑 하면 같은 나이 또래를 말하지.

닭은 그 성격이 먹이를 찾든 싸움을 하든 최선을 다한대요. 머리가 좋고, 일의 감각도 뛰어나요. 닭띠는, 신중한 성격을 가지고 있고, 닭띠와 맞는 띠는 범띠라네. 성격은 다르지만, 서로 신선함을 느낄 수 있고, 부족한 점을 채워 줄 수 있는 능력을 가지고 있단다. 그래서 올해를 붉은 닭띠의 해라고 한단다.

닭의 어린 시절은 '병아리' 인데 바탕의 그림처럼 수탉의 모습을 보면 아주 늠름하고 누구에게도 굴함이 없는 자신감을 보이고 있잖니.

우리 한율이도 올해 수탉처럼 자신 있고 늠름한 모습으로 건강하게 자라기를 바란다.

5학년이 되면 새로운 친구들과 사귀는 능력을 기르는 힘과 새 담임 선생님과 적절히 뜻을 같이하며 생활하는 것도 중요하다. 그리고 각오도 새롭게 하고 무엇에 집중해 볼지도 마음에 두는 것도 빼놓을 수 없지!

방학 때 책 많이 읽고 즐거운 겨울 방학 잘 보내기 바라고,
엄마, 아빠랑 전국의 좋은 경험 많이 하여라.
사랑해! 안녕!

2016년 12월 31일 할배 글

호랑이 화백님

2017년은 닭의 해란다.

명헌이가 드디어 초등학교 1학년에 입학하게 되는구나. 무사히 잘 자라서 학교에 들어간다고 하니 할아버지와 할머니는 자랑스럽고 대견해서 하나님께 건강, 행복하라고 기도 많이 한다.

형이 다니는 학교에 입학하겠구나.

형이 고학년이라서 아마도 많이 많이 도와줄 거야. 입학 기념으로 어떤 선물을 받고 싶어? 잘 생각해 두었다가 할아버지에게 말해라. 할머니도 좋은 선물 준비하고 있을 것이고, 학교에 입학할 때 꼭 가서 축하해 줄 거야. 알지?

'호랑이 화백님!'

그림 그리는 좋은 책을 하나 준비해 두었으니 나중에 받아 가거라.

명헌이는 '화가' 또는 '디자이너' 등이 되어 다른 사람에게 도움 주는 학생이 될 거야.

사랑해, 재밌게 지내구, 안녕!

할아버지 글

친구 많이 사귀기

우리 **明憲**이 드디어
1학년 (영)반! **입학**하는구나!

너무너무 기쁘고 행복하다.
세상을 다 얻은 듯 감사하다.
많은 친구를 만날 텐데, 걱정도 되지만,

친구는 어떤 때는
마음에 들기도 하고, 또 다른 때는 불편하기도 하지

할아버지는 지금도 친구가 많아,
마음도 넉넉하고 보람도 있고 행복해
옛날처럼 장난도 치고, 소리도 치고 웃고 밀치고,
등등등등.......

그래서 친구는 많이 사귀는 게 **최고야! 최고,**
친군, 재밌게 놀고 웃고 다투면서 안 보면 보고 싶은 것
친구야. 많은 친구 만나보길 기대할게

할배 소원 하나!
"어느 곳, 어느 때라도 주저하지 말고 당당해라"

2017년 2월 할배 글

좋은 친군 최고의 선물

벌써 5학년 고학년이 되는구나!

율이는 복이 많아서 상 많이 받고 다른 친구들에게 인정도 많이 받아서 늘 할아버지에게 기쁨을 주었다. 그래서 지금도 감사함이 많단다. 고마워!

이미 많은 친구가 있겠지만,

친구(親가까울 친, 친할 친, 舊오랠 구, 옛 구)란?

오래도록 가까이에서 함께 지낼 수 있는 사람을 말한다. 그래서 친구는 절친하다 하여 '막역(莫逆)한 사이, 허물없는 사이'라고 표현한다. 여기서 막(莫)은 아니다, 없다라는 뜻이고, 역(逆)은 거스르다, 배반하다라는 뜻으로 서로가 '거스르지 않는다는 의미이다.

한율을 비롯한 모든 사람은 여러 친구와 만나고 사귀고 좋은 친구를 가깝게 하며 생활한다. 그래서 서로의 마음을 읽어 내고, 일일이 말하지 않아도 상대편의 마음을 알 수 있다.

친구를 만들어 가는 일은 참으로 중요한 일 중의 하나야. 그래서 이런 말이 있다.

"열 명의 자식보다 한 명의 친구가 더 낫다"

"인생에 좋은 친구를 만나는 것이 최고의 선물이다"

라는 말들은 親舊의 중요성을 강조한 말이다.

고학년이 되어 또 다른 친구들을 만나고 사귈 텐데, 가까이서 오래도록 지켜볼 수 있는 친구를 만나기 바라고, 서로에게 도움을 주고받는 좋은 친구를 만나서 오래 함께하는 모습을 기대한다.

2017년 2월 할배 글

친구의 중요성

벌써 2학년이 되는구나!

창민이는 언어 구사와 수 셈 능력이 특별하다는 생각을 하니 훌륭한 수학자의 길을 가는 지혜가 있다는 마음에 늘 할아버지에게 기쁘다. 그래서 지금도 감사와 감사함이 많단다.

1년 동안 주위에 여러 친구가 있겠지만,

친구(**親**가까울 친, **舊**오랠 구)란?

오래도록 가까이에서 함께 지낼 수 있는 사람을 말한다. 그래서 친구를 아주 친한 관계다 하여 '막역(**莫逆**)한 사이, 허물없는 사이'라고 표현한다. 여기서 막(**莫**)은 아니다라는 뜻이고, 역(**逆**)은 거스르다라는 뜻으로 서로가 '거스르지 않는다'는 의미이다.

창민, 한율, 해민, 명헌, 할배, 할매, 엄마, 아빠도 여러 친구와 만나고 사귀고 좋은 친구를 가깝게 하며 생활한다. 그래서 서로의 마음을 읽어 내고, 일일이 말하지 않아도 상대편의 마음을 알 수 있기도 하다.

친구를 만들어 가는 일은 참으로 중요한 일 중의 하나야. 그래서 이런 말이 있다.

"열 명의 자식보다 한 명의 친구가 더 낫다"

"인생에 좋은 친구를 만나는 것이 최고의 선물이다"

라는 말들은 親舊의 중요성을 강조한 말이다.

새 학년에 올라가면 다른 친구들을 만나고 사귈 텐데 가까이서 오래도록 지켜볼 수 있는 친구를 만나기 바라고 서로에게 도움을 주고받는 좋은 친구를 만나서 오래 함께하는 모습 보기를 기대한다.

2017년 2월 할배 글

한 사람의 친군 인생 좌우!

벌써 4학년이 되는구나! 참 시간이 빠르다.

지난날 생각하면'삼일공원, 같이 걷던 벚꽃 길 등'생각이 많고 당당하고 자신 있는 모습이 늘 할아버지에게 기쁨을 준다. 그래서 지금도 하나님께 감사한다. 고마워!

1, 2, 3학년에서 친구들을 알았지만,

친구(親가까울 친, 친할 친, 舊오랠 구, 옛 구)란?

오래도록 가까이에서 함께 지낼 수 있는 사람을 말한다. 그래서 친구는 절친하다 하여 '막역(莫逆)한 사이, 허물없는 사이'라고 표현한다. 여기서 막(莫)은 아니다, 없다라는 뜻이고, 역(逆)은 거스르다, 배반하다라는 뜻으로 서로가 '거스르지 않는다'라는 의미를 가진다.

해민을 비롯한 모든 사람이 여러 친구와 만나고 사귀고 좋은 친구를 가깝게 하며 생활한다. 그래서 서로의 마음을 읽어 내고, 일일이 말하지 않아도 상대편의 마음을 느낌으로 알 수 있기도 하다.

친구를 사귀어 가는 일은 참으로 중요한 일 중의 하나야. 그래서 이런 말이 있다.

"열 명의 자식보다 한 명의 친구가 더 낫다"

"인생에 좋은 친구를 만나는 것이 최고의 선물이다"라는 말들은 親舊의 중요성을 강조한 말이다.

새 학년이 되어 또 다른 친구들을 만나고 사귈 텐데 가까이서 오래도록 지켜볼 수 있는 친구를 만나기 바라고 서로에게 도움을 주고받는 좋은 친구를 만나서 오래 함께하기를 기대한다. 책 많이 읽고 넉넉한 **楷珉**이가 되라.

2017년 2월 할배 글

늘 새로움의 실천

"서정초등학교 4학년 5반 최해민"

이렇게 교실에서 출석부를 들고 불러보고 싶다. (할배가 옛날 선생님이었으니까)

요즈음 할배는 맘에 드는 집으로 이사를 와서 너무너무 기분이 좋다. 왜냐하면 아침 일찍 일어나서 잔차를 타고 출근하고 출근 후에는 성경책 읽고, 클라리넷 공부, 일기 쓰기, 목공훈련 등등 아주 재밌는 시간을 스스로 만들어 가기 때문이다.

옛날처럼 배고픔을 느끼면서 새로운 삶을 체험하고 있어서 소소한 일들을 통하여 '이것이 행복이구나!'하고 새로운 人生공부를 한다.

새 학년이 되었지! 새 선생님, 새 친구, 새 교실, 새 환경 등 정말 새롭겠다. 그래서 우리 **楷珉**이가 학교에 다니는 기분이 생길 거라고 생각한다.

"이와 같이 학교 공부의 시작을 무어라고 하지? 골라 보세요.

( ) ① 始作 ② 學校 ③ 親舊 ④ 敎室 ⑤ 開學

開學이라고 한다. 開學은 배움의 시작, 학교의 열림, 새 만남의 시간 이런 뜻이 있다. 국어사전에는 開學의 뜻을 이렇게 쓰고 있다. 開(열 개)學 (배울 학)은 학교가 방학, 휴교 등'한동안 쉬었다가 다시 수업(공부)을 시작한다'라고 되어 있다.

이때 새 학년을 멋지고 보람되게 보내려면 무리한 계획은 세우지 말고 꼬오옥 실천할 수 있는 1~2가지만을 목표로 세우고 실천하는 것이다. 아마, 작은 실천이라도 꾸준히 실천해 보면 스스로 기쁨과 행복감을 느낄 수 있을 거야. 꼭 해 보렴.

새 선생님 말씀 따라, 친구들과 사이좋게 시작하고 즐거운 시간 만들어라. 그리고 아빠랑 동생이랑 3시간 정도 자전거로 달려 할배 집에 도착한 거 진심으로 축하한다. 아직 할배도 자전거로 가 보지 못한 일을 **楷**

珉이가 하다니 하는 생각에 대단하다고 생각하고 칭찬한다.

楷珉이는 하고자 하는 마음만 있으면 무엇이든지 해낼 수 있다고 믿는다.

자주 보자, 안녕!

2017년 03월 15일(수) 할아버지 글

소소한 일들의 행복

"서울 태랑초등학교 5학년 5반 최한율"

이렇게 교실에서 출석부를 들고 불러보고 싶다. (할배가 옛날 선생님이었으니까)

요즈음 할배는 맘에 드는 집으로 이사를 와서 너무너무 기분이 좋다. 왜냐하면 아침 일찍 일어나서 잔차를 타고 출근하고 출근 후에는 성경책 읽고, 클라리넷 공부, 일기 쓰기, 목공훈련 등등 아주 재밌는 시간을 스스로 만들어 가기 때문이다.

옛날처럼 배고픔을 느끼면서 새로운 삶을 체험하고 있어서 소소한 일들을 통하여 '이것이 행복이구나!'하고 새로운 人生공부를 한다.

새 학년이 되었지! 새 선생님, 새 친구, 새 교실, 새 환경 등 정말 새롭겠다. 그래서 우리 **翰栗**이가 학교에 다니는 기분이 생길 거라고 생각한다.

"이와 같이 학교 공부의 시작을 무어라고 하지? 골라
        (   ) ① 始作 ② 學校 ③ 親舊 ④ 教室 ⑤ 開學
開學이라고 한다. 開學은 배움의 시작, 학교의 열림, 새 학습 만남의 시간 이런 뜻이 있다. 국어사전에는 開學의 뜻을 이렇게 쓰고 있다. **開**(열 개)**學**(배울 학)은 학교가 방학, 휴교 등'한동안 쉬었다가 다시 수업(공부)을 시작한다'라고 되어 있다.

이때 새 학년을 멋지고 보람되게 보내려면 무리한 계획은 세우지 말고 꼬오옥 실천할 수 있는 1~2가지만을 목표로 세우고 실천하는 것이다. 아마, 작은 실천이라도 꾸준히 실천해 보면 스스로 기쁨과 행복감을 느낄 수 있을 거야. 꼭 해 보렴.

우리 **翰栗이는 지금까지** 새 학년을 맞이할 때마다 친구들의 앞장이 되었고 태권도, 클라이밍, 시범단 활동 등 자랑스러운 일들이 참 많지. 올해도 선생님 말씀 따라, 친구들과 사이좋게 시작하고 즐거운 시간 만들어라.

翰栗아, 사람은 힘이 들고 어려움에 처할 때 이겨낼 수 있는 용기와 의지가 필요하다. 율이는 이미 그러한 정신력을 아빠, 엄마랑 함께 키워 왔다. 좋은 경험을 하면서.......

그래서 율이가 하고자 하는 마음만 먹으면 무엇이든지 해낼 수 있다고 믿는다.

멋지게 시작해라.

자주 보자, 안녕!

2017년 03월 15일(수) 할아버지 글

자신의 역사에 남는 일

새 학년 기분 좋지?

"서정초등학교 2학년 1반 최창민"

이렇게 교실에서 출석부를 들고 불러보고 싶다. (할배가 옛날 선생님이었으니까)

항상 시작할 때는 무엇이든지 해낼 수 있는 자신감이 높아지고 하고자 하는 의욕도 하늘을 찌를 수 있다. 그래서 시작할 때는 흥분하지 말고 조금은 천천히 상황을 판단하면서 요모조모 생각하며 실천하려고 해야 한다.

언제나 시작하는 때가 있으면 끝나는 때가 꼬오옥 있다. 그 때문에 그 사람이 얼마나 커다란 업적을 세웠는가는 마지막에 판단되어지고 자신의 역사에 남게 되는 것이다.

하여 **彰珉**이가 멋진 학습의 과정을 이루어 내고 힘든 과정을 거쳐 학년의 말에 가면 그 결과가 나오게 되는 이치와 같다.

할배 생각은 시작과 끝이 어느 것이 중요하냐고 묻는다면 끝이 더 중요하다고 할 것이다. 왜냐하면 결과는 자신이 얻어내는 열매이고 역사에 남게 된다. 그래서 이런 말이 있다.

"시작은 작게 하더라도 그 끝은 높고 크게 하라"라는 성경의 말씀이 있다.

彰珉아,

작은 일도 의미를 두어야 하고 큰일에도 의미를 두어야 한다. 소중한 것은 모두가 소중하지만, 그중에서도 내가 좋아하는 능력에는 더 큰 관심을 갖는 것이 발전한다.

開(열 개) **學**(배울 학)

'학교의 시작, 학습의 시작' 등의 의미가 있다. 배움의 시작을 잘하고 너가 뜻하는 바가 있다면 그 뜻을 굽히지 말고 꿋꿋이 해내어라. 그리고 친구와 사이좋게 선생님과 많은 대화를 나누면서 새 학년의 기분을 마음껏 즐겼으면 한다.

멋지게 시작해라. 자주 보자, 안녕!

2017년 03월 15일(수) 할아버지 글

스스로 풀어가는 생활

"사랑한다."

"서울 태랑초등학교 1학년 3반 최명헌"

이렇게 교실에서 출석부를 들고 불러보고 싶다. (할배가 옛날 선생님이었으니까)

우리 **明憲**이가 학교에 들어가다니 정말 기쁘고 자랑스럽고 든든한 생각이 든다. 어리기만 했는데 아주 씩씩해졌고, 이젠 형처럼 '클라이밍'하는 사진을 보며 할배는 대단한 감동을 느꼈단다.

어떤 경우에도 잘할 수 있지?

'서울 태랑유치원'도 다녔으니 그리고 넓고 큰 집으로 이사도 했으니 얼마나 기분이 좋을까! 생각만 해도 할배 마음이 파도를 넘나드는 것처럼 울렁울렁거려진다. 그리고 할배도 너처럼 1학년 교실에서 같이 공부하고 싶다.

할아버지는 새집으로 이사를 해서 너무너무 기쁘고 하루하루가 행복해!

아마, **明憲**이 이 할아버지 마음 모를걸?

명헌아, 새 선생님과 즐겁게 사귀고 친구들과도 멋지게 보내는 한 학년의 시작이었으면 한다.

선생님은 처음엔 무서워 보여도 **明憲**이가 재밌게 묻고 말하고 질문하면 엄청 좋으신 선생님으로 변할 거야. 두려워 말고 당당하게 대답하고 말하고 잘 모르는 내용은 질문을 많이 하여 풀어내기 바란다.

항상 즐거운 시간을 보내고,.

할배랑 자주 보자. 만나고 싶어~~~! 안녕!

2017년 03월 15일(수) 할아버지 글

마음먹으면 무엇이든지

엊그제 할머니 생신 때,

Go_Card를 치면서 유창한 대화와 말솜씨가 할배를 놀라게 했다. 한편 여유롭게 보이기도 하고, 다른 한편으론 마음이 생각이 되고, 그 생각이 말이 되며, 그 말이 행동이 되어 사람의 됨됨이를 알 수 있는 기회가 되는데, 그날 너의 모습에서 아주 넉넉한 마음이었다. '그 사이에 이렇게 달라졌나?'하고 놀랐다. 학년이 올라가면 점점 다른 모습을 볼 수 있을 거라는 기대감이 들기도 했다.

사랑한다.

추운 겨울을 딛고 솟아오른 새싹처럼

하늘 향해 양손 펼쳐 올리고,

'난, 할 수 있다.'를 힘차게 외쳐라.

언제, 어디, 어떤 경우에라도 이 말을 외치면 힘이 솟고 어려움도 사라진다.

난, 너가 마음먹으면 무이든지 할 수 있다는 생각을 한다. 또 하나, 실수가 있더라도 주저하지 말고 자신의 표현을 확실히 하는 용기를 갖기 바란다.

새 학년, 새 친구들 많이 사귀었지!

학교생활도 내가 재미있다고 생각하면 즐겁고, 불편을 생각하면 불안해진다. 그러니까 매번 마음을 어떻게 먹는가가 제일 **重要**(무거울 중, 구할 요)하다.

멋지게 자라서

나의 뜻을 마음껏 펼지는 기회를 얻었으면 한다.

문득문득 **楷珉**이가 보고 싶을 때

만나자! 잘 지내!

2017년 4월 할배 글

꼭 기회는 온다

점점 달라지는 너의 모습을 본다.

할매 생신 때 그 사이 자라난 키가 그렇고, 서재에서 '오목 바둑'두었을 때 생각이 다양하다는 걸 알았다. 할배를 제치고, 형을 제치고, '오목 바둑의 왕'이 됨을 다시 한번 축하한다.

다음에 오면 할배가 너에게 도전할게 각오해라이! 그리고 할배랑 편이 되어서 바둑을 둘 때 너의 판단력도 느낄 수 있었다. 형들에게 진다 하더라도 약오르지 마라. 화내지 마라. 울지도 마라. 왜냐 그러는 편이 지는 것이다. 경기에서 지더라도 '한번 해 봐야지!' 하는 각오를 다짐하면 꼭 기회는 온단다.

생신 축하해 주어서 고맙다.

사랑한다.

너는 할머니를 너무 좋아해서 보기 좋고, 약이 오른다. 그래도 할밴 너의 그 마음에 더 감사한다.

학교생활 멋지게 재밌게 하리라 생각한다. 그래도 한마디 하고 싶은 말은 선생님과 친구들의 상황을 생각하여 배려하는 마음을 항상 갖고 생활하기 바란다. 힘들게 하는 친구가 있다면 왜 그러는지 묻고 생각해 보고 이해하며 새롭게 발전하는 길이 무엇인지 생각해 보기 바란다.

이렇게 하면 모든 문제가 해결된다.

가깝게 살고 있으니 자주 만나자!

건강해라.

안녕!

2017. 4월 편지 할아버지 글

네가 있어 행복

무엇이든 잘하고 있지?

늘 너를 보면 꾸준함과 열심성이 보이는 것을 흐뭇하게 생각한다.

할머니 생신날 왔을 때, 너의 생일을 함께 축하하면서 너무나 기뻤던 마음을 지금 다시 표현한다. 벌써 11살 너의 나이만큼은 할밴 늙어간다.

그렇게 생각하지만 늘 기쁨과 감사하는 마음으로 즐겁게 살아가고 있다. 이런 까닭은 가끔씩 너희들이 찾아오면 세상 모든 어려웠던 일들이 기쁨과 환희로 변하여 엔도르핀이 쑤욱 쑥 올라서 더 건강해지고 행복해한다.

율이를 위한 기도는 "하나님, 우리 한율이 눈이 점점 좋아지길 소원합니다."라고 한다.

해민이랑 놀이터에서 야구할 때 느꼈다. 시력 때문에 속구를 놓치는 것 아닌가 하는 마음이 들었다.

사랑한다.

건강하고 부모님 말씀에 따라, 선생님 말씀 지도에 따라 힘든 것들도 잘 해결해 가는 너이기를 바란다.

미국을 간다고 하니 부럽다. 그리고 할아버지 서재에서 영어를 읽는 것을 보고 미국 가서 쓸 영어를 잘하고 있구나 하는 마음이 들었다.

친구들 잘 사귀고 즐겁고 재밌는 학교생활을 만들어 가거라. 안~~녕!

2017. 04월 할배 편지 글

너 속에 내가

"1학년 최명헌!"

안녕!
오늘도 좋은 아침이지?
할머니 생신 때 명헌이를 보니
자신 있는 표정, 생각을 표현하는 말씀씨 등 꽤 많은 변화를 보았다.
너를 보아 즐겁고
너를 안을 수 있어서 행복했다.

항상 멋진 최명헌이기를 소원한다.

사랑한다.
가끔씩 만나서 웃고 즐기고 맛있는 한우고기 먹고 형들과 대화하고
놀며 배우는 시간 갖자!

학교생활 잘하기 바라고,
건강하여라.
안~녕

2017. 04월 할아버지 편지글

여행이란?

　체험학습 겸 여행을 머얼리 간다고 하니 5월 효행의 달 편지는 '여행이
란 무엇인가?' 하는 생각을 풀어볼까 한다.
　旅(나그네 여)行(갈 행) 한자의 뜻처럼 무리를 지어서 이곳저곳을 걸어 다니
며 보고 듣고 생각하고 느끼는 시간을 말한다. 또, 일정표에 따라 움직이
면 '旅(나그네 여)程(단위 정, 법 정)'이라 말하기도 한다.
　여행의 종류는 크게 국내, 국외여행, 주제에 따라서는 가족, 배낭, 자
유, 세계 일주, 역사 기행 여행 등으로 구분할 수 있다. goals의 이번 여행
을 분석하면 국외여행에 가족 체험 여행이라 본다.
　여행을 통해 얻는 것은 상당히 많다. 첫째, 학습의 대상으로 가는 곳
의 문화와 국가의 특징을 몸소 배우고 익히고 느낄 수 있게 된다. 이를

통해 생생한 지식을 얻는다. 둘째, 휴식의 공간과 시간으로 삶을 더 윤택하게 만들고 여행 후에 겪는 힘들고 어려움을 극복할 힘을 얻을 수 있다. 그래서 누구나 여행 가 보기를 소원하기도 하지.

너는 '스페인과 포르투갈'14박 16일을 가지! 할배도 못 가 본 곳을 여행하니 많이 부럽다. 여행 기간 동안 힘들기도 하고 어려운 일도 있을 텐데 잘 참고 극복해 내는 힘을 길렀으면 한다.

아빠, 엄마의 말씀에 따라 일정을 지키고 언제 어디서나 안전을 생각하며 즐겁고 놀라운 여행이 되길 바란다. 건강하게 잘 다녀와라. 파이팅!!

2017. 05월 할아버지 편지글

가족여행이란?

미국 여행을 간다고 하니 5월 효행, 가족의 달 편지는 '여행이란 무엇인가?'하고 생각해 본다.

旅(나그네 여)行(갈 행) 한자의 뜻처럼 무리를 지어서 이곳저곳을 걸어 다니며 보고 듣고 생각하고 느끼는 시간을 말한다. 또, 일정표에 따라 움직이면 '旅(나그네 여)程(단위 정, 법 정)'이라 말하기도 한다.

여행의 종류는 크게 국내, 국외여행, 주제에 따라서는 가족, 배낭, 자유, 세계 일주, 역사 기행 여행 등으로 구분할 수 있다. **翰栗**이의 이번 여행을 생각하면 국외여행에 온 가족 체험 여행이라 본다.

여행을 통해 얻는 것은 상당히 많다. 첫째, 학습의 대상으로 가는 곳의 문화와 국가의 특징을 몸소 배우고 익히고 느낄 수 있게 된다. 이를 통해 생생한 지식을 얻는다. 둘째, 휴식의 공간과 시간으로 삶을 더 윤택하게 만들고 여행 후에 겪는 힘들고 어려움을 극복할 힘을 얻을 수 있다. 그래서 누구나 여행하기를 소원하지만, 해외여행은 경험하지 못하는 사람들이 아직도 많이 있다.

할배는 학교에 근무할 때 1번, 퇴직 후 1번 미국을 두 번 갔었다만 참으로 살고 싶은 나라였다. 이렇게 생각하면 우리 "율이는 정말 행복한, 복이 많은 사람이다"라는 생각을 한다.

알찬 여행이 되기를 바라고 큰 세상을 이곳저곳 다니면서 많은 것을 체험하고 배우고 느끼고 와서 더욱 성숙한 崔翰栗이길 기도한다. 파이팅!

2017. 05월 할아버지 편지글

네가 부러워라

참 좋고 행복하겠다.

할배가 가지도 못한 '스페인과 포르투갈'을 가다니 무척 부럽다.

旅(나그네 여)行(갈 행) 소리를 듣기만 해도 마음이 설레고 기분이 업(UP)되고 흥분되는 마음을 이 시간도 느낀다.

네가 가는 나라는 할아버지도 꼭 가야겠다고 마음을 먹고 있는 나라이다. 학교를 퇴직한 후 할머니와 함께 가기로 약속도 했는데 아직도 실천하지 못하고 있다. 그 까닭은 아직도 '일'을 하고 있기 때문이라고 핑계처럼 말한다.

이젠 창민에게 언젠가는 할배와 할매도 꼭 갈 거라고 약속한다. 아직도 가 보아야 할 나라가 10나라 정도는 된다. 아마, 이루어질지 의문이기도 하다. 마음을 먹고 이루려고 하면 이루어진다는 것을 믿고 있다.

창민아, 아직 어리지만 엄마와 아빠의 말씀과 일정에 따라 많은 협조를 하고 새로운 환경에서도 자신 있게 외국인과 만남의 기회도 경험하고 용기를 내어 부족한 영어라도 하면서 그 나라의 문화와 예술, 자연과 생활 속을 잘 체험하고 돌아오길 바란다.

첫째, 둘째, 셋째도 돌아올 때까지 '안전'이다.

즐겁고 멋지고 보람찬 해외여행을 체험하여라.

파이팅!

5월 할배의 편지글

첫 해외여행

"학교생활이 즐거우냐?"

라고 물었을 때, 우리 명헌이 대답은

"예, 즐거워요"라고 했다.

왜라고 묻지는 않았지만, 할아버지는 참 평안하고 마음이 든든했다.

우리 명헌이가 어리고 어린 줄만 알았고 마음 걱정도 했었는데 대답하는 모습을 보고 행복했다.

잘생긴 녀석!

보고 싶다.

누구보다 너를 사랑한다.

명헌이 엄마랑, 형이랑 함께 미국을 여행한다면서 '부럽다 부러워' 그리고 할배가 가는 것처럼 즐겁고 재미날 걸 먼저 생각하며 흐뭇해한다.
미국에서 행복한 경험 많이 하여라.
어떤 나라인지? 어떤 사람들인지? 무엇이 좋은지? 마음에 드는 일은 무엇인지?
가는 곳마다 의문을 가지고 궁금한 것들이 떠오를 때마다 엄마, 아빠께 여쭤보아라. 그래서 많은 것을 느끼며 배우고 왔으면 좋겠다.
명헌이가 무럭무럭 자라서 어른이 될 때까지라도 좋은 기억으로 남는 해외여행이 되기를 기도한다.
"잘 다녀와!" "명헌이 최고!" 파이팅!

5월 할아버지 편지글

체험여행 현장과 삶의 질

서정초 4학년 때 스페인, 포르투갈 해외여행을 무사히 마치고 돌아온 후 할배 집에서 형아, 동생들과 만나 재밌게 놀다 간 시간을 지금도 생각하고 '참 행복한 가족이구나'라고 생각한다.
사람은 더불어 살고 한데 어우러져서 서로가 서로를 생각해 주며 살아가는 협력 사회를 가정부터 경험하게 하는 것이 중요하다. 특히, 요즈음 같은 사회에서는 더욱더 중요함을 느낀다.
楷珉이를 보고 있노라면 점점 새롭게 몸, 마음, 정신이 고르게 발달하고 있음을 아주 흐뭇하게 생각한다. 할아버지 혼자 생각이지만 우리 **楷珉**이는 **國**(나라 국)**家**(집 가)와 **社**(단체 사)**會**(모임 회)를 위해 자기 능력을 최대한 발휘할 수 있는 소질을 갖추어 가고 있음을 공감한다. 지금은 다양한 경험과 지식을 체험으로 닦아서 자신을 더욱 업그레이드할 줄 아는 기회를 자주 가졌으면 한다.

楷珉아!

잘 놀아라, 책을 많이 읽어라, 그리고 좋은 경험을 하는 것이 중요하지만, '나만의 특기를 살릴 수 있는 생각을 자주 해 보아라' 내가 잘하는 것, 내가 좋아하는 것, 내가 하고 싶은 일이 무엇인지 가끔씩 해 보고 그것을 위해 즐겁게 실천할 수 있는 일이 어떤 것인지 생각해 그쪽으로 조금씩 마음을 모으면 뜻하는 바가 이루어진다.

너의 생각이 꼭 이루어질 수 있길 소원한다.

2017년 6월 할아버지 편지글

기회는 찾는 자에게만

서울 태랑초 5학년 때 다시 한번 '전국클라이밍대회 1등'을 축하한다. 참 영광스럽고 보람 있는 경험을 했음에 할배는 너무 감격스럽게 생각한다.

사람은 태어나서 율이처럼 어릴 때 그러한 대회 경험을 해 보는 것이 중요하다. 물론 여러 번 대회 경험을 해 본 율이지만 더욱 정진하여 건강하고 멋지게 자기를 만들어 가는 손자였으면 한다.

지난 시간 동안 할아버지는 율이가 꼭 1등을 한 번 경험해 보아야 할 텐데 하고 바라고 바랐었는데 이번의 기회는 정말 좋은 인생에 경험이었다고 생각한다.

6월 13일 미국으로 해외여행 겸, 외삼촌 댁을 방문하는 좋은 경험을 하게 되는데 어떤 마음으로 가는지 궁금하다.

아마도 좋은 생각과 경험을 쌓는 기회가 되리라 생각하지만, 우선 건강하게 즐겁게 재밌게 긴 시간을 활용하고 먹고 입는 것보다 느끼고, 보고, 체험하고, 더불어 함께하는 생활의 의미를 새롭게 느끼고 왔으면 한다.

율아, 너에게는 정말 좋은 기회이다. 외국인과 외국 어린이들과 주저하지 말고 즐거운 관계를 맺으면서 친구도 만들고 이웃도 만들며 영원할 수 있는 기회를 생각해 보기 바란다.

의지력 있고 꾸준함이 남과 다른 율이가 미국이라는 새 사회에서 잘 적응하고 오길 희망한다. 이런 경험이 너에게 좋은 기회를 만들게 된다.

2017년 6월 할아버지 편지글

내 부족함에도 용기를

서정초 2학년 무렵 해외여행을 무사히 마치고 돌아와서 만남에 다시금 감사한다. 많은 시간을 걷고 달리고 보고 느낀 경험들을 마음에 담아서 너가 하고자 하는 일에 조금씩 좋은 보탬이 되었으면 한다.

아빠, 엄마께 감사하고 지구상에서 모든 사람과 공감할 수 있는 창민이가 되었으면 한다.

어느 곳, 어느 나라를 가더라도 부끄러워하지 말고 주저하지도 말며 좀 실수하고 좀 부족함이 있어도 별거 아니야 하는 자신감을 보이기 바란다.

창민이는 정확하고 확실한 것을 좋아하는 마음을 갖고 있음을 나는 안다. 그 마음을 오래 간직할 수 있었으면 바라고 조금은 틀리고 부족하고 흠이 있는 경우도 '응, 그럴 수 있어' 하는 든든한 마음을 배웠으면 한다.

엊그제 집에 와서 재밌게 놀고 기분 좋아하는 모습이 아직도 남아 있다. 가끔씩 형제들끼리 만나서 서로 익히고 놀이하며 사이좋은 관계를 만들어 가는 우리 가족이 늘 행복했으면 한단다.

학교생활에서 오랜 여행으로 따라가지 못하는 과목이 있을 텐데 남다른 노력을 하고 아빠와 선생님께 다시금 여쭤서 하나씩 알아가는 시간을 갖기 바란다.

'창민아, 딱지~~,!'하면 알지 무슨 뜻인지.

늘 좋은 친구들과 만나고, 형과 의리 있게 지내며 부모님 말씀에 지혜롭게 대처해 가는 손자이길 바란다. 행복하여라. 안녕!

2017. 6월 편지글 할배

마음먹기에 따라

사랑한다.

하루하루 달라지고 있는 모습에 감사한다.

벌써 1학년의 반년이 다 지나고 있다.

엄마랑 미국을 가는 게 부럽다.

외삼촌과 외숙모, 외할아버지, 할머니께도 감사하다는 생각을 잊지 않기를 바란다.

미국은 세계의 사람들이 부러워하는 나라, 지구상에서 가장 잘살고 강한 나라이다.

이 나라는 할아버지도 모두 돌아보지 못했지만 3번 가 본 경험이 있는 나라이지.

그때 할아버지는 '머물러 살고 싶었다.' 그래서 영어 공부를 해야겠다고 생각하고 열심히 배운 적도 있었다.

하지만,

명헌이처럼 어린 나이에 직접 미국의 어린이들과 생활해 보는 경험은 없었다. 명헌이는 이번 기회에 '어린이의 천국'이라는 나라의 학생들과 생활하는 체험을 한다.

정말 기대가 된다.

두려워 말고 주저하지도 말며 부끄러워하지도 마라. 어떤 생활에서도 '자신 있다"할 수 있다' 하는 용기를 가지면 모두 해낼 수 있다.

잘 다녀와라.

건강하고 즐거운 시간 갖기 바란다. 안녕!

2017. 6월 할아버지 편지글

생각의 힘

　이제 장마철이라 한다.

　이럴 땐 음식을 꼭 익혀서 먹고, 손발을 깨끗하게 씻는 일이 중요하단다. 물도 찬물보다 끓여서 먹는 것이 좋다고 한다. 어떤 음식이든 모두 익혀서 먹는 것은 괜찮다고 한다.

　물론 엄마, 아빠가 미리 알고 신경 쓰겠지만 스스로도 어떻게 해야 하는지 대처하는 자세가 중요하다.

　엊그제 우리 집에 왔을 때,

　楷珉이는 思考力(생각 사, 생각할 고, 힘 력) 좋다고 했을 때, 그 대답은,

　"思考力이 무엇인가요?"라고 물었지. 그래서 할배의 대답은

　"생각하는 힘"이라고 했다.

　그렇게 생각한 까닭은 어떤 일에 생각하는 것이 다양하고 표현하는 말도 여러 가지로 잘하며 다른 사람의 뜻에 바로 대답하는 것을 자주 보았기 때문이란다.

　보고, 듣고, 느끼고, 생각한 좋은 경험들을 기억하는 것도 중요하지만, 진정으로 좋은 것은 사고력이 좋아야 떠오르는 생각을 멋지게 밖으로 내놓을 수 있다.

　날씨가 무척 덥다. 건강에 신경 쓰고 친구들과 잘 지내도록 부탁할게.

　또 만나자! 사랑해.

2017년 7월 1일 할배 글

책을 사랑하는 사람이길

날씨가 참 덥다가 이젠 장마가 시작된단다. 비를 맞으면 씻어야 하고, 음식은 무엇이든 끓여서 먹는 것이 중요하다. 특히, 물도 끓인 후 시원하게 만들어 먹는 것이 좋고 아이스크림은 적당히 먹는 것이 좋다고 한다.

2학년의 반을 넘어섰다. 이젠 키도 많이 자랐고 튼튼한 모습이 점점 나타난다. 너를 볼 때마다 '우리 창민이가 벌써 저렇게 컸구나' 하는 마음이 든다. 신체가 커지는 만큼 마음도 폭넓게 자랐겠지? 어떤 경우에서도 넉넉한 마음으로 생각할 줄 아는 손자이길 기대한다.

창민이는 數理力(셈 수, 다룰 이(리), 힘 력)이 좋다. 고-카드 할 때 보면 계산하는 능력이 우수함을 느낀다. 셈 능력도 좋다는 것을 느낀다. 학교에서도 수학이 재미있을 거라고 생각하는 데 맞지? (나중에 대답해 줘)

할배, 할매랑 가까운 거리에 살지만, 자주 만나지 못해서 미안하다. 이제 방학이 되면 여기 와서 며칠 지내다 갔으면 한다. 형아랑 같이……

책 많이 읽고 있지, 지구상에서 훌륭한 인물이 된 사람들은 언제, 어디서든 손에 책이 있었고 때와 장소를 가리지 않고 읽는 것을 좋아했다고 한다.

책을 좋아하는 걸 보면 그럴 거라 믿는다.

사랑한다. 더위에 조심하고 건강 유의해라.

2017년 7월 1일 할배 글

나의 능력 발휘

이제 4학년 후반이니, 편지글의 포인트를 15포인트로 글자를 작게 하여 쓴다. 그리 알고,

해민이랑 재밌게 해 왔던 Go-Card를 하지 않는 것은 할배의 목적했던 바가 달성되었기 때문이다. 이제부터는 바둑을 만날 때마다 아니면 쉬는 날에도 어느 수준까진 가르치고 싶어졌다. 사람은 변화에 변화를 거듭해서 발전하게 되고 달라져 가는 모습에서 스스로가 즐거움과 행복을 느끼게 되니까. 우리 해민이도 하고 싶은 걸 하면서 멋과 끼를 발휘할 수 있기를 기대한다.

그리고 다른 친구들과의 관계에서도 잘못된 점을 찾지 말고 언제나 장점을 발견하여 긍정적으로 나에게 도움이 될 수 있는 길을 생각하게 되면 너에게 큰 힘이 만들어지게 된다.

이번 편지에는 기(夔:조심할 기)라는 지구상에 없는 동물을 쓰려고 한다.

다리가 하나뿐인 기(夔:조심할 기)라는 동물이 있었는데, 어느 날 지네의 발을 부러워했다. 왜냐하면 수십 개의 발을 가지고 있기에 엄청 편리할 거라고 생각했기 때문이다.

그런데 이 지네는 발이 없이 다니는 뱀을 부러워한다. 왜, 뱀은 발이 아닌 수천 개의 비늘을 가지고 이 구멍 저 구멍을 아주 쉽게 다니기 때문이다.

그러나 이 뱀은 아예 발이 없는 '바람'을 부러워한다. 왜, 바람은 발이 없어도 이 세상 저세상을 마음대로 구경하고 다니기 때문이다.

또 바람은 '눈(目)'을 부러워한다. 이는 먼 곳을 움직이지 않고 볼 수 있어서다. 그런데 '눈'은 마음(心)을 부러워한다. 마음(心)은 가만히 움직이지 않아도 좋은 거, 재미있는 거 모든 경험들을 생각하며 행복할 수 있기 때문이다.

그렇지만, 마음은 다리가 하나뿐인 전설상의 동물인 기(夔:조심할 기)라는 동물을 부러워하게 된다.

결국 세상의 모든 존재 형상을 갖고 있는 것들은 자기가 갖고 있지 못한 남의 것들을 갖고 싶어서 욕심을 낸다.

남이 갖고 있는 것을 부러워할 수 있으나 나는 '나(我:나 아)'이기 때문에 내가 갖고 있는 훌륭한 재능, 학식, 특기, 풍부한 생각, 아름다운 마음, 남과 다른 특이한 생각 등등이 '가장 아름답다'는 것임을 잃어 가고 있음을 안타까워했다는 선인(先人)인'장자'의 말씀을 표현한다.

너에게는 남들이 부러워할 아름다운 마음씨, 유창한 표현력과 사고력, 튼튼한 신체, 신속한 운동 능력, 남과 차별되는 어휘력, 상대편을 배려하는 마음 등등 자랑할 만한 거리가 있음을 알고 그 가장 아름다운 것들을 더욱 발전시키려고 애써 노력한다면, 분명히 국가와 사회를 위해 큰일을 해내는 사람이 될 것이라고 믿는다.

남의 능력, 새로움을 부러워하지 말고 나의 우수성을 발휘해 나가는 능력을 갖추어 나가기 바란다.

이를 위한 기본적인 지름길은 '책'이라 본다. 물론 아빠와 엄마의 가르침, 학교에서 선생님의 말씀을 잘 들어 실천해 가는 이행 능력 등인데, 이 중에서 제일은 '책'이라 본다. 그래서 선인들은 '책'을 영원한 스승이라고 말한다.

할배도 젊어지고 다니는 가방 속에는 기록할 메모지가 있고, 손에 들고 다니며 읽을 책이 항상 있다. 기록하는 것도, 읽는 것도 장소를 가리지 않는다. 즉 지하철, 버스, 여행지, 등산을 가서도 언제나 준비하는 습관을 아직도 가지고 있다. 손에 책이 없으면 허전하고 '내가 왜 읽을거리를 안 갖고 왔지' 하며 마음으로 다짐한다.

경남 양산에서 여름방학을 즐겁게 보내겠지!
즐겁고 행복해라.

동생과 멋진 형제 관계를 만들기 바라면서.......
가끔씩 전화도 하고,
알지? 할배가 해민 목소리 듣고 싶어 한다는 거,

2017년 08월 15일 광복절 할배 글

하인 부리듯이

여름방학 잘 보내고 있지?

방학 계획서 보았을 때 우리 창민이다운 생각과 표현을 했구나 싶어서 참, 재미있다는 마음이 들었다.

너가 할머니를 특히 좋아하는 것을 보고 있으면 할배는 무척 행복하다. 그리고 즉흥적이지만 한마디씩 던져 주는 표현력 때문에 웃음을 선사하게 해 준다. 이도 모두가 창민이의 능력이다.

한 가지 예를 들어본다면,

엊그제 할배 집에 와서 할머니와 대화 속에서 나는 듣지 못했지만, 할매의 말씀에 따르면,

"나를 하인 부리듯이 하네"라고 하니까

할머니 말씀 왈

"너가 할머니를 하인 부리듯이 하잖아! 이거 달라, 저거 달라 하면서......"

라고 말했다고 한다.

많이 웃었다. '어린 녀석이 어떻게 저런 멋진 표현을 쉽게 사용할까' 하고

남은 방학을 계획대로 잘 보내고 좋은 경험담을 할배가 배꼽을 쥐고 웃을 수 있도록 해 주라.

너가 오기를 기다리고 있을게,

건강해라. 그리고 행복해라.

어느 곳에 있더라도 책과 가까이하는 우리 손자이길 소원한다.

2017년 08월 15일 광복절 할배 글

楷珉아,

여름방학에 스페인 여행, 새 학기 시작, 곧 추석(秋夕〈가을 추, 저녁 석〉)절 참 빠르다. 이제 시월 초면 10일간의 연휴가 시작되고 시월 4일이 추석날이니 가족들과 만나는 시간 때문에 왠지 할배는 기분이 좋아진다.

아마도 너희들이 자라는 모습 보고 싶어서 그런가 보다. 키도 많이 자랐고, 탁구도 잘 치고, 어른을 먼저 생각할 줄도 알고, 식사 시간에 배려하는 모습이 할배에겐 에너지가 되더라.

부탁 하나 한다. 예전에는 그러지 않았는데 요즈음 식사하는 속도가 차 속도(速度〈빠를 속, 법도 도〉)로 100km가 넘는 것 같아 걱정한다. 왜냐하면 의사 선생님이 하시는 말씀 식사를 빨리하면 첫째, 비만이 오고, 둘째, 위장병이 제일 많이 온다고 한다. 아마, 학교에서 식사를 빨리하면 쉬는 시간도 길어지고 노는 시간을 벌고 빨리 먹는 것이 다른 친구보다 잘 먹는다는 모습과 자랑으로 생각해서인지 모르겠다.

식사는 천천히 하고 식사 시간에는 가족 모두가 함께 자리를 지켜 주는 것이 바른 예법이다. 그렇지만 혼자 너무 늦게 먹는 건 또, 바른 식사

법은 아니다.

추석엔 먹는 일들이 많을 텐데, 적당한 시간에 꼭꼭 씹어 먹고 식사 자리 지키는 습관을 실천해 보기 바란다. 부탁해!

이달에는 '그릇이 작은 사람은 큰일을 할 수 없다.'란 장자(長子)의 가르침을 들려주려 한다. 작은 주머니에는 큰 것을 넣을 수 없고 짧은 두레박 줄로는 깊은 우물물을 퍼 올릴 수 없다. 여기서 '그릇'이란 생각의 크기와 마음의 폭을 말한다. 많이 배우고 적게 배움이 아니라 그 사람의 됨됨이 즉 마음 씀씀이가 어떠한가에 달려 있다.

스스로가 큰마음을 갖고 있다고 생각할 수 있지만 그건 자신의 생각일 뿐이고 남의 생각을 하지 않은 것이다. 그래서 남의 눈에 내가 어떻게 보여지는지도 중요하다.

작은 사람과 큰사람의 차이는 자신을 뒤로 물리고 남을 먼저 생각하는 사람, 손해를 보더라도 모두를 위할 줄 아는 사람이 큰사람이고 그렇지 못하면 작은 사람이 된다.

손자들 모두가 큰사람이 되었으면 한다. 비록 초등생이고 어리지만 큰사람에 뜻을 두고 하나씩 하나씩 행동으로 실천해 간다면 분명히 그 목적이 이루어지리라 믿는다. 함께 아파하고 함께 기뻐할 줄 아는 사람 그리고 자기반성을 반복하다 보면 마음이 작아지고 편하려고만 하는 자신을 이겨 낼 수 있을 거야.

넌 할 수 있어!

2017. 09. 25 할아버지 글

남들이 하지 않은 길 선택

여러 번 여러 날 너를 보았다.

센스 있고 수리력 좋고 기억력 또한 뛰어나다는 것을 알 수 있었다. 몸놀림도 좋아 유연히 춤추고 키도 쑥쑥 자라나서 멋지게 보이며 생각이 많아서 언어의 표현력 또한 시적(詩〈시 시〉的〈과녁 적〉)이다.

특히, 바둑 가르침에서 오랜 시간이 지났는데도 '환격(還〈돌아올 환〉擊〈부딪힐 격〉:바둑에서 상대편이 놓고 난 다음 다시 따낼 수 있는 것)'이라는 대답을 듣고 더 기뻤다. 물론 컴퓨터가 있어서 너가 아는 지식들을 모두 담아 줄 수 있지만 아는 것 배운 것을 오래도록 기억할 수 있는 것은 컴퓨터를 능가할 능력을 지닐 수 있는 것이다.

사람은 많은 양을 머리에 기억해 놓기는 어렵단다. 연구한 사람들의 이야기가 기억을 했다가 일주일만 지나면 70%를 잊어버린단다.

그렇기 때문에 사람 대신 기억해 줄 기계(컴퓨터)가 있어서 편리해지는 것이다.

이번 주를 지나면 우리나라 최고의 명절 '秋夕〈가을 추, 저녁 석〉'이다. 할아버지는 너희들을 만나 웃고 대화하며 탁구도 치고 GO-Card도 하고 즐거운 식사 시간도 갖고 하는 모든 일상이 늘 기다려진다.

부탁 한 가지 한다. 식사 시간에 잘 먹게 된 일은 칭찬할 일인데 적당한 시간에 먹을 수 있도록 노력해 봐라. 탁구할 때 경기력이 향상되듯이 이 실천이 행동으로 보여지면 아주 좋은 모습으로 오래 기억될 거야. 부탁해!

우리 창민이에게는

"다른 사람이 생각하는 것과 같은 일을 하지 말고 항상 남이 하지 않는 일을 찾아서 해 보려고 노력했으면 한다."

사람은 남이 해 놓은 것을 따라 하면 편하고 쉬울 수 있으나 자기의 발전은 없는 것이다. 조금이라도 다른 친구가 하는 것과는 차이가 나게 새로움을 찾아서 생각하고, 만들고, 작성하고, 그리려고 하면 기쁨이 온다.

추석엔 맛있는 것도 먹고, 산소도 가 보고, 전체 가족 여행도 계획하니 즐거운 명절을 보내도록 해 보자!

늘, 건강해라.

너의 따뜻한 마음처럼 손도 따뜻했으면 좋겠다.

그리고 다음엔 복식에 꼭 이겨 보자. 파이팅!

2017. 09. 25 할아버지 글

자신의 장기를 살려라.

미국 잘 갔다 왔지?

학교에 적응하기 힘들었겠다.

그런데 지금은 괜찮지?

이젠 적응이 되었으니 걱정 안 된다.

참, 명헌이 100점 받았던데 할아버지는 참 기뻤다.

언제 100점 소식을 들을까 하고 기다렸는데 드디어 기쁨을 주었다. 참, 잘했어! 우리 명헌이 훌륭한 인물이 될 거야.

명헌이 특기 한 가지 모형 그림 그리기였는데 요즈음 잘하고 있는지 궁금하다. 매일 하지 말고 한 달에 한 번이라도 자기를 나타내는 특기를 발휘해 보면 좋아.

할배에게 자랑도 하고 친구에게 자랑도 하고 자기 마음도 기쁨을 주고 좋은 것이 많아진다.

무엇이든지 필요 없다고 생각하지 말고 하고 싶은 일이 머리에 떠오르면 꼭 해 보아라. 할배 부탁이다.

가족 모두 추석에 만나서 재미있게 놀고, 맛있는 것 먹고, 게임도 하고 탁구도 배우면서 즐겁게 보내자. 할아버지 집에 와서~~~,
이번 주 지나면 다음 주에 만나길 기대해라.
안~녕!

2017년 09월 25일 할아버지 글

나를 사랑할 의지

미국(**美國**〈아름다울 미, 나라 국〉) 갔다 돌아와서 친구들 따라가기 힘들지 않았냐? 묻고 싶다.
지금쯤은 제자리로 인정받고 있겠지만,
어떤 일에서도 '해내야겠다/ 극복해야겠다.'라고 마음먹으면 쉽게 접근하게 되고 어려운 일도 해낼 수 있게 된다.
큰 그릇이 늦게 채워지듯이 조급하지 말고 천천히 요령을 잘 터득해서 애쓰면 언젠가는 율이가 생각한 뜻이 이루어진다. 비록 시간의 차이는 있다 하더라도 목적을 달성하는 일은 자신의 의지가 어떠하냐 즉, 끝까지 해내느냐에 달려 있다.
할아버지가 이야기하지 않아도 벌써 '클라이밍 운동'을 통하여 많은 체험 지식을 얻어냈으리라 생각한다. 클라이밍에서도 사람의 생활과 같은 일면을 볼 수 있고 배울 수 있었을 것이다.

혹시 미국을 다녀와서 부족한 부분들이 있다 하더라도 율이는 그 외의 다른 좋은 경험과 공부를 했기 때문에 누구도 쉽게 배우지 못한 경험과 공부를 얻었다고 생각하고 힘내라!

율이에게 할아버지는 배우는 것이 있다. 책임감을 완수하는 자세, 주어진 어떤 영역에도 굴하지 않고 꿋꿋이 해내는 집중력 등 마음에 든다.

초등학교 시절 좋은 모습을 보고 있다.

너 뒤엔 아빠, 엄마도 있지만, 할배도 있다는 걸 생각해라.

이번 주가 지나면 '추석 명절'이다.

용인공원묘원 증조할아버지 산소에 가서 추도하고 맛있는 것도 먹고 형제들과 재미있고 즐겁게 대화, 운동, 놀이도 하며 지내보자.

난, 벌써 기다려지고 기쁨이 샘솟는다.

먼 거리를 오는 일은 힘들겠다만 할아버진 집에서 만나니 편하지. 그리고 율이와 너희들을 보면 내가 살아가는 에너지가 된다.

오늘도 기다리고,

내일도 기다리고,

앞으로도 기다릴 것이다.

공부하기 바쁘고, 친구 만나기 바쁘고, 야구하기 바쁘고 하여도

난, 기다리고 기다리겠다.

2017. 09. 25 할아버지 글

시작하면 끝을 보라.

10월 1, 2, 3일엔 전라북도 고군산열도의 선유도, 신시도, 무녀도, 장자

도, 야미도 구경 가서 즐겁고 재미있게 잘 지내고 왔었지. 그때 우리 가족 모두가 좋은 경험을 많이 하고 왔기에 지금도 생각이 난다.

2018년 1월에는 온 가족이 '사이판' 해외여행을 가기로 약속이 되어 있으니 할배는 지금부터 기대가 많이 된다. 이번에도 가서 가족끼리 형제끼리 즐거운 여행을 하도록 하자.

오늘 아침 매일신문을 읽었는데 너에게 꼭 들려주고 싶은 말,

"시작했으면 끝까지 가야 한다."

해민이가 학교생활을 하면서 마음먹고 꼭 하고 싶은 일들이 많고 새로 시작할 일들이 있을 텐데 한번 하고자 시작했으면 끝을 미리 생각하지 말고 끝까지 가는 의지를 가져야 한다. 즉, 의지를 중간에 포기하지 말라는 뜻이다.

사람은 쉽다고 생각하면 경솔하기 쉬워지고, 어렵다고 생각하면 하기 싫어지거나 피하고 싶어진다. 그 때문에 중간에 포기하는 경우가 많다. 우리 손자들만큼은 절대로 그러지 않을 거라고 생각한다. 그러니까 끝까지 가지 않을 거라면 시작을 하지 않는 것이 낫다는 뜻이다.

11월 7일은 입동(立〈설 입〉, 冬〈겨울 동〉)이라 하는데, 1년 24절기 중에 9번째로 겨울〈冬〉에 들어선다〈立〉는 뜻에서 입동이라 부른다. 이때는 김장도 담그고 메주 만들기도 한다. 그래서 이날 날씨가 추우면 그해 겨울은 추울 것으로 점치기도 한다.

겨울로 들어가니 얇게 입지 말고 도톰하게 입고 알맞은 운동도 하여 자기 건강을 지키는 생활 실천을 하기 바란다.

앞으로 무슨 일을 시작할 때 신중하게 결정하고 시작을 했다면 결과가 어떠할 거라는 것을 먼저 생각하지 말고 끝까지 가 보고 '아, 이렇구나!' 하고 반성하면 된다.

항상 즐겁고 건강하여라. 보고 싶다.

2017년 11월 7일(화) 할배 글

매직 넘버 11번 翰栗

율이는 미국 갔다 오고, 10월 1, 2, 3일에 선유도, 장자도, 대장도 가족 여행 모두 갔다 오고 편지글이 처음인 것 같다.

그리고 서울 클라이밍대회에서 1등 했고 요즈음엔 야구를 하고 싶다고 엄마, 아빠가 희망을 들어 주어서 늦게까지 야구 공부를 하고 있는 줄 안다.

우리 율이는 마음만 먹으면 다 잘할 것 같다. 무슨 일이든지 한번 하고자 하면 포기할 줄 모르고 최선을 다하는 모습을 볼 때 할배는 참 기쁘다.

힘내라 그리고 최선을 다하여 보아라. 사람은 최선을 다해 보지 않고 어렵다 그러고 쉽게 포기도 하는데 율이는 그러지는 않을 거야. 클라이밍을 할 때 보면 어렸을 때보다 다리, 팔 근육도 튼튼해진 것을 보았고 좀 짜증 날 때도 있을 텐데 전혀 그런 느낌을 받지 않았으니 성공할 거라 믿는다.

자신이 하고 싶은 것을 하여라. 남들이 하라고 한 것을 하게 되면 더욱 힘들 수가 있다. 그러나 내 마음에 맞는 것을 하면 밤을 새워도 힘들지라도 피로하지도 않고 즐거워하며 그 일에 집중할 수 있단다.

그리하여 사회와 국가가 바라는 인재가 되고 내 꿈을 이루는 기쁨을 맛볼 수 있기를 소원한다. 많은 경험과 좋은 경험을 쌓고 쌓아서 내가 무엇을 하면 잘할 수 있는지를 알게 되면 자신감도 생기고 용기도 남다르게 발휘하는 '최한율'이가 될 수 있다.

항상 엄마와 아빠랑 상의하고 더 나은 길이 무엇인지 도움을 받아 가며 율이가 좋아하는 영역에서 즐거움을 찾아가길 기대한다.

이제 입동(立冬) 겨울(冬)로 들어간다(立). 1년 24절기 중 9번째의 절기인데 이때는 김장도 담그고 메주 만들기도 하지만 추위를 이길 수 있는 채비를 한다고 보아야 한다.

학교 갈 때 두툼한 옷을 입고 몸을 보호하고 날씨가 춥다고 양지만을 찾지 말고 '그까짓 거'하는 자신감으로 이겨 내려고도 하여야 한다. 우리 율이는 잘 알겠지만,

사랑한다.

건강하고 새 학년의 마무리 잘하여라.

보고 싶다.

2017년 11월 7일(화) 할배 글

농구 선수 창민!

엊그제 집에 왔을 때 창민이 많이 컸다고 속으로 생각했다. 게임을 하는 데도 예측력과 판단력이 남다르다는 생각을 많이 했단다. 우리 창민이가 특별한 재주를 지녔는가 봐. 그런 생각에 할배 속마음은 참 기뻤다.

이튿날 토요일 '농구발표회'할배는 가고 싶은데 가질 못했지만 아빠가 전송해 준 사진 자료를 보고'와우'창민이 솜씨가 아주 뛰어나다는 것을 알 수 있었다.

할머니가 못 갈 것 같았는데 시간을 내서 참석하고 너의 좋은 운동능력을 공개 받고 해서 무척 기뻐하였다. 또 운동회 날에도 줄다리기에서 학급을 대표하여 맨 앞에 흰 장갑을 끼고 힘차게 당기는 너를 보며 할배가 어렸을 때 생각이 떠오르기도 했다.

할배는 초등 시절 공부에는 관심이 별로였고 운동엔 다른 학생들에게 절대로 밀지지 않으려 노력했다. 그래서 항상 학급의 대표가 되었

고 6학년 때 학교의 육상선수가 되어 강원도 삼척군 전체 초등학교 대항 체육대회에서 '우승기'를 타서 학교에 남기고 졸업한 영광스러운 시기도 있었다.

요즈음 만나는 초등학교 동창들 70세 된 나이에도 운동선수로서의 '최석희'는 기억하고 있어서 그때 그 시절을 생각나게 한다.

너에게 꼭 부탁하고 싶은 것이 있다면 지금은 잘 먹고, 잘 쉬고, 잘 뛰고, 달리고 하는 체력을 키우면서 할배가 늘 이야기하는 '좋은 경험'을 많이 하여 생각의 폭을 넓히는 것이 제일 중요하다.

그런데 지금의 너의 모습에서 단 한 가지 추가해서 말할 것은

"어떤 일을 시작하면 끝을 보아야 한다."

이 말은 중간에 포기하지 말고 갈 수 있는 데까지 가 보고 자기 자신을 뒤돌아보았으면 한다.

'힘이 들어도 중간에 포기하지 말아라!'

건강하여라.

사랑한다. 가끔씩 형아랑 함께 할배 집에 와라. 보고 싶어서 그래,

2017년 11월 7일(화) 할배 글

내가 잘하는 것이 무얼까?

학교 운동회날!

명헌이 즐거웠지?

그날 할아버지는 가고 싶었지.

전송받은 사진에서 명헌이의 씩씩하게 달리는 모습을 볼 수 있어서

감사했다.

우리 명헌이는 할아버지에게 큰 선물을 줄 것 같다. 그림에도 소질이 보이고, 운동에도 자신감을 갖고, 질문도 잘하며, 수학도 잘하는 능력을 보이고, 생각하는 힘도 뛰어난 것을 칭찬하고 싶어,

특히, 할배가 전화하면 대답하는 너의 굵직한 목소리가 아주 마음에 든다.

남자는 목소리가 커야 한다. 기쁠 때나 성공할 때 무슨 일이 잘될 때 큰 목소리로 자신감을 표현하는 우리 명헌이가 되기를 기원한다.

학교에선 친구들을 잘 사귀고 집에선 형들과 즐겁게 지내며 너가 하고 싶은 것을 잘했으면 한다.

명헌아! 늘 머리에 담을 일

'내가 잘하는 것은 무얼까'를 생각하여라.

그리고 '머리에 떠오르는 의문'들을 묻고 찾고 해서 하나씩 하나씩 해결해 보아라. 파이팅!

사랑한다. 보고 싶다.

2017년 11월 7일 할배 글

나의 등불 되어

"기회는 포기하지 않는 者의 몫이다."〈뜻:어떤 기회가 왔을 때를 위해 꾸준히 노력하는 사람만이 가질 수 있다.〉

난, 너가 이렇게 저렇게 다 좋아!

할배를 싫어해도, 좋아해도, 미워해도

좋아, 좋아, 좋아.......
아무것 없어도, 늘 못 보아도,
언제나 그곳에 최선을 다하며 있기를.......

어린 시절 좋아했던 하늘에서 하아얀 눈 천사가 내렸다.
한참을 쓸어 내다 보니,
땀이 나더라. 그래서 겨울엔 땀을 내는 운동이 최고란다.

오늘은 여기에서 머물고
내일은 저기에서 머물렀어도
미래는 너의 것이니 사고력을 높이고 생각을 멈추지 말자!

그래도 하늘은 맑고 자신감이 넘치는 하루!
7순의 할배에게 묻는다면
너는 나의 보배요. 캄캄한 밤의 등불이 되었단다.

세상을 휘감을 손자가 될 텐데
누가 무어라 해도 할밴 변하지 않을 거고,
하늘만큼 땅만큼 네 꿈과 희망을 바라보고 싶어.
더 넓은 곳을 향하여!
너의 최선을 다하길 바란다.
국가, 사회, 민족, 조상 모두가 네 곁에 서 있을 거다.
지금의 생활이 힘들어도
참고 견디는 힘이 최고의 능력이 된다.

                    2017년 12월 18〈월〉 詩〈글 시〉처럼 쓴 할배 글

영원한 사랑

창민아, 보고 싶다.
널, 항상 내 곁에 두고 싶다.
보아도, 안아도, 힘이 들어도
넌, 할배의 멋진 선물이다.

비행기가 날아가는 하늘을 보아도
눈 내리는 오늘 보아도
사랑이 변함없는 우리들이니
넌, 할배의 훌륭한 지갑이 된다.

추우나 더우나 낙엽과 꽃이 핀다 하여도
아름다움만 가득한 것을
잊으려도 잊을 수 없는 것
가슴에 담고 마음에 담아,
늘 내 곁에 있기를 기도한다.

만약, 어떤 것에서 두려워하고 주저하고
추우욱 처지는 모습은 싫어.
언제, 어디서나
자신감과 용감한 모습을 갖추었으면 한다.

울고, 웃고, 미소 짓는 네 모습
항상 아름다웠다.
한마디의 말, 한 가지의 행동, 한 가지 생각

걸음걸음 닿는 곳이 즐거움이고 행복이었다.

"기회는 포기하지 않는 者의 몫이다."⟨뜻:어떤 기회가 왔을 때를 위해 꾸준히 노력
하는 사람만이 가질 수 있다.⟩

2017년 12월 18⟨월⟩ 詩⟨글 시⟩처럼 할배글

최고 학년 된 장손

"기회는 포기하지 않는 者의 몫이다."⟨뜻:어떤 기회가 왔을 때를 위해 꾸준히 노력
하는 사람만이 가질 수 있다.⟩

클라이밍 하는 우리 손자
야구하는 할배 장손
어디 하나 나무랄 데가 없다.
뽀오얀 살결도
힘이 찬 허벅지의 근육을 만져 보고 널 믿는다.

하고픈 일, 생각한 일, 각오한 것 있다면,
율아 율아 율아!
머뭇거리지 말고 기웃거리지도 말며
무엇에든지 자신 있게 앞으로 앞으로 나아가길 기도한다.

기쁨으로 태어난 손자.

사랑으로 자라난 장손,
넌, 우리의 보배요. 다가올 아름다운 미래
값있고 보석 같은 널 사랑한다.

할배가 인천광역시 계양구 형제봉길에 살고,
넌, 육군사관 학교가 있는 태릉에 살아도
멀다고 생각하지 않는다.
항상 함께 할매+할배 곁에 있을 거지?
욕심이겠지 하면서도
속고 또 속고 있단다.

건강하여라. 즐겁고 행복하여라.
그 꾸준함으로 세상의 빛이 되어라.

2017년 12월 18〈월〉 할배 글

머뭇거리지 말라!

이슬을 머금고 태어난 널 사랑한다.
할배, 할매의 미래이고
엄마와 아빠의 꿈이 될 거야.
숲을 보아도, 하늘을 보아도
명헌이만큼 멋지게 갖춘 녀석은 없더라.

하나씩, 하나씩 익어 가는 너의 능력을
칭찬과 놀라움으로 품어본다.

Merry Christmas & Happy New Year!
明憲아!
미국 땅 사이판에 가서 할배랑 잔차 어때?
즐거운 시간 만들고 너 원하는 대로 한번 해 볼까?
　할배 칠순 때 사진 찍은 것을 보니 너도 할배를 무척 많이 닮아 있음
을 인정했다.
　늘 건강하고 머뭇거리지도 말고 용기 내기 바란다.
　사랑한다.
　"기회는 포기하지 않는 者의 몫이다."⟨뜻:어떤 기회가 왔을 때를 위해 꾸준히 노력하는
사람만이 가질 수 있다.⟩

2017년 12월 18⟨월⟩ 詩⟨글 시⟩처럼 쓴 할배 글

2

자람

뜨거운 햇살이 비추는 날
자라고 또 자람을 머금고
너의 열정을 닮고 싶어
끝없이 세우고 올라라.

바닷바람의 시원함도 맛보고
볕에 닿은 새싹 그 모습 더 진하게
끝없는 모험과 추억이 기다린 여기
자유롭게 날아올라 행복이 넘쳐라.

가슴 한 켠 아리고 저린 데 있어
돌아가거나 피하거나 멀어지지 말고
맞이하고 부대끼며 멈추지 마라.
그대 끝나는 날까지

세상 따라 자라나는 손자들을 보며 (2023년 여름)

꿈과 희망이 있는 삶

꿈이 있어야 한다.

꿈이란 사람이 세상에 태어나 이루고 싶은 희망, 도달하고 싶은 목표, 하고 싶은 일(事:일 사)·직업을 뜻한다.

세상을 위해 위대한 일을 한 사람들은 어릴 때 꾸었던 자기의 꿈을 국가와 사회를 위해, 다른 사람들의 편의성을 위해 발견하고, 발명하고, 만들고 찾아내는 일을 했다. 조선의 세종대왕이 그러했고, 곤충을 좋아했던 파브르가 그랬으며, 나라와 민족의 해방을 위해 독립 운동을 한 안중근 의사가 그러하였다.

"해민이 꿈이 무어냐?"하고 묻는다면 어떤 대답을 할까? 벌써 이루고 싶은 꿈은 한두 가지는 있으리라 생각하지만.......

책을 많이 읽는 너의 모습과 좋은 경험을 많이 하고 있는 생활에서 할배는 너에 대하여 긍정적인 생각을 많이 한다. 지난달 할아버지 칠순 때 미국령 '사이판'에서 하루 종일 'kids club'에서 외국인들과 함께한 모습을 보고 '아, 우리 손자들이 배려와 대인관계를 잘 할 줄 아는구나!'하고 대견스러워했다. 그리고 손자들을 어리다고만 할 것이 아니라는 것을 알게 되었다.

처음엔 걱정했는데 사이판을 모두 구경하고 저녁 무렵 돌아와 pick up을 해 보니 믿음직해 보였고 든든한 마음이 들어서 기뻤다.

"그때 고마웠어! 해민아,"

할배의 어릴 때 꿈은 공군이 되어 파아란 하늘을 나는 비행기를 조종하는 조종사가 되고 싶었는데 교장이 되었지. 당시 삶의 현실 때문에 첫 꿈을 접어야 했고 두 번째의 꿈은 이루어 냈다.

꿈을 이룬다는 것은 생각과 마음만으로는 절대 이룰 수 없다. 피나는 노력이 따라야 하고 힘듦과 아픔을 참는 인내가 필요하다. 자신의 노력은 99% 해야 하고 1%는 운(**運**:길 윤)과 대인 관계의 요소가 있어야 함을 알게 되었다. 그리고 소망이 있어야 한다.

5학년이 되면서 나의 꿈 하나는 생각하고 나아가길 소원한다.

새 각오, 새 실천, 새로운 만남 등 좋은 일 많아라.

2018년 02월 09일〈금〉 할배

새 용기를 준 우리 창민

사이판에서 우리 창민이만 대표가 되어 칠순 저녁 식사를 하는 장소에서 아빠가 "할아버지 생신에 손자들 중에서 한 마디 용기를 줄 사람"이라고 희망을 물었을 때 모두가 주저주저했는데 손을 번쩍 들어 올려 "할아버지 건강하시고 오래오래 사세요."라고 하는 모습을 보고 너무너무 기뻤고 행복했었다. 그리고 놀라고 다행이었다.

왜냐하면 할배는 우리 손자들이 최고라고 자랑하는 사람인데 한 손자라도 할배에게 희망적인 말을 해 주어야 할 텐데 하고 마음이 조마조마했는데 창민이가 희망과 소원을 들어주는 것 같아서 지금도 그때를 생각하면 감동적이고 평생 잊지 못할 한 장면이었다고 생각한다.

너의 그 용기 있는 모습에서 희망을 갖게 되고 무언가 해낼 수 있는 능력을 가졌구나 하는 생각에 마음 든든하고 삶에 의욕이 생겼단다.

새 학년이 되어서도 어떤 일에 주저하지 말고 주눅 들지도 말며 설령 실수가 있다 하더라도 하고 싶은 말과 꿈이 있다면 과감하게 도전하길 바란다. 창민이 잘될 거야! 그리고 희망적이야. 할배의 믿음이 있어. 계양 집에서 아래 시(詩:글 시)도 금방 외웠지.

"꽃다운 얼굴은 한 철에 불과하나,
꽃다운 마음은 일생을 지지 않네.
장미꽃 백 송이는 일주일이면 시들지만,
마음 꽃 한 송이는 백 년의 향기를 내뿜네"

김수환 추기경의 '마음 꽃에서'

대단한 용기이고 훌륭한 능력을 나타냈어. 시의 낭송을 듣고 우리 가족 모두가 놀랐을 거야. 그 짧은 시간에 익혀서 발표한 것이나 다름없었으니 놀랍고 깊이 인정해. 아마 오래 오래도록 기억될 거야.

3학년이 되면 새 환경에 용기 내고 꿈을 가져 보기 바란다.

2018년 02월 09일〈금〉 할배의 글

늘 새 꿈과 각오로!

이제 6학년이 되는구나!

최고 학년이 되니까 새로운 각오가 섰겠지. 율이는 성실하면서도 자기에게 주어진 일에 대해 최선을 다하여 마무리 짓는 능력이 우수하여 할아버지는 항상 든든하게 생각한다. 언제 어디서 보아도 열심히 집중하는 자세는 칭찬하고 싶어진다.

사이판에서도 제일 맏형으로 동생들을 잘 다스리고 인도하여 kids club에도 하루 종일토록 잘 지내고 있었던 일, 아직도 우리 율이가 적응력이 뛰어나고 리더십이 있어서 무사히 보내었다고 생각했다.

6학년이 되면 더욱 할 일이 많아지겠지만 넌 충분히 해낼 수 있는 능력을 갖추고 있으니 모든 일에 주저하지도 두려워하지도 말고 하고 싶은 일을 설령 실수가 따른다 해도 부끄러워하지 않고 용기를 내어 해내는 멋진 모습을 기대한다.

율아, 꿈이 있어야 한다.

꿈이란 사람이 세상에 태어나 이루고 싶은 희망, 도달하고 싶은 목표, 하고 싶은 일(事:일 사)·직업을 뜻한다.

세상을 위해 위대한 일을 한 사람들은 어릴 때 꾸었던 자기의 꿈을 국가와 사회를 위해, 다른 사람들의 편리성을 위해 발견하고, 발명하고, 만들고 찾아내는 일을 했다. 조선의 세종대왕이 그러했고, 곤충을 좋아했던 파브르가 그랬으며, 나라와 민족의 해방을 위해 독립운동을 한 안중근 의사가 그러하였다.

6학년이 되는 시점에서 한두 가지의 꿈을 하나 생각해 보기를 소원한다.

할아버지의 첫 번째 꿈은 공군사관학교를 가서 열심히 공부해 전투기를 움직이는 조종사가 되고 싶었다. 그러나 삶의 현실이 그 꿈을 이루지 못하게 만들었기에 교장 선생님이라는 꿈을 다시 이루게 되었다. 꿈은 생각만으로는 안 되는 것이고 많은 노력과 어려움을 이겨 내는 인내가 받침이 되어야 하고 소망과 기다림이 있어야 이루어진다.

꿈을 꾸어라. 그리고 그 꿈을 이루어라. 노력하면 된다. 믿는다.

2018년 02월 09일〈금〉 할배의 글

새 학년 됨 진심으로 축하

우리 명헌이 올해 2학년이 되는구나!

진심으로 축하한다. 그리고 참 기쁘다.

이제는 형들과 잘 어울릴 줄도 알고 스스로 해낼 수 있는 힘도 많이 생긴 것으로 보아 할아버지는 걱정하지 않는다. 분명히 해 보고 싶은 일이 있으면 꼭 이루어 내고야 말겠다는 성격이 있다고 보기 때문이다.

새 학년이 되면 새로운 친구, 새 선생님을 만나게 되는 데 주저하지 말고 사귀고 형들과 잘 어울려 놀고, 생각하고, 주장하며, 뜻을 표현할 줄 아는 자신감을 펼치기 바라고, 무엇보다 먼저 생각하여 실천할 일은 배려하는 마음 익히기이니 실천해 보기 바란다.

명헌이는 그림을 잘 그리니까 만화를 잘 그리는 '화가'나 웹툰 작가가 되면 어떨까. 할아버지는 너만했을 때 전투기를 조종하는 조종사가 되어 파아란 하늘을 날고 싶었다.

너도 한두 가지 꿈을 다짐해 보아라.

세상을 바꾼 훌륭한 위인들은 어렸을 때의 하고 싶었던 꿈을 이루어 성공하게 되었고 '나' 아닌 다른 사람들에게 커다란 도움을 주었기에 세상을 떠난 다음에도 자기 이름을 남기게 되었다.

명헌이도 꼭 그런 사람이 되기로 마음먹었으면 한다.

사이판에서도 외국인들과 멋지게 말하며 견뎌 내는 인내심을 보아도 충분히 해낼 수 있음을 믿는다.

사랑한다.

구정 새해에 또 만나자!

2018년 02월 09일〈금〉 할배의 글

새 학년 새 희망

봄은 하늘로부터 땅으로 왔다.

시냇물 소리도 정겹게 느껴지고 산과 들을 바라보면 모두가 아름다운 화단의 꽃처럼 느껴진다.

새 학년에서 친구들, 그리고 담임 선생님 모두 너와 친해지고 서로 이해하고 배려하며 재미있는 나날이겠지? 세상사 어떤 경우도 서로의 관계를 어떻게 맺고 그 관계를 이어 갈 수 있느냐의 길에 항상 열쇠가 있다.

내가 최고라고 생각하기 전에 상대편을 존중하고 배려하면 그 복은 자기에게 돌아오게 된다는 것을 믿어라. 그렇다고 지나친 양보나 이해는 자신에게 힘들거나 어려움을 줄 수 있기 때문에 매사에 신중한 판단을 하면 좋겠다.

시작함에 있어서 마음에 안 드는 일, 귀찮은 일, 보기 싫은 일 등등 많이 있다. 그러나 내가 마음을 어떻게 먹고 대처하느냐에 따라 어려운 과제, 공부도 쉽게 풀어내게 되고 의외로 좋은 일을 만나게 되는 경우도 많이 있다.

선생님께, 친구들에게 억지로 잘 보이려고도 하지 말고 해민이가 하는 학교에서의 모든 모습이 친구나 선생님, 이웃들이 인정하는 시간을 기다리는 것이 최선이라 본다.

항상 상대편이 먼저 이해하고 가까이 다가올 때 더 좋은 관계가 유지되고 오래 유지되며 자신에 에너지가 되어 용기가 생기고 자신감도 높아진다.

새 학년!

땅을 뚫고 올라오는 새싹들의 강력한 힘처럼

기쁨과 즐거움이 가득한 5학년

새로움에 도전, 시작의 기쁨, 만남의 행복

봄바람 타고 불어온다.
무엇 하나 버림 없이 즐거움이 가득가득한 5학년
너의 희망과 소망에 힘찬 박수를 보낸다.

2018년 02월 22일〈금〉 할배의 글

새 친구 새 선생님

3월은,
2학년이 되는구나!
새 친구, 선생님, 학급 속 모두 다
너가 친근하고 이해 잘 되는 환경이었으면 좋겠다.

재미있는 시간이
즐거운 종소리가
늘 새로움과 반가움이
곁에서 떠나지 않길 기도한다.

첫째, 안전하게
둘째, 배운 걸 잊지 않고
셋째, 익힌 것은 잊지 않고 마음에 담으려고 노력하는 시간의 연속을 기대한다.

명헌아,

새 환경에는 언제나 힘들고
어려운 일들이 여기저기 있다.
클라이밍을 할 때처럼 힘내고
자신 있게 시작하는 새 학년이 되길 바란다.
사랑한다.

2018년 02월 22일〈금〉 할배의 글

모든 일은 마음먹기 나름

6학년 최고 학년!

할아버지는 생각만 하여도 신기하고 율이가 벌써 저렇게 성장했나 하는 생각에 대견하기도 하고 감사함이 크다.

작년에 만난 친구들도 있겠고 새 친구도 함께할 텐데 바쁘겠다. 공부도 하면서 친구도 사귀고 처음 보는 선생님도 가깝게 하려면 힘들 때도 있겠다.

율이에게 어떤 새로움과 새 환경이 다가온다 해도 얼마든지 헤쳐 나아갈 힘이 있음을 믿는다. 왜냐하면 전국을 누비며 '클라이밍'한 좋은 경험들이 뒷받침이 되어 주었기 때문이다.

그리고,

그 꾸준함과 인내심이 미래를 환하게 밝혀 줄 것이다.

하고야 말겠다는 각오

남다르기에 어떤 경우에도

용기와 자신감을 잃지 않는 손자로 성장할 거다.

빛나리라 새 학년
자랑스럽게 해내리라.
주저하지도 말고
따라오는 실수도 부끄러워하지 말며
하고 싶은 일을 헤치고 만들어 나아가라.

율아, 책상 앞에서 한번 생각해 보는 시간을 가져 보라.
'올해 목표 한 가지는 무엇으로 할까?'
마음 깊이 담아 보기 바란다.
나를 위하든, 세상을 위하든, 이웃을 위하든
사람이 마음을 어떻게 먹고 실천해 가느냐에 따라
반드시 생각대로 이루어진다는 걸 알고 있다.
초등학교의 마지막 학년을 멋지게 장식하기를 기도한다. 사랑해!

2018년 02월 22일〈금〉할배의 글

능력을 발휘하는 나

1월에는 '기다리는 행복'이란 책을 읽었는데 오래도록 아픔을 안고 참고 인내심을 발휘하며 살아가는 분의 마음을 접(接:사귈 접)하면서 세상에는 이런 분도 살고 있구나 생각했지. 물론 할배는 만나 보지도 커피 한 잔도 나누어 보지 못한 저작자이지만 감동을 주었고 마음을 울리는 글 속의 문장은 마음을 더 큰 세상으로 인도해 주는 도움을 받았다.

2월에는 아빠가 선물해 준 책을 읽어 내려고 한다. 30년을 연구한 결과를 책으로 엮어서 세상에 내놓은 것인데 책의 차례를 보니 벌써 약간의 기쁨을 느낀다. 모두가 400쪽 넘는데 시간이 좀 걸리겠지 정독을 하려면.......

올해는 3학년 올라가니 책 많이 읽겠지. 할아버지는 1년에 약 20권 정도 책을 보는데 주로 수필, 산문집, 종교 서적, 생활 철학이 담긴 책들을 주로 본다. 그리고 언젠가는 살아생전에 '책'을 한 권은 발간해서 세상에 내놓을 마음을 단단히 먹고 있다.

창민을 향한 기대가 조금씩 향상되어 가듯이 그 생각을 하면 생각에서 마음이 움직이고 몸이 움직이며 해내고 싶은 충동을 느끼게 되어 아직도 건재하다는 마음이 좋다.

새 학년, 새 선생님, 새 친구들

관계를 즐겁고 부드럽게 재미있게 즐거움 넘치도록

만들어 가는 3학년이면 좋겠어

아마도 창민인

능력이 가득가득 차 있어서

무엇이라도 마음먹고 '하고자' 달려들면 해낼 수 있다.

노력하는 자 하나님이 가깝게 있고

열심인 자 운이 따르고 참고 견딜 줄 아는 자 세상의 빛이 된다.

3학년을 더욱 즐겁고 재미있게 빛내어라. 창민아!

2018년 02월 22일〈금〉 할배의 글

내가 생각한 스승

학년이 바뀐 지 벌써 5월이 되었구나!

화창한 봄날처럼 너도 새로운 시작을 멋지게 하고 있겠지. 가까이 살고 있으면서 자주 보기는 하지만 그래도 자꾸만 무얼 하고 있나 궁금해하는 것이 솔직한 마음이다.

이젠 서먹한 친구들 없이 모두 친하게 되어서 더욱 재미있겠다. 우리 손자는 성격이 원만해서 다른 친구들이 잘 따르겠고 아마 선생님도 잘 이해, 배려해 주실 거라 믿는다.

이달은 행사가 많다. 어린이날, 어버이날, 스승의 날, 발명의 날(19일), 성년의 날과 부부의 날(21일), 바다의 날(31일) 등등

이런 기념과 축하의 달 스승의 날에 대해 생각해 보려 한다.

나도 예전엔 교사였고 큰 아빠, 엄마도 중학교 교사이다. 나라와 민족이 잘되고 못 되는 것도 선생님의 힘이 크다. 그래서 옛날에는 '선생님의 그림자도 밟지 않는다'란 말도 있다. 그만큼 선생님은 소중한 기둥으로 생각서다.

요즘엔 그 뜻이 많이 달라졌지만 그래도 스승은 존중되어야 하고 이날에는 새 뜻을 기리는 기념이 있어야 한다. 선물을 드리는 것보다 말씀에 잘 따르고 즐거운 학급을 위해 제자와 스승이 함께 노력할 때 존재의 가치를 만드는 하루가 되길 소원한다.

세상에서 가장 어려운 일은 사람의 마음을 얻는 것이다. 친구의 마음을 얻는 것도 내가 먼저 많은 시간과 공을 들일 때 나를 이해하게 되고 서로의 관계가 새롭게 만들어질 수 있기 때문이다. 어떤 경우이든 자신이 어떠하냐에 따라 세상은 달라질 수 있다는 것을 믿기 바란다.

그리고 희망(希:바랄 희, 望:바랄 망)찬 5월, '선생님을 생각하는 달'에 할배는 이런 말을 하고 싶다.

"같은 나무에도 먼저 피는 꽃은 눈길을 끌지만, 내가 생각하는 건 큰 열매를 맺는 꽃들은 늘 더 많은 준비를 하고 난 뒤에 피어난다" 이 말을 늘 생각했으면 한다.

멋지게 자라고 최고의 행복을 누려라. 파이팅!

5월 할배 글

자랑스러운 한 사람,

최고(最:가장 최, 高:높을 고)의 학년이 된 지 벌써 5월!

몸도 마음도 정신도 많이 달라졌겠구나.

5월은 행사가 많은 달이지. 너가 좋아하고 기대하는 '어린이날', '어버이날', '스승의 날'등등 있다. 올해가 지나면 '어린이'에서 청소년으로 벗어나는 거네! 이런 일을 마지막이라고 하나? 그러니까 초등 6학년을 '예비 중학생'이라 하기도 한다. 이런 생각을 하면 참 시간은 화살처럼 빠르게 지나가는 것 같다.

멋진 마무리하고 다음을 위해 노력하는 우리 장손이 되길 바랄게. 혹시 필요한 것이나 할아버지 도움이 필요하면 생각에 머물지 말고 거침없이 요구해라.

앞으로 무엇을 어떻게 하면 좋을지 미리 좀 생각해 봄도 중요하고 "나는 이런 사람이야!"하고 소리칠 수 있게 많은 시간 차근차근 준비해 가거라. 이것은 네게 부담되라는 뜻이 아니라 어떤 경우라도 스 스로 헤쳐 나가라는 뜻이다.

초 6년 동안 "너를 만나 즐거웠다"라고 말하는 우정이 있다면 이미 훌룡한 일을 해낸 것이나 다름없다. 그런 좋은 친구 관계를 만들어 가는 기회가 남은 기간에라도 이루어졌으면 한다.

율이는 스스로 개척하는 정신과 무엇에도 꺾이지 않을 의지력을 높이 평가한다. 그래서 항상 자랑스럽다. 태권도, 야구, 영어, 학습과제 처리 등등 지켜보면 희망적이고 발전적이라고 믿고 있다. 그리고 핸섬한 모습 앞으로 인기가 많을 거야.

희망을 가져라. 멋과 오는 기회를 즐겨라.

자신의 자랑스러운 점을 찾으라.

할아버지는 이런 익힘 속에 건강히 자라길 바랄 뿐이다.

끝으로 어린이날엔 희망해서 받아들이고, 어버이날엔 깊은 감사함이, 스승의 날엔 기꺼이 도움이 되는 학급의 멋진 한 학생이 되어 즐겁고 보람찬 5월을 보내기 바란다.

2018년 04월 27일 할아버지 글

늘 감사하는 마음으로

5월 행사가 많은 달!

가정과 학교 함께 웃고 무엇에 기대하며 화목하게 하는 달이기도 하다. 특히 어린이날은 선물(膳:반찬 선, 物:물건 물)을 받고 기쁘고 행복하기도 한 날이고.

그런데 창민아, 어린이날 어른 모두에게 선물을 받는 행운의 기회이지만 받는 일에만 집중하기보다 부모님과 어른께 감사의 마음이 먼저여야 한다. 그리고 이 나라를 짊어지고 나갈 주인공이니 어린이로서 책임과 의무도 생각할 수 있었으면 좋겠다.

5월 8일이면 어버이날, 5월 15일 스승의 날 이날들은 나를 낳아 주신 부모님과 나를 가르쳐 주신 선생님께 무엇을 어떻게 하루를 즐겁고 보람 있게 해 드리면 좋을지 한번 생각해 보는 기회가 되기 바란다.

새 학년이 되어 5월을 맞이하는구나!

잘하겠지만 선생님 말씀에 따라 멋지고 마음이 넉넉한 사람이길 소원한다.

너는 시(詩:글 시) 좋아하니 이 글 한번 읽어 보렴.

세상에서

"어려운 가운데 가장 어려운 것은

알고도 모르는 척하는 것이고,

용맹 가운데 가장 큰 용맹은 옳고도 지는 것이며,

공부 가운데 가장 큰 공부는 남의 허물을 아는 것이다"라고

성철 스님이 말씀하셨다. 편하게 생각해 보기 바란다.

그래서 사람은 부족하고 어려움을 알고 하나씩 하나씩 채워갈 때 자신은 높은 수준의 실력을 갖출 수 있게 되고 칭찬받게 된다는 뜻을 담고 있다.

행복하고 즐거운 5월이어라.

2018. 05. 할배 글

특별한 기도의 달

"5월은 어린이날 명헌이 세상(世:세상 세 上:윗 상)...."

이달은 어린이날, 어버이날 스승의 날 등 행사가 많은 달이다. 명헌이도 보람 있는 날을 위해 특별한 마음으로 생활하고 있겠지.

항상 어떤 선물을 받는 기쁨보다 스스로를 사랑할 줄 알고 감사하는 생각을 많이 했으면 하고 기대한다.

그런데, 너랑 전화할 때 학교생활이 어떠냐 물으면 즐겁고 재미있다는 대답을 듣는 순간 '아, 다행이다 우리 명헌이가 힘들면 안 된다'란 마음에 좀 염려한다. 그리고 무엇이든지 잘할 수 있는 명헌이기에 한편으론 든든하고 흐뭇하다.

할아버지는 잘되길 항상 기도한다.

'하나님, 잘 생기고 멋진 실력 있는 우리 손자 뜻대로 이루고, 희망대로 얻을 수 있으며, 마음먹은 일 다 해낼 수 있게 도와주세요'하고,

그리고 '학교생활 건강하게 잘 맞이하고 자신 있게 주어진 일을 해낼 수 있도록 힘 주세요' 한다.

사랑한다. 훌륭한 사람이 될 거야. 명헌이는,

항상 잘 놀고 즐거운 하루하루 되거라.

부모님 선생님 말씀에 잘 따르고 하고 싶은 생각이나 말은 주저하지 말고 하여라.

할배는 너가 있어서 행복해! 우리 못 보는 날이 많아도 항상 만나는 생각으로 생활하자.

2018. 5월 할배 글

향적봉 정상에서

　5월 가정의 달 가족 여행을 전라북도 무주 일성리조트로 갔다. 너의 자랑스러운 모습이 새삼 느껴지는 시간들이었다. 휴게소를 지나 4시간이 걸려서 도착하기 전 창민이와의 눈물 흘리는 작은 말다툼 아직 어리다는 생각이 들면서 서로 불편한 대화는 있을 수 있지만 쉽게 이해하여 풀어지는 것을 보고 감사했다.

　아마도 덕유산 아름다운 녹색 자연환경들이 너희 둘의 마음을 달래주지 않았나 생각했다.

　이튿날 곤돌라를 타고 향적봉 정상 아래 잠시 머무르고 산을 오를 때 늠름한 모습은 '아, 우리 손자들이 너무 많이 컸다' 하는 생각에, 이제 어딜 가도 용감하고 자신감이 넘치는 학생들이 된다는 생각에 마음 흐뭇했었다.

　서로 형제를 바꾸어 놀 줄 알고 놀이의 기회를 나누며 이야기하는 모습을 다른 사람들이 보면 참 부러워하겠다 싶었다. 할배는 너희들이 늘 그런 모습으로 성장해 주기를 기도한다.

　덕유산 향적봉(1,614m) 정상서 찍은 사진을 보고 지금도 행복해한다. 무주구천동계곡에서 물놀이 지금도 시원하고, 국립태권도원의 수련 현장 태권의 종주국임을 알 수 있었으며 마지막 날 반디랜드 그 추억이 생생하다. 특히 반디랜드에서 기념사진을 찍을 때 지도 선생님이 "요즘 할아버지, 할머니랑 사진 찍기 좋아하지 않는데,"라고 할 때 너희들의 대답, "아니요. 우리는 아니에요!" 라고 이구동성(異〈다를 이〉口〈입 구〉同〈같을 동〉聲〈소리 성〉)으로 소리치는 모습을 보고 깜짝 놀랐다. 왜냐면 지금까지 손자들과 무척 가깝게 대화·사랑 나누며 거리감 없이 지냈다는 생각이 지금도 새록새록 잊히지 않고 있다.

　그리고 아빠의 휴직이 끝나고 출근하면서 걱정을 덜어 드리는 요즘의 생활을 보며 너가 책임감과 생활 변화에도 잘 적응하고 있어서 깊은 믿음이 든다.

　동생과 함께 아빠·엄마 염려하지 않게 시간 생활, 준비 활동, 학습 과제 등등 멋지게 해내어 용기와 '나도 할 수 있다'는 자신감 얻어라.

　파이팅! 최해민 최고.......

2018. 05. 30 할배 글

노력하는 자를 이길 수 없다.

　이번 가족 여행에서 우리 한율이가 많이 컸고 6학년 아니 예비 중학생다워 보였다. 도착해서 동생들과 놀고 있는 모습이나 스스로 주어진 일을 해내는 모습 등 용기 있어 보였다.

　덕유산 향적봉(1,614m) 올라갈 때 너희들끼리 앞다투어 오르는 모습을 보니 많이 자랐다는 생각에 할아버지는 녀석들이 점점 커지면 점점 거리감이 생기겠다는 생각이 들더라. 이것은 너가 점점 자랑스러운 학생으로 성장한다는 의미이겠지.

　사람은 배우고 찾는 만큼 알게 되고 좋은 걸 익히는 만큼 성숙하게 되어 있다. 항상 너는 배우려 하고 노력하려 하는 습관을 보면 장래 나라의 큰 기둥이 될 것이라는 믿음이 든다.

　할아버지가 살아온 경험에서 천재는 없다. 설령 있다 해도 노력하는 자를 이길 수 없다는 것을 깨달았다. 그래서 할아버지도 손에서 책을 놓지 않으며 매일 같이 책을 읽고 생각을 정리하며 작은 목표라도 두고 실천하며 반성한다. 그리고 산을 오르는 것처럼 세상 모든 일 힘들고 어려울 때가 있다. 그렇다 해도 자기 자신을 이기는 사람이 제일 강하고 게으르지 않은 사람만이 성공할 기회를 얻을 수 있다.

가족 여행에서도 율이는 얇은 책을 한 권 갖고 왔더라. 제목이 '최후의 제왕'이었던가? 할아버지는 마음 흐뭇하였다. 내 가방에도 쓸 거리와 '기도'라는 법륜 스님이 지은 책 한 권이 들어있었지. 너처럼 얇고 작은 책이었다.

책은 스승이다. 책과 가깝게 지내는 사람은 누구보다 행복하고 즐거움이 새롭다. 책 속에 길이 있고 내가 하고자 하는 일도 그 속에서 찾을 수 있으며 그래서 깊이 있는 삶을 살아가는 데도 많은 도움이 된다.

이번 여행은 너 덕분에 행복한 시간이었다.

늘 건강하길 바라며 뜻이 있으면 길이 있게 마련이니 마음먹은 생각을 과감하게 펼치기 바란다.

사랑한다.

2018. 05. 30 할아버지 글

여행이 내게 주는 맘

창민아, 언제 어디서나 변함없이 할머니를 사랑해 줘서 감사하다. 아마, 할머니의 너에 대한 사랑도 영원하리라 생각한다. 옆에서 지켜보는 할배는 행복하단다. 고마워!

이번 가족 여행을 통해 아래와 같이 시(詩) 표현해 본다.

[?   ]

갈 땐 지루하고 힘들어도
도착하면 겪은 마음 모두 사라진다.

덕유산 향적봉 오르고 올라 보니
머얼리 보이는 모두가
내 발아래 있다.

난, 오른 산에 준 것 없으나
산은 내게 갖고 가라는 것 많다.
시원한 바람, 철쭉꽃, 세월을 견딘 바위 등

여행 속 이 자연은,
많은 기대 않고 떠나고
돌아올 땐
꼭 나를 다시금 찾게 한다.

이 시의 제목은? **(山 울림)**, 지은이는? **(최석희)**

※생각나는 대로 직접 적어 보기 바란다.

  너는 엄마, 아빠랑 국내, 해외여행을 경험한 적이 많아서 여행이 무언지 내게 어떤 것을 주는지 많이 알아가고 있겠구나. 너에게 주는 좋은 경험들을 오래 기억하기 바란다.
  엄마, 아빠 직업으로 바쁠 때 형이랑 서로 돕고 협조해서 주어진 역할을 잘하길 기대한다. 혹시 도움이 필요할 땐 주저하지 말고 할머니께 미리 연락하면 방법을 찾아갈게. 열심히!

2018. 05. 30 할아버지 글

明憲아!

 이번 가족 여행에서 너가 있어서 즐거웠다. 형들에게 잘 따르고 협조할 줄 알며 이제는 너무 늠름해져서 기쁘다.
 덕유산 향적봉을 오를 때도 힘들어하는 기색 없이 씩씩하게 오르고 자연에 아름다움도 느낄 줄 아는 힘이 보여 우리 명헌이가 참 많이 컸구나 생각했다.
 이제는 스스로 해내는 힘을 키우고 고집보다 용기를 앞세우는 멋진 학생이 되기를 기도한다.
 사람은 누구에게 의지하는 것보다 무엇이든 스스로 해결해 보면 자신감이 높아지고 기쁨이 더욱 커지는 것을 알게 된다. 할아버지는 명헌이가 어떤 일에도 자기 능력을 발휘해서 해결하는 모습을 볼 때 가장 행복하다.
 친구가 하는 것을 절대로 따라하지 말고 너는 너대로의 뜻을 심어야 한다. 다른 사람이 한 것과 비슷한 것은 그 가치가 떨어지고 발전이 없다. 내가 한 것이 조금 부족해도 더 빛이 나고 칭찬을 더 많이 받을 수 있다.
 덕유산 향적봉을 올랐던 힘과 같이 의지를 발휘해 좋은 경험 많이 해 보기 바란다.
 명헌이 사랑해!

2018. 05. 30 할아버지 글

정의에 따른 용기와 지혜

뜨거운 태양이 인상을 찌푸리게 하고 땀을 흘리게 한다.

그래도 주말에 야구를 하며 자기가 좋아하는 일에 애써 노력하는 너가 정말 사랑스럽다.

이제 얼마 아니면 여름 방학을 맞이할 텐데 하고 싶은 일(학습, 놀이, 여행 등)을 결정하였는지 모르겠다. 6학년이지만 계획을 세울 때는 언제나 부모님과 상의해서 가장 좋은 것이 어떤 경우인지 판단해서 실천해 보는 좋은 일을 해 보기 바란다. 방학을 보람 있게 보내는 사람이 자신감을 얻을 수 있고 성취감을 맛볼 수 있음을 강조한다. 그러기에 계획이 필요하고 실천한 결과에 반성을 해 보며 다음을 생각해 보는 시간을 갖는다면 성공한 인생을 살 수 있다.

이번 편지글에선 정의(Justice, 定義〈정할 정, 옳을 의〉)가 무엇인지 말하고 싶다. 어른들이나 할 일이지 어린이는 아직 이르다고 생각할 수 있으나 아니다 10대의 소년 소녀들도 이젠 알아야 한다.

국어사전에는 "어떤 말이나 사물의 뜻을 명백히 밝혀서 규정지음"이라 하는데, 다양한 상황에서 옳고 그름을 가려내는 일이라 생각해도 잘못은 아니다. 세상엔 하나의 답으로 풀 수 없는 문제들이 많아요. 그래서 서로 대화하고 상대편의 형편을 들으며 가장 합당한 바른 결정을 내리는 것이 어느 때보다 중요하다.

율이가 생활하다 보면 흔히 마주칠 수 있는 판단의 문제, 무엇이 옳은 것인가? 어떻게 하는 것이 올바른 것인가? 이런 것에 고민하게 된다. 그럴 때 합당한 결정을 내리는 것의 기준이 '정의'이다. 너가 초·중·고·대학을 나와 성인의 길을 걸을 때에도 여러 갈등과 고민에서 결정할 때 정의를 생각하는 것이 중요하다.

너는 희망이 높고 열망이 있어서 더욱더 큰 일을 할 수 있는 우리나라의 인재로 생각하고 이제부터 '정의'를 생각하고 판단과 결정을 내릴 줄 아는 율이이길 바란다.

너의 용기와 지혜를 바탕으로 이기심 없이 상대를 균형 있게 배려하는 마음에서 정의를 실천하기 바라면서.......

아라뱃길과 자전거 길 옆 계양, 7월 할배 글

정의에 따른 용기와 지혜 II

가끔씩 너를 보아도 보고 싶은 마음이 떠나지 않는다.

다들 그것이 '손자를 위한 사랑이다' 하는데 나는 이 사랑감을 넘어선 충정심이라고 주장한다.

지나치리만큼 '지금 무엇을 하는지"어려움은 없는지' 등등 아마도 매일 생각하고 있다고 해도 무리한 생각 아니다.

이제 즐거운 여름 방학이구나! 참 부럽다. 시원한 그늘, 물속, 바람 등 자연과 마음껏 즐길 수 있는 시간을 맞이할 시간이 오니 벌써 행복해하고 기다리고 있겠지?

이번 편지에 정의(Justice, 定義〈정할 정, 옳을 의〉)는 무엇인가?로 얘길 하고 싶다. 이런 어려운 말은 어른들이나 생각할 일이지 10대 학생들이 생각할 일 아니라고 생각할지 모르지만, 아니다 너 정도 나이에도 생각해 실천함이 필요하다고 생각해서 쓴다.

정의(Justice)란 어떤 상황에서 옳고 그름을 판단하는 기준이다. 가정, 학교, 사회생활을 하면서 부딪히는 여러 가지 문제점들에 상대편의 의견을 존중하면서 어떤 길이, 어떤 판단이 해결하는 데 결정적인 역할이 되고 기준점이 되는지를 선택해 내는 일이 점점 많아진다.

여기에는 자기의 용기와 지혜의 바탕이 필요하고, 이기심 없이 상대를 균형 있게 배려하는 마음에서 옳은 것과 잘못된 것을 가려서 결정해 내는 힘을 지금부터 길러 내어야 한다.

초·중·고·대학을 거쳐 국가 사회인이 되는 과정에서 많은 갈등과 고민을 하기에 이른다. 이때 가장 먼저 생각해야 할 것이 바로 '정의'다. 이것이 지켜진다면 모든 문제의 실마리를 풀 수 있고 더 좋은 길을 찾아낼 수 있게 한다.

난 너를 훌륭한 인재이길 바라는 마음에서 썼다.

바르게 자라 훌륭한 인물이 된 후에도 항상 '정의'를 생각하고 결정하는 습관을 익히기 바라면서.......

계양살이 7월 할배 글

추억이 있는 삶이 행복하다.

4번째 여름 방학을 맞이하는구나!

생각이 많은 창민이가 이번엔 무슨 마음으로 방학을 맞이할지 참 궁금하다. 할배도 많은 방학을 맞이하였다만 정말 보람 있게 보냈는지 판단해 보지도 않고 시간을 날려 보냈던 기억들이 아직도 남아 있다.

단, 한 가지 공통점이 있다면 책을 읽는 일과 공부를 하는 학생의 본을 지키는 것보다 뜨거운 태양에 몸을 태우고 친구들과 강, 바다에서 장난치며 재밌게 놀았던 일들이 생생하다. 지금은 그때로 돌아갈 순 없지만 지금까지 마음에 남아 움직인다.

창민아, 나이가 들어서도 추억이 있는 삶이 행복하다. 그렇기 때문에 너도 여름 방학을 보람 있는 것이 무엇인지 부모님과 대화하고 형과도 의견 나누며 결정해 보는 시간을 분명히 가져 보기 바란다. 막연히 논다, 읽는다, 본다, 느낀다, 생각한다보다 어떤 일을 한 가지 하면서 기회와 방법을 고민해서 자기에게 맞는 멋진 것들을 선택하여 실천해 보았으면 기대한다.

금지할 일은 절대로 욕심내지 말라는 거다. 계획을 세울 때 이것도 저것도 하고 싶어서 모두를 넣어 실천하려고 함은 '실천하지 않겠다'는 것과 다를 바가 없다. 꼭 이번에는 2~3가지 정도만 행동 목표를 두고 실천해야겠다는 생각을 하기 바란다.

할배는 학교에서 내는 방학 과제도 없기를 바라는 사람이다. 이거 해라, 저거 해라보다는 자기가 하고 싶은 일을 찾아서 하도록 기회를 주어야 한다. 이번 방학 어떨지 모르지만,

가깝게 살기에 감사하고

늘 마음만 먹으면 볼 수 있어서 행복하며

'노박 조코비치'를 닮은 너가 자랑스럽다. 세계적인 테니스 선수!

오늘 저녁 10시에 윔블던 세계대회 남자 단식 결승전 한다. 근데 이 선수만 보면 난 창민을 생각하고 이기기를 바란다. 왠지 몰라도.......

늘 바르게 자라서 멋진 인물이 되길 바라는 기도이다. 사랑해!

7월 아주 더운 날 사무실에서 할배 글

옳고 그름의 판단

여름 방학이 곧 다가온다.

하고 싶은 계획을 세워 놓았는지 궁금하다.

실천 계획은 꼭 할 수 있는 한두 가지를 세워서 실천하면 최고이다. 해내지도 못할 일들을 세워놓는 것은 안 하겠다는 뜻이다. 그러니까 할 수 있는 일만을 세워서 해내는 일등 명헌이가 되길 바란다.

늘 즐겁게 잘 놀고 친구 많이 사귀고 무슨 일을 하더라도 잘 판단해서 옳은 일인지 아니면 잘못된 일인지를 생각해서 옳다고 생각하면 당당하게 말하고 실천에 옮길 수 있도록 대화를 하도록 하여라.

특히, 율이 형하고도 찬찬히 대화하여 좋은 뜻으로 문제를 해결하여 가는 명석함을 발휘하기 바란다.

날씨가 점점 더워지고 따가운 태양이 이글이글 타오른다. 방학이 되면 할아버지 집에 와서 멋진 방학을 보내고 가는 시간이 있었으면 한다.

항상 엄마, 아빠랑 협의하고 형과 문제를 두고 의견 나누면서 멋지고 즐거운 생활이 계속 이어지기를 기도한다. 명헌아, 사람이 이길 줄도 알아야 하고 질 때도 있어야 한다는 것을 알기 바란다. 사랑해!

인천 계양살이 7월 할배 글

진정 감사함이란?

감사의 반대말은 무엇이라 생각하니?

할아버지는 너가 있음에 감사하고 아빠와 엄마가 있음에도 감사한다. 그리고 할머니가 곁에 살고 있음에 늘 감사한다. 또 이웃과 친구와 동창들이 있어도, 가을의 파아란 하늘과 아름다운 꽃들이 바람에 하늘거리는 모습을 보아도 모든 자연에 감사한다.

아마 해민이도 아빠, 엄마 있음에 그리고 창민이 동생이 있음에 말은 안 해도 은근히 감사하고 있다고 판단된다.

정말 세상엔 감사한 일이 참으로 많은 것 같다.

그런데 감사의 반대말은 '당연'이라고 생각해 본다. 너가 읽어 보시라고 준 책 '고양이 학교'를 읽다 보니 인간이 가장 못되었다는 것을 글을 읽고 느꼈다. 다른 동물들에 견주어 보면 사람들이 하는 행동과 일상생활 모습들은 불쾌하고 미운 일들이 한두 가지가 아니지.

아빠와 엄마가 사랑으로 goals을 낳았고 기르고 지금이나 앞으로 잘되라고 비는 고운 마음들을 만약 '당연'이라 하면 잘못된 생각이고, 할배·할매가 손자를 사랑함이, 선생님이 제자를 사랑함이, 많이 가진 사람이 없는 사람을 도와주는 일들을 또 '당연'이라 생각한다면 안 된다.

그래서 감사는 마음으로, 행동으로, 또는 언어로 표현한단다.

"엄마, 아빠 감사합니다."

"할아버지 할머니, 감사합니다."

"선생님, 고맙습니다."

이렇게 표현한단다.

오늘부터 '감사'를 '당연'으로 생각하지 말고 진정 감사함을 알고 감사한 마음을 표현하기 바란다.

이제부터 할배도 너가 있어 감사함을 바르게 알고 사용할 수 있도록 신경을 써야겠다.

방학 동안 좋은 경험 많이 했지? 여행하며 여러 가지 감상들을 많이 했을 거야. 개학 얼마 남지 않았으니 한참은 마음과 몸이 힘들겠다. 누구보다 빨리 생활 환경에 적응할 줄 아니까 믿는다.

늘 건강하고 즐거워라.

2018. 08. 18 인천계양에서 할아버지 글

행복이란?

무얼까? 무엇이 어떤 일들이 있을 때 이 좋은 말을 쓸까?

우리 한율이는 주변이 어떻게 변할 때, 느낄 때 '행복하다'고 표현하는지 궁금하다.

지금 할아버지 편지를 읽고 있는 이 순간 행복하니? 만약 행복해한다면 왜 그렇게 생각하는지, 무엇 때문인지 한 번 생각해 보렴.

행복을 국어사전에서 찾아보면 "생활에 충분한 만족과 기쁨을 느끼어 흐뭇한 상태" 또는 "복된 좋은 운수"를 말한다. 그러니까 사람의 마음의 상태를 말한다고 본다. 이것은 몸은 힘들고 어려우나 마음은 무척 즐겁고 재미있는 경우 우리는 '나는 행복해'한다.

할아버지는 율이가 학급의 회장이 되어서 속한 학급을 선생님을 도와 친구들과 즐거운 학급을 만들어 다른 학급에 모범적인 활동을 보인다면 행복감에 젖어 율이를 더 만나고 싶어지는 마음의 변화가 생긴다.

그래서 한율이는 항상 행복하기를 바란다. 학교에서나 집에서나, 학원에서 과제, 숙제 등등 해낼 때 즐겁고 흥미스러운 마음으로 스트레스 받지 말고 했으면 한다.

지구상에 사는 사람들의 목적은 어떤 경우에라도 행복하기 위해 노력하고 그것을 더 많이 얻기 위해 애쓰며 노력하는 데 꼬옥 돈이 많아서 행복하다 할 수는 없으며 남과 비교해서 행복하다고 판단할 수는 없는 것이다.

게으르지 말고 부지런히 자기가 하고 싶은 일을 찾아 즐겁게 해낼 수 있다면 그것이 행복한 것이다. 율이는 대한민국의 기자가 되기를 소원하고 있으니 틀림없이 이루어질 것이라고 믿는다. 또 자기의 희망이 성장하면서 달라질 수도 있다.

현재 자기가 하고 있는 일을 잘 극복하면서 노력해 나아간다면 충분히 목적했던 바를 달성할 기회가 온다는 것을 믿으라.

최 회장님, 늘 파이팅 하세요.

2018년 9월 14일 제주도에서 할배 글

너를 바라보는 마음,

제주 삼다도(三多島〈많을 다, 섬 도〉, 돌+바람+해녀 많다 하여)를 돌아보면서 노박 조코비치를 닮은 창민이를 생각한다.

할배가 널 이 사람을 닮았다고 하는 것은

첫째, 이마가 비슷하고 둘째, 머리 모습도 비슷하며 그다음엔 영리한 능력이 보여서고, 앞으로 창민이도 우수한 인재가 될 것이라는 충분한 믿음이 있기 때문이다.

이번 US오픈 대회에서 우승하였고 상금이 무려 1,344억 원 획득 그리고 본인이 어려움을 극복하고 난 후 한 말을 보면 할배도 창민이도 꼭 마음에 새겨두면 평생 좋을 것 같아서 쓴다.

"믿을 수 있는 것은 땀뿐이다."

이 말은 많은 노력을 함으로써 US.오픈 테니스 대회에서 1등을 하게 되었다는 뜻이다. 몸이 아파서 2년 동안 많은 운동을 못했고 마음고생하여 쓴맛을 보았다. 이제 세계대회를 제패했으니 자랑스럽게 한 말이다.

"人生에서 무언가를 다시 이루어 내려면 시간이 필요하다는 걸 깨달았다", "또 완전히 새로운 나를 찾기 위해 노력했고 그 노력이 이루어졌다"라고 했다.

승리의 기쁨에 벅차서이겠지만, 아픈 고통 속에서도 아주 많은 노력의 시간을 늘리므로 인하여 이렇게 좋은 평가와 결과를 낳게 되었다는 뜻을 말한 것이다.

창민아, 사람에겐 작든 크든 나름의 어려움이 있기 마련이다. 내게 다가오는 그런 것들을 어떻게 슬기롭게 극복할 수 있느냐에 따라 성공과 실패가 갈리는 것이다.

이제라도 너가 하고 싶은 일이 무엇인지 발견하였거나 찾아라. 어느누구의 도움을 받더라도 그리고 내가 무얼 잘하는지 의문을 가져 보아라. 할배는 지금도 또 다른 나의 장기가 무언지 찾아 나서고 있다.

2018년 9월 제주도에서 할배 글

미래의 명헌을 생각하며,

나는 오늘도 明憲이를 생각한다.

지금 무엇을 하고 있는지?

누구랑 대화하고 재밌게 놀고 있는지?

책을 읽는지, 그림을 그리는지, 잠을 자는지?

궁금한 것 많다.

이건 할아버지의 궁금증보다

조금씩 조금씩 달라지려고 노력하는 널 보고 싶어서이겠지.

지금도 캐릭터를 잘 그리고 있는가?

할아버지는 너의 그림 그리는 모습을 보고

나도 명헌이 같은 능력을 갖고 있는지를 알기 위해

일주일에 한 번 또는 두 번 훌륭한 선생님을 찾아가서 배우고 있다.

그런데 할아버지도 명헌의 능력처럼

그림을 그리는 능력이 있다는 것을 알게 되었다.

그래서 추석이 들어 있는 주간에 할배의 작품을 전시회에 내놓기로 했다. 한번 보러 오지 않겠니?

할밴 명헌이가 왔으면 하고 바란다.

그린 그림은 가족 카톡방에 공개할게.......

2018. 9월 제주도에서 할배 글

행복 II

무얼까? 무엇이, 어떤 일들이 있을 때 이 좋은 말을 쓸까?

우리 한율이는 주변이 어떻게 변할 때, 뭘 느낄 때 '행복하다'고 표현하는지 궁금하다.

지금 할배 편지를 읽고 있는 이 순간 행복하니? 만약 행복해한다면 왜 그렇게 생각하는지, 무엇 때문인지 한번 생각해 보렴.

어쩌면 할아버지의 글을 받아 읽으니 평안하고 고맙고 감사한 마음 때문인지도 모르겠다. 칠순이 넘은 할아버지의 손자 사랑 편지를 받으니까 다른 친구들을 생각해 보면 이 순간이 좋아서일지도 모르지. 어찌하던 한율이 또래의 친구들이 보면 새로울 수도 있어서 더 행복감을 느낄 수 있다 본다.

너가 세상에 태어날 때 참으로 귀엽고 자랑스럽고 잘생겨서 너를 보기만 해도 웃음이 나고 마음이 넉넉하기도 하고 큰 것을 얻은 듯한 기분이어서 행복하다 했다.

자라면서 튼튼한 몸으로 클라이밍 대회에서 여러 번 시상대에 오르고 다른 친구들 앞에 우뚝 서는 모습을 보고 율이에게 세상의 빛이 더 빛날 일이 있을 거다 믿는 마음이었다.

그리고 학교에 들어가서 꾸준하게 노력하는 태도와 강한 실천력, 어떤 경우에도 해내고자 하는 의욕, 배우고 익히려는 욕심 등등이 행복한 마음이 들게 했었다.

그러니까 행복이란 내 주변에서 일어나는 모든 형상에서 한율이 스스로 어떤 시각으로 보느냐에 따라 행복할 수 있는 것이다. 비록 어려운 환경에서도 그 자체를 행복함이라고 생각하며 사는 사람들도 있다.

할아버지의 바람이라면 세상의 다양한 경험을 겪으면서 그것들을 행복으로 승화시킬 줄 아는 사람이 되었으면 한다. 할배는 가난 속에서 살아왔어도 그 힘들고 어려운 가난을 부끄러워할 줄 몰랐고 배우고자 하는 의욕을 다른 친구들보다 많이 가졌기 때문에 성공한 삶을 살았다고 생각한다. 그리고 건강하게 자라는 너희들이 있어서 늘 행복 속에 산다.

늘 건강하고 행복하여라.

2018년 10월 21일 할아버지 글

사랑의 노랫소리

가을 하늘을 바라보며,

해민의 자람을 보면서 늘 할배 얼굴에 웃음을 던져 주는 네가 정말 사랑스럽고 두고두고 감사함이 크고 크단다.

오래 못 보면 무얼 하고 있을까? 어떤 좋은 경험을 하고 있는지 등 궁금해진다. 그래서 어쩌다 할배 집에 온다고 소식이 오면 벌써 할아버지 마음이 떨리고 눈빛이 밝아지고 기분이 업되며 무슨 좋은 일이 일어날 듯한 마음으로 만나지도 않았는데 기쁨이 가득하다.

살아가는 의미를 느끼는 것 같고 생활의 활력소가 되기도 하며 오래도록 안고 있어도 더 오래 안고 싶은 마음을 갖는다. 만날 때 할배를 진정으로 보고 싶은 듯 포옹해 주며 함께 하는 순간이 너무너무 행복 그 이상의 선물 받은 느낌이다.

벌써 5학년 후반이라 체격도 상당, 마음도 상당 넓어진 너를 보며 흐뭇하고 감사한다. 먹는 것이 있을 때도 할배, 할매를 먼저 챙겨 주려는 생활 태도 아빠, 엄마의 부담을 조금이나마 덜어 드리려는 태도 등 '우리 해민이가 많이 컸구나!'생각을 하게 된다.

지리산 일성리조트에서 올라온 사진을 보면 자연의 아름다움도 아름다움이지만 그 속에서의 너희들의 자연스러운 제스처들은 하늘에서 받은 보물을 보는 듯 감사함과 행복함이 아주 크다.

'하나님이 나에게 이렇게 큰 복을 주셨구나!' 하고 깊이 감사한다.

언제부터인지 모르나 부지런히 책을 읽고 동생과 즐겁게 놀이하는 모습에서 더욱 많이 컸다는 사실을 느낀다. 가끔씩은 다툼이 있지만 그것은 작은 애교 그 후 금방 이해하고 용서하며 달라지는 관계를 보고 있노라면 모든 걱정과 염려가 사라진다.

이해와 용서, 내 앞에 나타나는 모든 일에 감사 그리고 동생과 부모님과 이웃과 사랑하며 사는 힘을 키우고 키우기를 기대한다.

고맙다.

행복하다.

하늘 끝, 바다 끝까지라도 사랑한다.

2018년 10월 21일 할아버지 글

잘 먹는 자 힘쓴다.

지리산에서 사과 따는 모습을 보고 참 아름답고 가을 수확 체험을 해 보는 것을 보고 참으로 너희는 부모를 잘 만났다고 생각했다.

이런 기회도 항상 있는 것이 아니다. 알지?

할아버지는 너희들이 부러웠다. 나에겐 저런 어린 시절이 없었는데 우리 손자들은 참 훌륭한 부모를 만나 즐겁고 보람 있는 어린 시절을 보내고 있다는 생각에 행복하다.

전송해 준 사진을 보고 지리산 가을 단풍과 사과 그 자연들이 아름다웠지만 우리 손자 네 사람이 있어서 더욱더 아름다운 모습을 만든다고 생각했다.

사과를 물고 있는 모습, 들고 있고, 따고 하는 광경은 참 자랑스럽고 아름다워 보였고, 그리고 부럽더라.

창민이도 이제 많이 컸다.

키도 크고 큰 만큼 마음도 새롭게 달라지고 있다는 것을 느낀다. 지리산 모습에서, 고-카드 할 때, 태권도 할 때도 그렇게 느꼈다.

사랑한다.

요즈음 할배 생각?

식탁에서 창민이의 식사하는 용기가 필요한 것 같아 자라는 만큼 잘 먹어야 건강이 유지되는데 어쩌나 할 때가 있어 잘 먹어야 두뇌에 영양이 공급되고 힘들고 어려운 일이 있어도 쉽게 해결할 능력이 생기는데 하고 걱정한다.

많이 먹는 건 좋은 일이 아니나 적당하게 영양 보충이 될 수 있게 잘 먹었으면 좋겠다. 할매가 걱정 않게 부탁한다.

그리고 변함없이 할머니를 좋아해 주어서 늘 고맙게 생각해. 아마도 할머니는 너만 생각하면 행복해 한단다.

고마워, 언제나!

이 가을 책 많이 읽어서 마음과 정신에 넉넉한 영양을 담아두기를 바란다.

늘 즐겁고 행복하기를 소원으로 갖고 있다. 안녕!

2018년 10월 21일 할아버지 글

사진으로 본 사과 수확 체험

지리산 2박 3일 여행 즐거웠지?

아마 할배가 묻는 것이 잘못일 거야.

형들과 잘 어울려서 재밌게 경험하는 모습이 참 보기 좋았다.

특히 사과를 따는 노란 티셔츠에 맑은 눈은 참으로 아름다웠다.

우리 명헌이가 원래 잘생긴 손자라는 믿음이 있었지만 너무너무 잘 어울리는 전송해 온 사진 보고 행복했다.

엄마 생신 축하는 어떻게 했는지?
할배가 안 보아도 즐거운 시간이었을 것 같애.......
생각만 해도 행복해진다.

나는 이번 편지에서,
우리 명헌이가 자라서 무얼 하고 싶은지 묻고 싶다.
명헌아,
어떤 것을 하고 싶은지를 아는 것이 좋은데 자라면서 자기의 하고 싶은 일은 바뀔 수 있지만, 지금부터라도 '나는 무엇을 하고 싶은가?'하고 의문을 가져 보기 바란다.
형은 "기자가 되고 싶다"라고 해서 할배는 너무 감사했다.

잘생긴 명헌이도 한번 생각해 보렴!
항상 즐거워라.
그리고 건강해라.
항상 행복하여라. 이렇게 기도한다.

2018년 10월 21일 할아버지 글

꿈은 이루어 내는 자의 것

벌써 한 해가 저물어 간다.

우리 해민이야 한 해 한 해가 지나면 나이를 한 살 먹어 더욱 성숙되어 가는 젊음을 반기게 되고 한 학년이 올라가 6학년이 됨을 희망적으로 받아들이겠지만,

요즈음 할배는 이렇게 생각하는 시간이 있다.

5학년 한 해를 어떻게 보냈는가?

올해 난 무엇을 해냈는가?

잘한 건 무언지, 못한 건 무엇이 있는지 돌아보는 시간을 가졌으면 한다. 아무래도 잘한 일이 많겠지. 희망적이고 즐거운 일들이 가득하겠지 한 번쯤은 생각해 보렴.

할아버지는?

돌아보니 특별하게 의미 있는 일은 없고 '그저 해 보지도 않았던 일도 했고, 열심히 살아가며 하고 싶은 일 했고, 잔차 타며 건강 지키기 위해 살았다.'고 반성한다.

연말이 가까워 오니 '2019년엔 무얼 할까?'고민하고 있다.

그럭저럭 또 한 해를 맞이하고 보내겠지 이렇게 막연하다.

그래도 할배 꿈 하나 자전거로 '세계여행을 하고 싶다'인데 가능할까 뜬구름 잡는 일일지라도 어떤 꿈을 이루는 건 그 꿈을 이루고자 하는 자의 것이다. 세상엔 수많은 꿈을 꾸어도 이루지 못하고 포기해 버리는 이들이 많다.

'시도도 해 보지 않고 그만두는 건 용기가 없는 사람이지'

'마음먹은 일은 실패하더라도 해 보는 거다'

할배는 해민의 소박한 꿈들이 2019년 이루어지길 빌고 빈다.

그리고 주저하지 말고 앞으로 나가라.

큰 뜻과 희망을 품어라.
지금도 조금씩 성숙되어 가는 너를 사랑한다.
하늘만큼 땅만큼 너에게 내게 있는 모두를 투자하고 싶다.
더욱 넓은 세계를 향해 나아가라. 한곳에 머물지 말고.......

2018년 12월 완벽한 칠순을 넘기는 할배 글

자신을 만들어 가는 사람

3학년이 마무리되는구나.
할배는 창민이를 보면 키가 후울쩍 자라서인지 오륙 학년생 같아 이젠 의젓함이 미래를 기대하게 한다.
무엇이든지 해 보겠다고 마음먹으면 이루어 낼 아이라고 믿고 있다. 그렇다고 부담 갖지 마라. 그런 마음이 드는 것은 확실한 할배 마음이니.
오늘은 영하 12℃ 정말 춥다.
창민아, '이길래 피할래?' 어떤 마음이더냐? 솔직히
할배가 어릴 땐 무조건 이겨야 하는 것이었다. 무엇에 부닥치더라도 당시의 부모님은 참고 견디며 이겨 내야 한다는 말씀뿐이었단다. 증조할아버지와 할머니는 비록 배운 바가 없으신 분들이었으나 몸으로 마음으로 행동으로 보여 주신 그 가르침은 지금도 기억하고 살아가고 있다. 이제 와 생각해 보면 할배가 평생 잊지 않고 실천하라는 가르침이었다는 걸 안다.

너는 생각이 많은 아이,

무엇이든 정확히 하려는 학생
시간을 넉넉하게 쓰는 위트 있는 손자,
그러나 감정을 너무 오래 끌고 가는 스타일은 아니겠지
'창민이는 할배를 어떻게 볼까?'
'괜스레 궁금?'

추울 때는 따뜻하게 몸을 보호하고 학교생활 잘하기 바란다. 그리고 연말이니 3학년의 생활도 돌아보고 4학년 올라가선 무얼 해낼까 한 번쯤은 생각해 보는 것이 좋겠지.

겨울 방학이 2019년 1월 7일 참 생소하다. 작년만 해도 이달 말경이었는데 이럴 때마다 할배는 참 교육 활동도 엄청 변하고 있다는 것을 실감한다.

늘 센스 있는 너를 사랑한다.

더 넓은 세계를 위한 준비를 차근히 만들어 가는 사람이 되어라.

12월 늘 창민을 생각하고 사는 할배 글

새로운 출발 중학 준비

중학교 입학 원서를 쓰고 학원을 다니며 예비 중학생의 역할을 하는 모습을 생각하니 난 참 흐뭇하다.

신문에 나오는 뉴스 컬럼이나 사설을 쓴 기자들을 보면 항상 율이가 생각난다. 한번 멋지게 해 보라고 응원하고 싶다.

꿈은 누구에게나 있다. 지금의 할배 수준에도 맞는 꿈은 있지. 그런데 그것은 변한다. 그 때문에 많은 노력이 따라야 이루어지는 마법을 갖고 있다. 그래서 노력하는 자에게만 복이 내려와 좋은 결과를 낳는다는 걸 이 할아버지는 믿고 살아왔고 지금도 그것을 믿고 살아가고 있다.

그럼, 할아버지의 꿈은 무얼까?

그건 "잔차로 세계여행을 하겠다."이다.

어떻게 생각하니?

한땐 군인이 되어 별을 달고 싶었고, 공군사관학교를 가 비행기를 조종하여 하늘을 나는 파일럿이 되었으면 했지. 한데 생각도 하지 못한 교장 선생님이 되었다.

그래서 나는 꿈을 이렇게 생각한다.

사람의 꿈은 여러 가지 있으나 아마도 '꿈+노력+때(운, 시기)'가 잘 화합될 때 이루어진다는 것을 말하고 싶다. 최우선은 생각이 있어야 하고 그다음 최선의 노력이며 또 다음은 하나님의 뜻(때)을 기다려야 한다.

그래서 성공은 99%는 노력이고 1%는 영감(靈:신령 영, 感:느낄 감)이라 한다. 그러므로 성공은 노력만이 답이다.

중학교에 가서도 지금처럼 잘해 보거라.

언제나 변함없이 너를 사랑한다.

겨울 방학을 보람 있게 보내길 바란다.

부모님과 함께 건강하고 행복해다오.

파이팅! Do your best now? 물으면서.......

2018년 12월 널 위해 항상 기도하는 할배 글

3학년이 되는 명헌에게

넌 나의 보배야. 누가 무어라 해도.......
멋진 너를 항상 곁에 두고 싶어요.
할아버지가 명헌이 마법에 걸렸나 봐.
오늘 서울 기온 영하 12℃ 추운데 이기고 있지?
아마도 피하지는 않고 이기려고 애쓸 것 같애. 그렇게 믿어요.

겨울 방학을 하면 무얼 할 거야? 아니, 뭘 하고 싶어? 명헌이가 무얼 하든 하고 싶은 것을 선택하여 엄마와 아빠의 도움을 받아 한번 실천해 보렴.

공부도 좋고, 멋진 경험도 좋고, 그림 그리는 것도 좋고, 하고 싶은 운동 여행도 좋으니 시간을 아껴 실천해 보아라. 하고 싶다.

3학년이 되는구나!

간단하게라도 2학년 생활을 돌아보고 3학년을 위해 마음의 준비라도 해야겠지.

근데 명헌아!

가끔 엄마 아빠에게 말하는 모습을 보면 아직도 어려서인지 떼를 쓰는 걸 볼 때 있고, 자기의 생각만을 막 말해 버리는 걸 볼 때가 있는데 그건 좀 안 했으면 한다.

언제나 주장할 때도 근거가 있게 하고 협상을 하듯이 해야 해. 내 주장이 옳은지 아빠 엄마의 말씀이 맞는지 생각해 보는 시간을 가졌으면 한다.

이제 3학년이 되니 달라지겠지. 믿는다 믿어.
멋지게 자라는 너를 사랑한다.
그리고 훌륭한 사람이 되길 바란다.

마음먹은 대로 될 거야!

아마, 할아버지를 깜짝 놀라게 할 손자일 거라 본다.

2학년을 잘 마무리하고 2019년 대망의 새해를 맞이하기 바란다.

너도 늘 할아버지 기억해 주라. 웅!

늘 너를 곁에 두고 싶은 할아버지 글

나 위해 일은 필수다

한율, 명헌에게,

생신날 감명스러운 편지글 고마워!

글 속의 질문을 생각하며 '훌륭하게 되겠구나' '마음먹은 대로 이루겠구나' 생각했다. 너의 관심과 이해의 폭이 성장할수록 크다는 걸 알았다.

새해엔 졸업을 하고 중 1년이 되는데 그 마음 각오가 어떤지 궁금하다. 부담 갖지 말고 답장 쓸 때 알게 해 주었으면 한다.

할배가 일하는 목적은 너 때문에 한번 더 생각해 보게 되었다. 곰곰이 생각해 보니 10가지 이상이더라. 한미약품의 '관리소장'이라는 소리를 들으며 생활하는 속에서 힘들고 어려움이 있어도 참고 또 자신에게 '석희야, 괜찮다! 뭐 어때! 그까짓 거'하며 즐겁게 출근하고 기쁨 안고 퇴근한다. 그중 가장 핵심적인 두세 가지를 알린다.

첫째, 칠순이 지났으나 건강을 위해서다. 출퇴근이 명확해 게으름이 없고 움직임이 많아 신체 관리에 효과적이다.

둘째, 대화 시간이 많아 항상 긍정적이며 즐겁다. 근무하는 빌딩에 여러 회사가 있어 약 300명 가까운 직원들이 들고나고 하며 아침 "안녕하세요" 저녁 "수고했어요"를 비롯해 짧은 대화도 서로 나누는 소통의 기회를 많이 가질 수 있기 때문이다.

셋째, "일이 행복한가 봐요"라는 너의 말처럼 행복을 얻게 되고 할머니께 시간과 공간을 주어 삶의 여유를 즐기는 기회를 주고 싶어서이기도 하다.

사람이란 다양한 생각을 하는 동물이다. 오래 살아오면서 다양한 경험들을 해 보았고, 한율, 명헌이가 커서 할아버지의 '자서전'을 읽어 보면 새롭게 알게 될 일이 많을 거야. 기대하지?

이제 쉬려고 마음먹었다. 시작할 때도 중요하지만 끝남이 더 중요하기 때문에 2019년 좋은 날 좋은 시기에 힘들었던 일을 마감하려 한다. 쉬는 걸 모르고 왔는데 쉬면서 너희들처럼 놀이하는 거 몰랐는데 이젠 깨닫게 되어 충분히 즐겁고 재밌게 보낼 자신이 생겼다.

명헌이 선물 모자, 율이 선물 목도리 정말 잘 사용하고 있다. 감사.

2019년 새해 할아버지 글

일을 하는 이유

해민, 창민에게

생신날 부드럽고 할배 능력을 칭찬하고 미래의 과제를 던질 줄 아는 멋진 표현이 아주 훌륭하고 창민이 짧게 썼어도 하고자 한 말 다 할 줄 아는 능력 흐뭇했다. 고마워!

늘 배려와 존중할 줄 아는 너희 둘에겐 믿음 마음이 있다. 그리고 어떤 경우에서도 자기 최선을 다하면 되는 거라고 당부하고 싶다. 지나친 욕심도, 무리한 의욕도 적당할 때에 최고가 됨을 안다.

'만능가루'라 표현한 해민, '힘내게 하는 편지'라고 쓴 창민 정말 고맙다. 언제 또 이런 좋은 소식을 들어 보겠니 힘이 솟는다.

할배가 아직 일을 하는 이유는?

첫째, 칠순이 지났으나 건강을 위해서다. 출퇴근이 명확해 게으름이 없고 움직임이 많아 신체 관리에 효과적이다. 쉬는 시간 이용 꾸준히 스트레칭 단전호흡 등으로 건강한 신체를 만들고 있기 때문이다.

둘째, 일을 함으로 대화 시간이 많아 항상 긍정적이며 즐겁다. 근무하는 빌딩에 여러 회사가 있고 많은 직원이 들고나고 하며 아침 "안녕하세요" 저녁 "수고했어요" 등을 비롯해 짧은 대화로 서로 소통할 기회를 많이 얻을 수 있기 때문에도 좋다.

셋째, "일이 행복한가 봐요"라는 형의 질문처럼 행복감 얻게 되고 또 할머니께 시간과 공간을 주어 삶의 여유를 즐기는 기회를 주고 싶어서이기도 하다.

너희들이 많이 커서 나의 '자서전'을 읽게 된다면 할아버지의 모든 세계를 알게 될 날이 있을 거라 본다.

이제 할배도 쉬고 싶고 놀고 싶다. 지금까지는 일한다는 것이 내 삶의 최선이라 생각했다. 그러나 일 이상으로 잘 쉴 수도, 잘 놀 수도 있는 방법을 터득했다. 얼마든지 재밌게 즐겁게 생활할 수 있는 세월의 활용자가 될 수 있음을 깊이 깨닫게 되었다.

기해년(己(터 기)亥(돼지 해)年(해 년)) 2019년에 실천하고 싶은 일들이 많아 직장을 종치려고 한다. 그러면 자연 속으로 훨훨 날겠지! 기대~?

모두 건강하고 행복하여라.

2019년의 첫 번째 할배 글

세상에 태어남에 감사

오늘이 생일날!

기분이 좋겠다. 무엇을 바라서가 아니라 이 세상에 태어난 보람과 많은 경험을 할 수 있게 해 주신 은혜를 진심으로 감사해야겠지.

지난 26일(토) 저녁 생일 축하를 했지만, 할아버지는 너가 태어난 오늘 기뻐서 편지로 마음을 표현하려고 한다.

부산에서 태어났을 때 할머니랑 내려가서 널 낳아 주신 엄마에게 "여원이 수고 많았구나"라고 했고 너를 낳느라 힘들어한 모습이 역력했었지. 그래도 방금 태어난 너를 보았을 때 하나님께 감사함과 넉넉해 보이고 잘생긴 모습에 기뻤던 기억이 난다.

벌써 12살 초등학교의 최고 학년이 되다니 참 세월이 빠르다는 걸 실감한다. 서울 사당동 대림아파트에서 3학년 될 때쯤까지 함께 살았기에 남다른 정이 생겼고 등굣길 삼일공원 지나 서울남성초 경비실을 지나 교실 문 앞까지 바래다주는 일들이 새록새록 생각난다.

여름이면 창민이랑 매미채를 들고 엄청 많이 채집을 하던 일, 아침에 등교해 도서관에서 책 읽는 모습 등 마음이 쌓인 추억들이 많다.

최근에는 중앙일보 '시민마이크'에 할배랑 닮았다고 사진과 글도 올리고 함께 여행 갈 기대도 해 보는 경험을 쌓고 있어서 행복하다. 많은 사람이 사이트에 들어와 댓글도 달아주길 바라기도 한다.

오늘 생일 때 찍었던 사진을 올리고 다시 사이트에 댓글을 올리려 한다. 31일까지 결과를 보고 판단하니까 욕심은 없고 해민이랑 내가 가장 많이 닮은 할배 손자라 듣고 싶다만.......

겨울 방학 중이라 엄마, 아빠 걱정하지 않게 스스로 집을 지키며 동생도 함께 돌보고 책으로 실력도 쌓아가는 모습 참 대단하고 늠름한 행동 칭찬한다.

앞으로 세계는 널 위한 것이리라.

지금처럼 놀며 경험하고 배우고 익히는 등의 '자기 최선을 다한다'면 다들 우러러보는 사람이 될 거야.

건강하고 항상 즐거운 나날이길 기원한다.

2019년 01월 30일 할아버지 글

뜻하는 바 이루어지길,

중학생이 된 한율에게

엄마 품에서 아름답고 귀엽게 잘 자라던 율이가 중학생이 되다니 생각만 해도 감격스럽다. 할아버지는 강릉에서 중학교를 다녔는데 우리 율이는 서울에서 공부를 하는구나!

태어났을 때는 '약하구나' 하고 걱정도 하고 작은 염려도 했으나 크면 클수록 너는 튼튼하고 멋졌으며 복 많게 상도 많이 받아 할배를 기쁘게 해 주었고 행복을 주었다.

그래서 늘 너에게 감사한다.

이 할아버지의 꿈이라면 율이를 비롯하여 손자들 모두 건강하고 즐겁고 행복한 세상에서 자기의 뜻을 펼치며 사는 것이다. 아마도 이 소원은 이루어질 것 같아 벌써부터 마음이 흥분된다.

왜냐하면 율이가 자라는 과정을 보며 이 마음이 들게 되었다. 더욱 너의 그 끈덕진 열심과 의욕을 보고, 어떤 공부도 해내는 것을 보고 그런 마음이 들게 되었다. 정말 흐뭇해!

율아, 꼭 뜻하는 바를 이루어라.

사람은 자신의 꿈을 이루기 위해 태어난다고 생각한다. 물론 이루지 못하고 사그라지는 경우도 있지만, 열심히 하는 자에겐 분명히 하나님의 은혜가 있다. 게으른 자에겐 답이 없지만, 의지를 발휘하는 사람에겐 받는 복이 다르단다.

앞으로 중학 생활을 하면서 어려움도 있을 것이고, 새로움도 있고, 기쁨도 있고 할 텐데 어떤 경우가 너에게 닥쳐온다 하여도 지금의 굳은 의지와 용기로 극복하고 이겨 나가길 바란다.

졸업식에도 내가 갈 수 있게 되어서 감사한다. 마음은 우리 장손이 훌륭한 인물이 되길 바라지만 이보다 먼저인 것은 건강함에서 자기의 뜻을 펼치며 살기를 소원한다.

좋은 친구들을 만나길 바라며 더욱 성숙한 중학생이 되길 바랄게. 이 편지 받은 다음부터는 일정한 기간 편지를 못 보내지만 궁금하고 생각나면 너에게 편지할 거야. 그리 알고,

항상 즐겁고 행복해다오.

2019년 01월 30일 할아버지 글

학교가 부모가 되어 줄 때

4학년이 되는 창민에게

긴 방학 생활을 어떻게 보낼까 했는데 혼자서도 잘 해내고 있는 것을 보고 참 든든했다.

엄마, 아빠가 바쁜 것을 알기 때문인지 스스로 해결하는 능력과 참고 견디는 힘도 다른 때보다 잘하고 있음을 칭찬하고 싶다.

할아버지는 지나치게 긴 방학을 좋아하지 않는다.

왜냐하면 너희들은 아직 판단력과 해결 능력이 쉽게 긴 방학을 견디기가 힘들기 때문이다. 그래서 학교라는 기관에서 학생들을 중간중간 붙들어 주며 한 학기의 마무리를 확실하게 알게 안내하여 주고, 다시 새 학년을 위한 꿈과 희망 각오 등을 갖도록 기회를 제공하여 주는 곳이 학교이기 때문이다.

방학이 길면 처음엔 좋은 것 같으나 시간이 지나면 지날수록 지루하게 되고 하루가 길다는 생각이 들게 되어 처음의 기뻤던 생활이 무엇을 하는 것인지 모를 방학이 되어 버리게 된다.

이 마음은 할아버지가 평생 동안 겪어 온 경험이다. 물론 제대로 된 프로그램을 활용하면 모르나......

이럴 때는 자기의 계획을 분명히 만들어 실천하는 생활이 제일 좋은데 창민이는 형과 시간을 고려하며 잘 실천하고 있다고 본다.

창민아,

할아버지의 부탁이 있다면 다름이 아닌,

첫째, 마음이 큰 아이가 되어라이고,

둘째, 책을 많이 읽는 학생이 되어라이다.

셋째, 뇌의 발달과 건강에 밑받침이 되는 영양소를 위해 골고루 잘 먹기를 바란다. 입맛에 맞는 것만 찾지 말고,

물론 무엇보다 우선은 건강함이지만 사람은 먹는 것만으로 사는 것이 아니다만 건강을 유지하기 위해 고른 음식물이 중요하다. 지금은 튼튼하니 별것 아니라고 생각할 수 있다. 그러나 할배처럼 나이가 들면 아주 중요한 말이라는 걸 알게 될 거다. 힘내고 건강·행복하여라.

2019년 02월 02일 할아버지 글

의욕이 기회를 만들어,

명헌아,

요즈음 너를 생각하면 참 즐겁고 행복하다.

우리 집안의 막내라 그 티(모습)가 확실하기 때문이고 형들과 '돼지씨름'할 때 너의 강력한 의지와 인내심을 보고 놀랐고 해내고자 하는 의욕과 용기가 대단하다고 생각했다.

명헌이가 앞으로 멋지고 강력한 인물이 될 수 있다는 것을 확인하는 기회이기도 했다.

방학 중이라 즐겁고 재미있는 일을 하며 실력을 기르고 있겠지. 또 든든한 형이 있어서 보람 있는 시간도 되겠고 마을에 친구들도 많아 행복하겠다.

명절에 또 만나서 즐겁게 보내자!

할배는 벌써부터 너가 오기를 기다려진다.

내가 늘 바라는 건

첫째, 책을 많이 읽어 마음이 큰 학생이 되라는 것이다. 둘째는 하고 싶은 일을 꾸준히 하라. 셋째는 친구는 다양하게 사귀어라이다.

늘 건강하고 즐거운 방학이길 바란다.

얼마 남지 않은 설날에 만나면 새해 가족 모두의 행복을 기원하는 세배를 나누고 뜻있는 하루를 보내도록 하자. 안녕!

2019년 02월 02일 할아버지 글

中學生이 된 한율을 위해,

"卒業(군사 졸, 일 업)은 끝이 아니라 시작이다."
명심하라는 글을 주며 너의 앞날을 생각해 보았다.

태랑초 체육관의 졸업식장은 성대하고 축하해 주려고 온 부모와 조부모 등 가족들이 넉넉한 모습으로 웃음 핀 얼굴로 군중을 이루고 있었다.

194명의 졸업생 중 우리 율이 찾는데 짧은 시간이었다. 그래도 모두가 대학생들이 입는 졸업식장의 가운을 입고 있어서 어리둥절했으나, 전체적인 식장 분위기는 멋져 보였었다.

가장 뿌듯한 것은, 솔선수범상 받는 화면의 모습 보고 선생님이 정확한 상을 율이에게 주었구나! 하고 너의 담임선생님에게 감사하는 마음이었다.

그 뜻은 '항상 남보다 앞장서서 행동하여 다른 사람의 본보기가 된다'인데 할밴 그 어떤 상보다 이 상이 가장 높은 상이라 외치고 싶다. 그래서 초등 6년 동안 항상 좋은 모습, 멋진 행동으로 친구들에게 모범을 보이는 생활을 하였기에 많은 친구를 있게 해 주었을 것이다. 앞으로도 넌 무궁무진한 가능성을 지닌 손자임에 틀림없다.

벌써 중학교 생활이 짐작이 되지만 하나 일러주고 싶은 것이 있다면, 학교생활을 하다가 고단하고 힘들 때는 참지만 말고 힘들고 고단하다고 말하여 해결을 보는 지혜를 잃지 않았으면 한다.

사람들은 참고 인내하는 것이 미덕이라 하는데 할아버지는 그것만이 절대적인 치유는 아니라 본다. 자기를 사랑할 줄 아는 사람은 좋든 싫든 잘되는 것이든 안 되는 것이든 밖으로 내놓고 가족에게 알려 해결하는 현명함을 보여야 한다.

넌 복이 많아, 할배·할매 각 둘의 축하 받는 사람 과연 있을까?

앞으로 많은 역경을 이겨야 할 일이 많을 거야. 힘내거라.

중학교 입학식 우리 한율이가 명예롭게 대표로 단상에서 "입학 선서" 하는 모습을 꼭 마음에 담고 싶은데 직접 가지 못해 미안하다.

그리고 이제부터는 편지글을 네겐 쓰지 않을 거야, 그 뜻 알지?

2019. 02. 15. 서울태랑 18회 졸업을 축하하며 할아버지 글

最高 學年이 된 해민에게

서울남성초를 입학해 다닐 때 어리게만 보였던 네가 벌써 6학년 되었다니 참 세월이 많이 흘렀다는 생각에 감회롭다.

생각이 유연하고, 표현이 유창하며, 남을 배려할 줄도 알며, 나보다는 남을 먼저 생각할 줄 아는 행동을 자주 보아 든든한 마음 변함이 없다.

많은 것을 기대하는 것을 기대하지 않고 보아 왔지만, 점점 멋지게 달라지는 너를 보며 보이지 않은 어느 큰 분에게 "감사합니다. 감사합니다." 하고 무릎을 꿇고 기도하고 싶다.

세월이 가고, 세상이 변하고, 해민도 쑤욱쑥 자란다. 그 사람은 몸도, 마음도, 정신도, 생각도 멋지게 변하고 있음을 나는 본다.

최고 학년이 되면 他(다를 타)의 모범이 되는 역할을 많이 하게 될 것이고 바쁜 부모님을 위해 스스로 집안을 돌아보는 일까지 해결할 줄 아는 능력을 발휘할 것이라 믿는다.

해민이도 점점 큰 사회로 나아가니 부탁하고 싶은 것은?

지금보다 업그레이드된 생활을 위해 노력해야 된다고 본다. 즉 이미 다양하고 좋은 경험을 쌓아오고 있지만 더불어서 외국어는 완벽할 수 있도록 훈련을 했으면 한다.

너희 세대는 아마도 3개 외국어를 해야 글로벌 시대 맞는 인재라 생각할 것이 확실시된다. 회화 능력은 앞으로는 필수다. 그래서 할아버지도 지금 10년을 계획하고 영어와 일어를 마스터하기로 마음먹고 시작했다. 할배가 실패한 것이 있다면 영어 회화를 제대로 구사하지 못하는 것이다. 그래서 죽기 전에 제2 외국어(영어, 일본어)는 이루어 내려 한다.

해민이는 영어를 기본으로 유창하게 구사하고 중국어, 독일어 등 3개 국어를 유창하게 구사할 줄 아는 사람이 되기를 소원한다. 꼭 한번 해내기 바란다. 외국어는 공부가 아니라 '훈련'이다. 꾸준히 노력하는 者(놈 자) 이루어 낸다.

2019. 02. 19. 정월대보름 할아버지 글

책과 가깝게 지내는 습관

4학년이 된 창민에게

태권 3품을 따는 것을 보고 '우리 창민 참 훌륭하다' 이렇게 생각하고 즐겁고 기뻤다. 건강하게 성장한 것도 칭찬하지만 품세의 자세도 대련의 기법도 마음에 쏙 들었다.

창민아, 시간이 흐르고 흘러 4학년이 되듯 사람은 세월을 먹으면서 자라나 언제나 달라져야 하는 거야. 올해 무언가 하나라도 달라지는 새 학년이 되었으면 한다.

할아버지도 평생 공부를 목표로 하고 거의 매일 영어, 일어 학습은 물론 클라리넷 연주, 색연필화 가끔씩 잊지 않으려고 훈련을 한단다. 사람의 능력이 천재로 태어난다 해도 꾸준히 노력하는 자에겐 이길 수 없고,

노력하는 자는 재미있게 즐기는 자에겐 이길 수 없다고 한다. 그러니까 할배가 늘 말했듯이 '자기가 하고 싶은 일을 하면 된다'고 한 것이 바로 그런 뜻을 품고 있다.

마음으로 좋은 생각을 만들고 그 생각을 하나씩 하나씩 모아서 자기 행동으로 실천하면 놀라운 습관이 형성되고 그 습관이 오래도록 유지 완성되면 그 사람의 인격이 되어 사람들에게 본이 되고 칭찬을 듣는 인물이 되어 이름을 떨치게 되는 것이다.

항상 책을 읽는 습관을 보면 할배는 참 감사하고 형과 다툴 때도 있지만 금방 화해가 되고 하는 생활 태도를 옆에서 보아왔기에 우리 창민이도 분명 남들에게 도움을 줄 수 있는 아이라는 것을 안다.

책과 가깝게 지내는 사람은 항상 스승을 한 분 모시고 사는 것이다. 왜냐하면 책 속에는 나를 일깨워 주는 선생님이 있기에 남다른 행복을 느끼게 된다.

부끄럽게도 우리나라 사람들의 1년 동안 책을 읽는 평균 권수가 1권이 안 된다는 통계가 있다. 이것을 보면 우리나라의 미래는 암울할 수도 있다고 나는 본다.

부탁이라면, 어려서부터 책 읽는 습관을 잘 들여서 책 속의 스승을 찾아가는 삶이 되었으면 한다.

새 학년, 새 선생님, 새 친구들과 잘 어울리는 한 해 되어라.

2019년 2월 19 정월대보름날 할아버지 글

품은 뜻은 당당하게

명헌아,
"사랑한다."
'늘 내 곁에 두고 싶다.'
별이 빛나는 밤
너랑 나랑 파란 하늘
손가락 가리키며 너의 별, 나의 별
찾아 하나 둘 셋⋯⋯
밤이 새도록 세어 보고 싶다.
할아버지 사는 인천 계양에는 오늘 눈이 참 많이 내렸다. 지금도 김포공항 쪽을 바라보면 하아얀 들판과 논두렁이 맑고 아름답게 보인다.

3학년이 되면 무얼 해 보겠다고 마음먹었니?
어려운 것 선택하지 말고 너가 할 수 있는 것을 선택하여 하나씩 하나씩 실천해 가면 된다. 할아버지가 살아보니 사람이 욕심을 낸다고 하여 모두 이루어지는 것이 아니고 모두 쉽지가 않더라.
그러니까 무얼 하더라도 '즐겨라' 내가 해 보니 재미있다 느껴지는 일을 잘 선택하기 바란다.
넌 똑똑해서 분명히 해낼 수 있다.
하고 싶은 말을 하며 누구에게도 굴하지 말아라.
남과 다투지는 말고 정정당당하게 뜻을 펼쳐라.

2019년 2월 19일 정월대보름날 할아버지 글

꿈은 인생의 별, 삶의 詩

　예수님의 태어남을 기리는 아침이다.

　오늘 하루를 잠시라도 하나님의 믿음이 있는 시간이 쌓여가길 기도한다.

　게을러지는 자기를 채찍질하는 것도, 새로운 시작을 꾸준히 해내는 것도, 힘들고 어려움을 견디며 해내는 모두가 자기가 자신을 이기는 훌륭한 것이다.

　너에게 하나님의 영롱한 빛이 발하여 세상에 우뚝 설 수 있는 사람이 되길 소원하며 아울러 건강과 행복이 함께 하였으면 한다.

　특히, 할아버지가 실패했다 한 '영어 회화'"새로운 곳으로 접어들게 되어 기쁘다"라고 한 영어 공부 최고의 실력을 발휘할 때가 오길 빈다.

　'시작이 반이다'라는 말이 있듯이 너는 벌써 반의 성공을 한 셈이다. 그런데 무슨 일을 즐겁게 도전하다 보면 꼭 마귀처럼 다가오는 마음 '하기 싫다', '지겹다', '어려워 피하고 싶다', '잘 몰라 그만하고 싶다' 이런 체험이 발생하게 되어 차츰차츰 하나를 미루면 또 하나를 잃고 내일 또 내일로 미루게 되어 마지막엔 초심을 잃고 책을 덮게 되고 만다.

　바로 이 경험한 자가 할배다.

　내 사랑하는 손자만은 그러지 않기를 기도한다.

　이런 마음이 나에게 마귀처럼 오면 자신에게 이렇게 외쳐라.

　"해민아, 안돼!", "해낼 수 있어", "할 거야!"

　라고 소리를 쳐서 다가오는 공부의 마귀를 쫓아버려라.

　꿈은 **人生**의 별이며 삶의 **詩**다.

　시작할 때의 自[스스로 자]信[믿을 신]滿[찰 만]滿한 꿈을 포기하지 않기 바라면서 너의 미래가 성공적으로 이루어지는 날을 기다리겠다.

이것만이 할배의 바람이고 소망이다. 파이팅!

2019. 04. 21 부활절 할배 글

꿈을 먹는 사람이 행복

彰珉아,

며칠 전 감기 때문에 많이 힘들었지.

잘 견디어 내는 모습에 감사한다. 높은 열을 견디고 그런데도 영어 회화 工[장인 공]夫[지아비 부]는 빼지 않고 실천하는 모습도 훌륭했다.

사람들은 알게 된 바를 잊어버림이 당연한데 강력한 자극을 받으면 평생 기억한다. 그 예전에 창민이가 자전거에 발을 다친 일처럼, 또 사람의 기능도 마찬가지다. 자전거 타는 기술은 평생을 잊지 않고 탈 수 있듯이 '변절기'하면 '감기 조심'이란 단어를 기억했으면 한다.

할배의 경험에서 몸이 아프면 자기가 좋아했던 음식, 운동, 공부 등등 먹기 싫어지고, 하기 싫어지며, 이것저것 귀찮아지게 된다. 그래서 누구라도 세상의 최고는 '건강'이라 한다.

"건강이 무얼까?"

할배는 '내게 힘이 넘쳐난다', '의욕이 돋는다' 이럴 때가 건강한 것이다. 우리 손자 봄·여름·가을·겨울 일 년이 가도 가도 아프지 않기를 기도한다.

'영어 회화' 시작했지!

어떤 힘든 일이 있더라도 끝까지 포기하지 말고 실행에 옮겨서 우리말처럼 유창하게 말하는 날이 오길 기다리겠다.

이 실천이 창민의 꿈이 되길 소망한다.

그리하여 행복이 무엇인지 알게 되고 너의 행복한 삶이 영원하였으면 한다. 사람들은 모두가 행복하기 위해 살기를 원한다. 그러나 행복이란 맛있는 과일을 따 오듯 머얼리 있는 것이 아니라 작은 일 하나라도 完[완전할 완]成[이룰 성]하고 기쁨을 얻는 일도 행복이란다. 영어를 잘해도 행복이요. 하나님의 말씀을 한 가지 실천해도 행복이요. 건강함도, 잘생김도, 남과 다른 한 가지라도 맘으로 오는 것 모두가 행복이다.

건강하여라. 어떤 實[열매 실]踐[밟을 천]에도 포기하지 말자!

2019. 04. 21 부활절 할배 글

피나는 노력만이

明憲아,

형이 중학교로 올라가고 혼자 다니고 있지. 참 대단하다.

할아버지는 요즘도 좀 걱정했는데 너가 실천하는 것을 보고, 써 놓은 일기를 읽어 보면 그 걱정이 사라졌다.

진정으로 노력하는 사람이 되어라.

할아버지는 천재도 노력하는 사람이 얻는 것이라 생각한다.

하나님이 주신 천재는 세상에 태어날 때 천재 됨을 알리게 되나 대부분의 세상을 울리는 훌륭한 일을 하신 분들은 모두가 피나는 노력을 했으므로 그런 결과를 낳게 되었다.

이 말은 천재도 잘못하면 바보가 된다.

즉, 노력이 따르지 않는 한 그렇게 됨이 당연한 것이다.

벌써 명헌이는 자기반성이 잘되는 학생이고, 앞으로 어떻게 하겠다는 마음을 품고 있다는 것을 안다.

건강하세요.

뜻하는 바 꼭 달성하기를 기도합니다.

2019. 04. 25 부활절 할배 글

그릇이 큰 사람

늘 잘생기고 명랑하고 생각이 많은 손자를 자랑스럽게 생각한다. 시간이 지날 때마다 학교에서 어떻게 지내는지 친구랑 무엇으로 놀고 뛰어다니는지 등 가끔 생각에 잠긴다.

형이 지켜 주지 않은 학교생활 탈 없이 잘하고 있다는 소식을 들으면 참 마음이 편하고 좋다. 좀 멀리 떨어져 살아도 항상 같이 있는 듯이 너를 많이 사랑하고 있다.

이번엔 이런 이야기를 전하고 싶다.

"그릇이 큰 사람이 되었으면......"

큰 그릇에 물은 서서히 천천히 채워진다. 그리고 채워지는 물의 양은 상당히 많아서 넉넉하게 된다.

사람도 일찍 잘되는 사람이 있고 늦게 되는 사람이 있으며 전혀 이루지 못하는 사람도 있다.

할아버지는 우리 명헌이가 천천히 자신에게 지식과 경험을 채워 가는 인물이 되기를 바란다. 물론 내가 바란다고 해서 꼭 되라는 법은 없지만 명헌이는 왠지 훌륭한 인물이 될 것 같은 생각을 많이 한다.

'그릇이 큰 사람'은 바다가 홍수로 흘러오는 강물을 받아들이는 것처럼, 이런 일 저런 일을 겪으면서 이것도 이해하고 저 친구도 용서할 줄 알며, 내 욕심보다는 남을 배려하는 넉넉한 마음을 품을 줄 아는 사람을 말한다.

그 그릇의 크기는 학력에만 있지도, 명예나 지위에 있지도, 돈이나 권력에 있지도 않다. 그 사람의 마음 씀씀이와 실천하려는 행동에 있다. 너는 충분히 이런 사람이 될 수 있다.

충분히 다른 사람들에게 좋은 평가를 받을 수 있다고 본다.

지금처럼 학교생활 즐겁게 하고 남다른 좋은 체험과 경험들을 쌓아 나간다면 '그릇이 큰 사람?' 하면 '최명헌' 하고 나오지 않을까 한다.

건강하고 행복하여라. 그리고 무엇에도 열성을 발휘해 보라.

세상은 너의 것이 될 수 있다.

2019년 06월 08일〈토〉 할아버지 글

책은 세상을 떠날 때까지 친구

"어제 전화를 했더니 받지 못하더라."

"학원입니다." 메시지가 왔다.

'즐거워서 하면 다행, 힘들겠구나.' 생각했다. 그래서 쓰지 않으려 했던 글 써야겠다고 마음먹었다.

할아버지 편지 한 통이 얼마나 약이 될 수 있을지 모르지만 위로가 될 수 있을지 의문이나 내 마음이 간다.

먼저 할아버지의 경험담을 말하면, 중·고·대학·대학원 학생 신분에서 배우고 익히는 공부를 즐거워했고, 돌아가신 할머니가 일을 부탁하면 아주 싫어하며, 심지어 친구들이 찾아와 놀러 가자고 해도 공부가 좋아 집에 있으려고 피하려 했다. 지금은 잘 만들어진 도서관들이 있어서 시간만 허락되면 수만 권의 책을 접할 수 있었지만 그런 환경이 아니었다.

지금도 배움이 즐거워 책을 놓지 않고 있으며 외우며 쓰는 일을 재밌게 실천하고 있다. 다른 친구들은 "거짓말하지 마라" 오해받은 적도, "공부가 좋다는 사람이 어디 있어" 빈정거림도 받았지. 하지만 내 마음은 책이 손에 있고 책상 앞에 있으면 줄곧 즐거움의 연속이었다.

나는 죽어 무덤에 들어가는 날까지 책과 가까이 살 것이다. 내 자신에게 평생 교육을 시킬 것이다. 나의 마음속은 '하루라도 책을 읽지 않는 사람은 밥을 먹지 말아야 한다.'고 생각한다.

사람의 마음과 정신에 깃든 것 없이 텅 빈 그릇과 같다면 무슨 대화가 되고 바른 심성을 어찌 유지하며 다른 사람들과 유연한 관계를 어찌 유지할 수 있겠나 싶어서이다.

우리 율이도 할아버지의 피를 좀 닮지 않았을까? 하하하.

"Han...youl, Cheer up!"

하나님의 빛이 율이에게 늘 함께하길 기도한다.

건강히 잘 지내라!

2019년 06월 08일〈토〉할아버지 글

약속은 곧 실천이다.

할아버지는 널 보면 너무 행복해지는 나를 항상 만난다.

왠지는 모르나 너에게 마법의 문을 통과한 듯한 기분이다.

믿음직스러워 그러기도 하겠고, 어릴 때부터 함께 살아왔기 때문에도 그렇고, 3살 때 600개가 넘는 어휘(낱말)를 사용하는 너를 읽었기에도 그렇겠고 등등 지금도 앞으로도 너의 마법에 갇혀 살 것 같다.

그래서인지 너랑 약속한 '1,000원의 10,000배'는 꼭 실천할 것이다. 약속은 약속이고 그 약속은 지켜야 한다. 단, 실천 시기는 할아버지가 결정할 것이다. 요건 이해 바랄게.......

"영어 공부 즐겁게 하지?" 어제도 보았지만 보고 싶어.

"영어는 훈련이고 수련이야!"

훈련이나 수련은 극기 - 극복하겠다는 의지와 체력이 뒤따르지 않으면 할 수 없어요. 나에게 주어지는 시간을 많이 써서 계속하는 사람에게는 '영어 회화'라는 지식은 꼼짝 못 하고 따라오게 되어 있어요.

"할아버지처럼 영어 공부 실패하지 마라"라고 몇 번 말했지. 그런데 너가 하고 있는 실력을 보면 할배처럼 실패하지는 않을 것 같다. 나는 아직도 영어 공부하고 있다. 꼭 이겨 내고 싶다. 영어가 나를 이기는지 내가 영어를 확실히 습득할지는 평생을 걸고 싸워 봐야겠다.

나는 "I will do my best."이고, 너는 "Do your best." 다하여 승리의 기쁨을 맛보도록 하자. 내가 볼 때 너는 가능한데 할아버지에게는 나이가 들어 솔직히 좀 걱정이 되기도 한다.

그렇지만, 밤새워 공부하는 것을 즐거워했고 내게 다가오는 미래를 만들어 갈 열정이 아직은 남아 있기에 갈 수 있는 영역까지는 갈 거다. 또다시 실패하는 한이 있어도.......

생각만 하면서 행동으로 실천하지 못하면 안 함만 못하다. 銘〈새길 명〉心〈마음 심〉하길 바란다.

2019년 06월 08일〈토〉 할배 글

배움은 끝이 없다.

요즈음 기타를 배우고 있어 흐뭇하다.

즐기는 자세도 좋고 무언가 새로운 능력이 보이는 것을 느꼈다.

그리고 늘 할머니를 잊지 않고 사랑하는 너가 있어 감사하고 행복을 느낀다. 영어 공부하는 모습에서 자기에게 주어진 힘든 일도 잘해 내는 모범 생활을 보아 미래의 우리나라 인재임을 분명 말할 수 있다.

세상을 주름잡고 성공이라는 기쁨을 본 사람들은 모두가 책임감이 뛰어났고, 남다른 정의감이 있었으며, 불의를 보면 참지 못하고 언제나 옳고 바른 것이 무엇인지 제대로 판단하여 실천은 완벽하게 했다고 한다.

어떤 일에도 끝을 본 다음 책을 덮듯이 덮길 바란다. 중간에 힘들고 어렵고 귀찮다고 쉽게 놓거나 그만두는 것은 시작을 하지 않은 것만 못하다.

영어, 기타학습, 농구 등등에서 극기를 배우고 체험으로 터득하며 수준 있게 익힌 다음 지도 선생님이 없어도 스스로 할 수 있을 때 배우든 일을 그만두는 것이 가장 현명하다.

자기 계발의 전문가인 노먼V 필 박사는 "사서 하는 걱정은 자신을 겁쟁이로 만든다.", "실패하더라도 다시 하면 된다는 생각을 갖고 적극적으로 도전 정신을 발휘하면 자잘한 걱정거리는 저 멀리 도망가고 만다."라고 했다.

실패를 두려워 하지 마라. 자잘한 걱정은 하지 마라. 작은 것에 너무 깊게 파고들면 나쁜 습관을 만들게 되고 그 습관이 쌓이고 쌓이면 큰일을 해낼 수 없다.

많은 재능을 가진 우리 손자가 대범하게 자라길 바라고 쿨하게 성장하는 모습을 자랑스럽게 바라볼 날을 기대한다. 멋쟁이~!

2019년 06. 08(토) 할아버지 글

방학은 산 체험의 현장

4번째 여름 방학이 다가왔다.

'좋은 경험을 위해 어디로 떠나볼까?'

'무슨 일을 시작해야 하나?'

조용히 고민해 보는 시간 좀 필요할 거야.

내가 어렸을 땐 이랬었다.

삶의 터 주변은 앞은 바다, 양쪽 옆은 강과 시냇물, 뒤쪽은 굵고 키가 큰 老松(늙을 노, 소나무 송)들이 울울창창했다. 주변의 자연은 할아버지를 공부만 하도록 두지 않았다.

바다를 두고 있는 강은 내 몸이 까맣게 타도록 만들었고, 바다는 돌 팔매를 던지며 바닷속 긴 풀들 사이를 놀이터로 노니는 고기를 찾게 하였으며, '강원 호산의 재산마을' 친구들과 달리고 뛰며 햇살과 그늘을 친구로 삼아 먹는 일도 잊고 시간을 썼다. 냇가에서 몇몇 친구와 족대를 들고 미꾸라지, 꺽지, 메기 등등을 잡던 일들이 지금도 어릴 때 추억으로 남아 생생하다.

방학이란 그래도 아쉬움이 남거나 부족한 영역을 채우는 시간이 필요하겠지만 가장 중요한 건 '해 보고 싶은 일'을 찾아 실천해 보는 것이라고 말하고 싶다.

할배에게 방학이 없었다면 너무너무 삭막한 생활을 했을 것이야. 그래서 방학이 끝날 즈음에는 '아, 좀 더 길었으면……' 하고 소원도 했지. 너희들의 시절로 돌아갈 수 없어서 부럽고 아쉽고 애인을 찾듯이 그리워한다.

많은 계획 속에 '나'를 가두지 말고 뜻을 키울 수 있는 좋은 시간을 만들며, 좋은 경험·체험을 통해 후회하지 않을 여름 방학이었으면 한다.

시간이 허락되면 할매와 할배 집에 한번 방문하여 사는 모습도 보고 만남의 기쁨을 맛보는 기회가 있었으면 한다.

건강해라. 행복해라. 자유로워라! 안녕!

2019년 07월 20일 할아버지 글

욕심으로 채워진 플랜을 후회

점점 깊은 여름으로 접어든다.

바다가 그리워지고 계곡물 흐르는 소리가 듣고 싶은 마음이 간절해진다.

할아버지는 따가운 햇빛을 막아 주는 그늘보다 쨍쨍 햇살이 내리쬐는 강과 바다, 시냇물을 훨씬 좋아했다. 그리고 공부보다는 즐겁게 놀며 삼지창을 만들어 물속의 고기를 잡아보는 일을 즐거워했으며, 갯바위에 앉아 대나무 낚싯대 드리우고 고기를 잡아 올렸던 기억이 지금도 생생하다.

8월 2일~4일 휴가에는 江(물 강)原(근원 원)道(길 도) 고향 가까운 '신남항구' 란 곳을 가서 옛 추억도 살리고 배 타고 낚시하며 시원한 그늘 밑에서 詩(글 시) 한 편 지어 보는 시간을 가지기로 했다. 초등학교 친구 4가족이 함께 여행하기로 되어 있고…….

너의 방학 계획은 꼭 실천할 한두어 가지 생각하고 운동하고 친구들과 즐거운 시간 갖고 해 보지 않은 좋은 체험을 익히는 시간으로 만들기 바란다. 실천하지 못하는 계획은 세우지 않은 것만 못하다. 필요와 요망을 반영한 플랜이어야 하고 이것저것 욕심으로 채워지는 플랜은 마지막에 후회를 낳게 된다.

충분한 휴식이나 늦잠, 책 읽기, 오락과 장난감 조립, 여행으로 휴가 즐기기, 부족한 과목 보충 등등 중요하다. 하지만 이 모든 것이 첫째 즐거워야 한다. 둘째 기억에 남아야 한다. 셋째 '잘했군 잘했어'하고 반성할 수 있어야 한다.

해민이가 지혜롭고 마음이 넉넉한 6학년이니 초등 마지막 여름 방학을 잘 세워 실천하길 바라고 할배 잠시라도 뵙는 시간도 계획 속에 넣었으면 한다.

아라뱃길 강과 벚나무 숲에 돗자리를 펴고 삼겹살을 구워 먹는 시간을 만들어 볼 생각이다만.......

건강해라. 행복해라. 즐겁고 자유로워라!

2019년 07월 20일 할아버지 글

체험 속 안전한 방학 최고

명헌이는 지금 여행 중이겠구나!

초등에서 맞는 3번째의 여름 방학 시작하자마자 좋은 경험을 위해 떠났구나. 부럽다!

율이 형과 가족끼리 멋진 시간 만들고 좋은 경험을 많이 하기를 소망한다. 좋은 경험이란 해 보지 않은 일을 해 보고 그 일이 오래도록 기억에 남는다면 우리 명헌이에게 利(이로울 익)益(더할 익)이 되어 앞으로의 삶에 새 기운을 불어넣어 줄 수 있는 것이다.

언제 어느 곳을 가더라도 당당할 줄 알며 용기를 잃지 않는 학생이 되기를 바란다. 학년이 높아질수록 실력이 늘어나고 친구들과의 관계가 항상 좋아지는 것을 할아버지는 자랑으로 생각하고 있다.

방학 계획은 꼭 실천할 수 있는 한두 가지를 세워서 집중적으로 하고 나머지 방학 시간은 즐거운 일들만 꽉 차면 만점이 되는 거다. "아는 길도 물어 가라"라는 속담처럼 잘하고, 잘 알고 있는 것이라도 한두 번은 생각하고 실천에 옮기는 의지를 갖추기 바란다. 사람이 하는 일들은 뜻하는 대로 모두가 이루어진다는 보장이 없어요. 그 때문에 신중한 자세를 늘 갖는 것이 아주 중요하단다.

진정 사랑한다.

멋진 방학 기간을 보내거라.

어느 곳에 가더라도 안전 안전이 최고다.

그렇다고 너무 두려워하면 실천하기 어려우니 무언가 생각한 바가 있을 땐 과감히 실수하는 것을 두려워하지 말고 밀고 나아가거라. 그리하면 불가능하게 보였던 일도 달성되고 기쁨을 마음속에 꽉 채워놓을 수 있게 되어 행복해진다.

내게 당한 일은 자신이 먼저 생각하고 방법은 엄마와 아빠의 의견을 듣고 판단이나 결정을 짓는 태도를 생활화하길 바라며,

늘 건강하여라. 그리고 행복하여라.

좋은 일만 명헌이에게 있었으면 좋겠다. 안녕!

2019년 07월 20일 할아버지 글

중요한 건 끈기 있는 노력

하늘이 파랗게 그려놓은 듯하다. 그리고 어딘가를 떠나고 싶은 마음이 든다. 아마 너도 '가을' 성큼 네게 다가왔음을 느낄 것이다.

이 편지는 '끈기는 재능'임을 말하고 싶다.

어떤 일을 잘 해내고 싶다면 그 사람의 재능도 중요하지만 정작 중요한 것은 끈기이다. 끈기가 없다면 아무리 좋은 머리를 가졌다 해도, 아무리 훌륭한 재능을 지녔다 해도 목적을 이루어 내기는 힘들다. 그러나 강한 끈기가 있다면 머리가 썩 좋지 않아도 꾸준히 노력함으로써 좋은 결과를 이루어 낸다.

조선 시대 시인 김득신(金〈성 김〉得〈얻을 득〉臣〈신하 신〉)《백이전》을 1천 3백 번을 읽어 자신의 서재 이름을 '억만재'라고 지었다 한다. 그런데 이분은 머리가 나빠 같은 글도 반복 반복해 읽어 그 뜻을 깨우쳤다 한다. 그가 시인이 되고 늙은 나이에도 벼슬길에 오를 수 있었던 것은 읽고 또 읽는 끈기 덕분이었다. 이분이 남긴 말은 "재주가 남만 못하다고 한계를 짓지 마라. 나보다 미련하고 둔한 사람도 없겠지만 결국에는 이루어 냄이 있었다. 모든 것은 끈기에 달려 있을 따름이다."

어찌 보면 할아버지도 끊임없는 끈기 때문에 교장 선생님을 지낸 것이 아닌가 한다.

미루어 보면 너는 남다른 재능을 지녔다고 본다. 그러므로 어떤 일이라도 이루겠다고 마음먹으면 얼마든지 이룰 수 있음을 장담한다. 다만 어렵다고 쉽게 포기하고, 힘들다고 하던 일 그만두고, 남이 하는 것을 따라하지만 않는다면 성공할 수 있다.

부디 큰마음을 갖고 집중하며

자신이 하고자 일에 최선을 다하기를 바란다.

6학년이니 충분한 이해가 있으리라 믿는다. 파이팅!

2019년 09월 추석날 할배 글

새로움에 도전하는 자세

　사랑한다.

　늘 수학을 좋아하고 실력이 있는 너로 생각한다.

　건강하고 행복이 가득하기만을 기원하며 멋진 생활을 하여 국가와 사회에 자기 능력을 발휘하는 한 사람이길 바란다.

　사람의 능력도 하나씩 둘씩 변화의 경험을 겪으면서 새로운 세계를 맞이하게 된다.

　요즈음 너를 보고 있노라면 새로운 것에 도전하는 자세를 알게 된다. 기타를 배우는 널 자랑스럽게 느끼고 아직은 능숙하게 못하는 듯 보이나 프로 기타리스트를 보는 듯 흐뭇하다.

　한 사람의 변화는 새로운 역사를 만드는 디딤돌이다. 그러기에 변화라는 것은 새로움에 대한 도전이라 본다. 사람은 항상 일상에서 하던 일이 좋고, 입던 옷이 편안하며, 쉬운 것을 선택하려는 습성이 있다. 그렇기 때문에 색다른 변화를 싫어하기도 한다. 그런데 너는 다르게 생각된다. 그래서 대부분의 사람은 달라지는 변화를 싫어하기도 한다.

　할배는 남과 같은 걸 또 남이 걸었던 길을 원하지 않는다. 그리고 남들이 다 하는 일을 하고 싶지 않고 시키는 일을 싫어하며 내가 해내고 내가 챙기며 자신이 이루어 내는 일들을 가장 보람으로 생각하며 실천에 옮기며 살아왔다. 이 성품은 지금도 변함이 없다.

　이런 마음 실천으로 살아 온 이유가 있다면 새로운 변화를 좋아했기 때문이다. 또한 그것은 불가능을 가능으로 만들 수 있는 요소이기 때문이다.

　창민이도 새로운 세계에 도전하는 삶, 남과 다른 변화를 위해 노력하는 손자이길 기도할게.......

2019년 09월 추석날 할배 글

달라지는 변화 두려워 마라.

추석 명절이구나!

즐겁고 재미있고 행복하지?

주위에 친구도 많고 잘 사귈 줄도 알고 아는 것도 차츰 많겠다.

이 모두가 우리 손자의 능력이다.

사람은 원만해야 한다. 양보할 줄도 알고 욕심을 비울 줄도 아는 마음이 중요하다. 아마 명헌이는 할아버지 생각에 딱 맞는 학생이라 본다.

그리고 학년이 올라갈 때마다 달라지는 모습을 볼 수 있어서 행복하다. 왜냐하면 점점 아는 것도 많아지고, 의욕이 많아지고 있고, 하고자 하는 것이 있으면 꼭 해내고 말겠다는 의지가 보인다.

또한 남들과 다른 강한 의지력도 높아 보이고 학습의 욕구도 늘어나며 어렵고 힘듦을 참아 내는 끈기도 보이기 때문이다.

사람은 변화하는 것이다.

그래서 조금씩 조금씩 달라지는 걸 받아들여야 한다.

친구들이 하는 것을 따라 하지 말고 조금이라도 다른 점을 찾아서 해내는 실천력을 품기 바란다.

또 하나, 너에게 펼쳐지는 세상을 두려워하지 마라. 뜻이 있다면 굽히지 말고 밀고 앞으로 나아가라. 언제나 너를 위해 아빠와 엄마가 있고 할아버지도 뒤에서 응원하겠다.

이젠 우뚝 설 줄 알아야 한다.

힘내라!

우리 멋진 명헌이!

2019년 09월 추석날 할배 글

원만한 思考가 중요

栗아,
너무 열심히 하지 마라!
할아버지 닮지 마라!
너가 갈 길은 무한하다.
둥글게 둥글게 원만한 思考를 유지하여라.

그리고 행복하고.......

이렇게 만날 수 있어서 할배 행복 가득이다.

어느 곳에 있든 파이팅!

2019년 09월 추석날 할배 글

제주도 수학여행

잘 있지?
곧 제주도로 수학여행을 떠나겠다. 서서히 6학년을 마무리해 가는 느낌이 든다. 벌써 서정중학교로 입학할 것이라는 예정도 되어 있고 그 꿈도 더욱 커지리라 생각된다.
할배도 초등시절 修⟨닦을 수⟩學⟨배울 학⟩旅⟨나그네 여(려)⟩行⟨갈 행⟩을 삼척이라는 곳으로 기차도 타고 도시의 모습 등 학습해 보는 기회를 가졌었지만, 너는 비행기 타고 제주도로 날아가니 참 부럽다.

넌 이미 아빠, 엄마, 동행이랑 가 보았지만 학급 친구들이랑 간다는 것이 새롭겠다. 바람은 친구들과 원만하고 선생님의 지도에 잘 따르며 내가 늘 말한 '좋은 경험' 기회로 생각하고 지역적인 특성, 역사적인 사실, 자연·생활 환경과 비교 등 많은 학습 내용을 기억하고 왔으면 기대한다.

일반적으로 학생들이 '놀러 간다', '재미로 간다', '마음대로 게임하러 간다' 이런 뜻으로 수학여행을 생각하기 쉬운데 이런 마음 자세는 합당하지 못한 것이다.

가장 기본적인 것은 기록할 수첩, 읽을 책 한 권이라도 챙겨서 시간을 잘 할애하는 지혜로운 생각을 했으면 한다. 물론 자유롭고 넉넉한 여유로운 시간을 갖는 것도 중요한 것도 사실이다.

이번 편지 아마 제주도 갔다 와서 읽겠지. 그러나 3박 4일의 여행을 다시금 돌아보는 기회로 읽기 바란다.

무엇보다 우선은 안전이고 모두가 무사히 귀가하는 것이다. 아무튼 많은 경험하고 돌아오길 기도한다.

초등학교의 마지막을 잘 마무리하고 풍부한 생각으로 중학교를 맞이하기 바란다. 항상 너를 위해 살고 싶고, 너를 위해 무언가 하고, 해 주고 싶은 마음을 많이 많이 갖고 살아가는 할배란다.

너에게 주어진 역할을 다하고 스스로 할 줄 알고 정당한 요구도 할 줄 아는 사람이 돼라.

2019년 11월 3일 계양 할아버지 글

1인 1기와 책 사랑

가을이 점점 겨울로 가고 있다.

이러다 보면 너는 高〈높을 고〉學〈배울 학〉年〈해 년〉으로 올라가지만 할배는 한 살 더 먹게 된다. 그렇지만 언제나 당당하게 내 나이를 만나고 멋지게 생활을 항상 새롭게 하려고 노력한다.

아마 창민이도 5학년이 되는 걸 보람으로 생각하고 각오도 남다르리라 생각한다. 요즈음 너를 만나면 참 많이 컸다는 생각을 하게 된다. 몸도 마음도 생각도 엄청 달라지고 있음을 알게 된다.

아울러 바쁜 일상생활에서 널 위해 애쓴 엄마와 아빠에게도 감사하지만 이렇게 바르게 자라고 있음을 하나님께 감사한다.

팔을 다쳐서 기타(guitar)를 못 치고 있으나 짧은 기간에도 멋진 기타 전문가의 자세를 보는 듯하고 손의 움직임, 아름다운 선율의 멜로디 지금도 그 소리가 들려오는 듯 생생하다.

다쳐 아픔을 겪는 일이 몇 번 있었는데 그것도 너에겐 좋은 경험이라 생각하고 다음부터는 좀 더 집중해서 조심성을 발휘했으면 좋겠다. 그래도 잘 참고 아픔을 견디며 학교생활도 잘 해내는 걸 보아 믿음이 들기도 했단다.

그러니 앞으로 그런 일 일어나지 않도록 스스로 항상 생각하여라. 할배도 어릴 때 넘어져서 손바닥의 살이 떨어져 나가 피 흘리며 아팠던 기억이 생생하다. 너도 그런 생각이 날 거야!

할배의 바램 하나, 누구에게도 당연한 사실이라 할 수 있는 "책은 우리의 스승이다"라는 말이 있듯이 많은 책을 읽어서 궁량이 넓은 사람이 되고 표현력이 뛰어난 학생이 되기를 기원한다.

그리고 "아, 힘들다"라는 경험도 많이 하여 어떤 어려운 상황이 닥쳤을 때 이겨 낼 수 있는 힘이 생겨나기를 바라기도 한다.

건강하여라!
행복하여라!
멋진 기타리스트가 되어라!

2019년 11월 3일 계양 할아버지 글

힘들어도 최선을 다해 보자!

우리 잘생긴 손자 건강하고 바르고 씩씩하게 자라 주어서 감사한다. 또 아빠 엄마의 바쁨에도 자기 할 일을 다하는 너를 칭찬하고 싶다. 그리고 자랄수록 잘 해내는 능력이 보이고, 힘차고 의지력을 발휘하는 생활 태도에 늘 감사하고 있다.

跆〈밟을 태〉拳〈주먹 권〉道〈길 도〉 2단!

할아버지가 해낸 것처럼 영광스러웠단다.

동영상으로 전송해 준 자료를 보고 명헌이가 정확한 동작으로 품세를 하고 각각의 동작마다 박력과 힘이 들어 있는 자세를 보고 '우리 명헌이 최고다' 하고 외쳤다. 직접 참관하지 못해 미안했지만......

이런 것들을 생각해 보면 사람은 꾸준히 노력을 하면 변하고 달라질 수 있다는 것을 안다. 머리가 좋은 천재의 능력을 가진 사람도 열심히 노력하는 사람에겐 이길 수 없다.

할아버지도 머리가 아주 좋은 사람이 아니다. 그러나 게으름 없이 최선을 다해 노력하는 사람이었다. 그리고 언제나 책을 가까이했고 지금도 책과는 아주 친하게 지낸다. 노력하는 자는 언제나 성공의 맛을 본다. 어쩌면 변하지 않는 진리라 믿는다.

태권도 2단을 따내듯이 노력하여 보라.

그러면 분명 하나님은 너에게 기쁨과 행복을 느끼게 해 준다. 모든 사람이 게으름을 피운다면 이건 답이 없다. 공부를 하다가도 하기 싫을 땐 잠시 쉬어서 분위기를 바꾸고 그래도 하기 싫다는 마음이 들 때는 내가 나를 다스려야 한다. 이렇게,

'아니야, 해낼 거야!' 하고 하늘을 보고 힘차게 소리를 쳐보라. 그러면 분명히 이겨 낼 것이다.

힘들어도 최선을 다하는 학생이 되어라.

건강하여라.

늘 즐겁고 행복하기 바랄게.

만나면 준비된 상금을 전달할 것이다.

2019년 11월 3일 계양 할아버지 글

하늘을 날아라.

벌써 한 해가 다 간다.

명헌이도 2020년 새해가 되면 4학년이 되는구나!

마음과 몸이 컸으니 할 수 있는 일도, 하고 싶은 일도 많아졌으리라 생각한다.

2019년 3학년 한 해를 돌아보고 나는 무엇을 얻고 무엇을 잘했는지 반성해보면서 '다음 해는 이렇게 할 거야.' 각오를 다지는 시간을 가지면 좋겠다. 이번엔 이런 노래를 들려 주려 한다.

제목 : **하늘을 날아라.**

꿈이 있는 너에게
하나님이 함께하기를
소원한다.

벌써 초등 4년을 향해
꿈과 끼는 하늘을 솟는다.
특선의 결과도 그러하고,
어린 나이 넘어선 마음먹은 뜻대로
굽히지 않는 너가 자랑스럽다.

뛰어라!
달려라!
날아올라라!
막히면 열고 부딪히면 밀어내는
새 길은 분명 열려 있으니,
하늘을 힘차게 날아오르는 너이길
쉼 없이 기도할 거야.

　　　　　　　　　　　　　　12월 할아버지 글

성숙

아침 햇빛 비치는 창가
떠나보낸 시간들이 떠오르는 순간
겪었던 모든 것 내 안에 살아 숨 쉬며,
하나하나씩 이뤄가고 있다.

머지않은 내일이 다가오면
지금까지 내 모습이 뒤져가는 것 같더라도
성장하는 배움 살아 숨 쉬는 길잡이
그대 성숙하고 있다고 자신 있게 말해주렴

누구 못지않은 에너지 살아 발휘하는 때

새로운 시작을 자신감으로 채워 주어라.
내 성숙은 내 안에 살아 숨 쉬어라.
내 행보에 반영 추구되어
영원히 이어지고 이어지길 소원해 본다.

성인이 된 듯한 손들의 성장을 보며 (2023. 가을)

2020 새해맞이

점점 더 늠름해지는 창민이가 할아버지의 마음을 기쁘게 해 준다. 그래서 감사하며 산다. 2020 새해도 다가오고 있고 신선한 새 학년이 더 기다려지겠다.

나는 할아버지가 모르는 세상에서도 빛나기를 소원하고 있다. 너는 가능하다. 무엇을 어떤 일을 만난다 하여도 충분히 이겨 낼 수 있다고 믿는다. 기타 연주에서 너의 끼를 보았고 스스로 맡은 일을 잘 해결해 가는 지혜를, 친구들과의 인간관계 등에서 이해할 수 있었다.

하늘은 노력하는 자의 몫을 짓고 희망의 꿈을 향해 게으름 없이 달리는 者(놈 자)의 몫이다. 이번엔 이런 노래를 들려준다.

제목 : **용기**

바른 것이 무엇인가
알게 하는 뿌리다.

깊고 깊은 끈기가 있고
꿈을 이루는 힘이 된다.

비가 내려 홍수가 나도,
눈·바람이 세차게 불어도,
우습게 여기고 굴하지 않는
너이길 기도하며 소원한다.

뜻은 높은 곳에 두고

마음속에 솟아오르는
불같은 용기를 잃지 말아다오.

인천 계양에 사는 할아버지 글

楷珉아,

늘 너를 생각하면 행복하단 마음이 든다. 많이 컸지만 함께 살면 더 즐겁고 재밌을 거란 기대를 갖는다. 그러나 점점 성숙되어 가는 너를 보면 스스로 앞날을 위해 달리도록 놓아둘 마음을 굳힌다.

중학교로 올라가는 네게 힘과 용기를 주고 싶고 널 위해 게으르지 말고 앞을 향해 나아가라고 당부하고 싶다.

글제 : **중학교**

호기심 발동
누굴 만나 과목은 뭐야……
기대 찬 궁금이 발동한다.

누구에게나 걸쳐지는 새로운 세계
아직 가 보지 못한
날 설레게 만든다.

능력이 다양한 친구들

189

마음이 변화로운 우정 싹틀 순 있으나
기대 반, 설렘 반, 의문이 가득하다.

비둘기가 하늘을 왜 날까?
난 중학교에 가는 목적이 무얼까?
뜻은 각각 다르지만,
시작이 즐거워야 할 터인데 등
속마음이 변화롭다.

멋지게 웅대하고 힘있게 날아오르는
너이었으면.......

2020 위한 할아버지의 글

지나는 한 해 돌아보기

벌써 한 해가 다 간다.
명헌이도 2020년 새해가 되면 4학년이 되는구나!
마음과 몸이 컸으니 할 수 있는 일도, 하고 싶은 일도 많아졌으리라
생각한다.
2019년 3학년 한 해를 돌아보고 나는 무엇을 얻고 무엇을 잘했는지
반성해 보면서 '다음 해는 이렇게 할 거야.' 각오를 다지는 시간을 가지
면 좋겠다. 이번엔 이런 노래를 들려 주려 한다.

제목 : **하늘을 날아라.**

꿈이 있는 너에게
하나님이 함께하기를
소원한다.

벌써 초등 4년을 향해
꿈과 끼는 하늘을 솟는다.
특선의 결과도 그러하고,
어린 나이 넘어선 마음먹은 뜻대로
굽히지 않는 너가 자랑스럽다.

뛰어라!
달려라!
날아올라라!
막히면 열고 부딪히면 밀어내는
새 길은 분명 열려 있으니,
하늘을 힘차게 날아오르는 너이길
쉼 없이 기도할 거야.

12월 할아버지 글

彰珉아,

점점 더 늠름해지는 창민이가 할아버지의 마음을 기쁘게 해 준다. 그래서 감사하며 산다. 2020 새해도 다가오고 있고 신선한 새 학년이 더 기다려지겠다.

나는 할아버지가 모르는 세상에서도 빛나기를 소원하고 있다. 너는 가능하다. 무엇을 어떤 일을 만난다 하여도 충분히 이겨 낼 수 있다고 믿는다. 기타 연주에서 너의 끼를 보았고 스스로 맡은 일을 잘 해결해 가는 지혜를, 친구들과의 인간관계 등에서 이해할 수 있었다.

하늘은 노력하는 자의 몫을 짓고 희망의 꿈을 향해 게으름 없이 달리는 者(놈 자)의 몫이다. 이번엔 이런 노래를 들려준다.

제목 : **용기란?**

바른 것이 무엇인가
알게 하는 뿌리다.

깊고 깊은 끈기가 있고
꿈을 이루는 힘이 된다.

비가 내려 홍수가 나도,
눈·바람이 세차게 불어도,
우습게 여기고 굴하지 않는
너이길 기도하며 소원한다.

뜻은 높은 곳에 두고

마음속에 솟아오르는
불같은 용기를 잃지 말아다오.

1월 인천 계양에 사는 할아버지 글

앞으로 나아가라

해민아,

늘 너를 생각하면 행복하단 마음이 든다. 많이 컸지만 함께 살면 더 즐겁고 재밌을 거란 기대로 갖는다. 그러나 점점 성숙되어 가는 너를 보면 스스로 앞날을 위해 달리도록 놓아둘 마음을 굳힌다.

중학교로 올라가는 네게 힘과 용기를 주고 싶고 널 위해 게으르지 말고 앞을 향해 나아가라고 당부하고 싶다.

글제 : **중학교**

호기심 발동
누굴 만나 과목은 뭐야......
기대 찬 궁금이 발동한다.

누구에게나 걸쳐지는 새로운 세계
아직 가 보지 못한
날 설레게 만든다.

능력이 다양한 친구들
마음이 변화로운 우정 싹틀 순 있으나
기대 반, 설렘 반, 의문이 가득하다.

비둘기가 하늘을 왜 날까?
난 중학교에 가는 목적이 무얼까?
뜻은 각각이 다르지만,
시작이 즐거워야 할 터인데 등
속마음이 변화롭다.

멋지게 웅대하고 힘 있게 날아오르는
너이었으면.......

2020 위한 할아버지의 글

할머니의 극진한 사랑

할배는 요즘 너가 얼마나 힘들까를 생각한다. 벌써 입학해서 서정중학교 친구들과 대화하고 놀고 뛰고 달리고 공부하고 자신을 알리면서 재미있게 하루의 일과를 처리할 수 있어야 할 것인데 코로나19라는 바이러스 때문에 집에서만 지내니 답답할 거라는 마음에 언제 이 바이러스가 떠나 버리나 싶다.

그리고 또 하나, 우리 해민이가 이제 참 많이 컸다는 생각을 한다. 스스로 해 보려는 의지력, 자립심 같은 에너지가 있다는 것을 보고 느꼈다. 그래서 너에게도 많은 시간을 갖도록 해 주어서 넉넉한 마음을 키워 가게 하고 싶고, 점점 새롭게 달라지는 너의 모습을 멀리서 지켜보며 격려해 주고 싶다.

어느 날 할머니의 "이러거라, 저렇게 하거라" 하는 충고의 말들이 많이 짜증 나기도 했지? 할아버지도 할머니의 이런 소리들이 싫을 때도 있더라. 그래서 이해가 된다. 그러나 할머니의 말씀은 너를 진심으로 사랑해서 하는 말이라고 생각해 주었으면 한다. 지금도 할매는 마음속으로 눈물을 많이 흘리고 있음을 할밴 안다. 아마 너를 향한 지금까지의 사랑이 하늘이 무너지듯이 아픔이 오지 않았나 생각해 보게 된다. 그만큼 너와 창민이와 할머니의 품은 情(뜻 정)은 바다보다 넓고 하늘보다 높았기 때문일 거야.

그래서,

너에게 닥쳐오는 강한 바람도 막아주고 싶고 어떤 어려움을 만난다면 너만을 위한 울타리도 되어 주고 강한 담도 되어 주며 목숨을 걸고서라도 지켜 주고 싶은 마음을 아주 많이 갖고 있음을 이해하여 주었으면 한다.

"하기 싫어요", "안 먹어요" 등의 한마디가 할배나 할매에겐 바늘로 가슴을 찌르는 듯 아픔이 된다는 사실을 몰랐을 거야. 아직은 자라고 있는 중이니 말이야. 그래도 이해한다. 너의 모두를.......

또 한편으로는,

해민이의 멋진 성장을 볼 때 이젠 우리 곁에서 떠나보낼 때가 오지 않았나 하고 저 멀리 떨어져 그냥 바라만 보는 할아버지, 할머니가 되어야 할 때가 되었다는 생각을 하게 되었다.

그렇지만 너와 우리가 변하려 해도 변할 수 없는 것은 '우리 손자'라는 피를 함께 나눈 가족이기 때문이란다. 그래서 우리는 영원한 것이다. 아마 더욱 자라고 자라서 점점 어른이 되어 가는 날이 오면 지금의 나의 말을 이해할 것이다.

지금도 너가 중학교 교복 입은 모습을 상상하기도 하고, 멋진 친구들과 농구하는 모습도, 무대에서 피아노를 치는 멋진 모습도 에브리데이 일상이 되기도 한다.

　아울러 너는 피아노를 치고, 창민은 기타를 치며, 아빠는 노래를 부르며 할배는 클라리넷으로 '저 높은 곳을 향하여'를 부르는 무대를 관람하면서 엄마와 할머니, 다른 가족들이 힘찬 박수를 치며 좋아하는 모습을 그리기도 한다.

　이런 것들이 할아버지와 할머니의 꿈이다. 언제 이루어질지 모르나 그런 꿈이 아직도 사라지지 않고 있다.

　세상 누구보다 너를 사랑한다.

　부디 멋지게 자라라.

　하늘이 무너지면 하늘을 받쳐 들어 올리고, 태풍이 불면 태산이 되어 막을 것이고, 홍수가 나면 너만을 업고 건널 마음으로 살아간다.

　그런 각오로 살기에 너에게 어떤 어려움과 힘든 일들이 있을 때 할아버지를 찾아다오.

　이젠 중학생이 되었으니 이 편지가 마지막이다. 한율이 형처럼......

　부디 건강하여라.

　기도할게!

　중학교에서 파이팅 해라.

　안녕!

2020. 03. 20.(토) 할아버지 글

학교라는 공간과 코로나19

개학이 또 연기가 되어서 집에서 생활하기가 아주 힘들겠다.

책을 읽는 것, TV 보는 즐거움, 핸드폰 게임, 힘차게 던지는 농구 등등이 모두가 잠시 찾아오는 제한된 행복이지만 **學校**라는 곳은 다양한 상황을 제공하여 기쁨, 즐거움, 화냄, 슬픔을 안겨 주어 너를 그곳에서 생각하게 하고 자라게 하며 마음이 큰 사람으로 성장시키는 장소가 된다.

그런데 '코로나 바이러스19' 때문에 꽉 막힌 일상에서 얼마나 너가 답답할까 매일 생각한다. 하나님이 이 난국을 빠르게 물리치셔서 옛날 같은 세계를 만들어 주시기를 소원하나이다. 할머니랑,

할아버지는 자신을 싫어하는 것이 있다.

그 하나는 무엇을 하다가 중단하는 것이다.

창민이와 형과 함께 공책을 만들어서 **漢字工夫**를 하기 시작할 때, '안 하면 되지 뭐!'하기도 한다만 마음은 걸린다. 그래서 인터넷으로 서로 문제를 주고받는 공부를 추진하면 어떨까 한다. 그러나 그것도 부담이 되면 안 된다는 생각에 선뜻 나서질 않고 있단다.

또 하나는 오늘 하루의 **目標**[⟨?⟩, 끝 표]를 세우고 실천한다. 예를 들어 할머니가 이를 방해하면 너무 너무 싫어한다. 오늘도 첫째, 손자들에게 편지 쓰기 둘째, 신문 사설 읽기 셋째, 아침 라이딩하기 등 다섯 가지를 설정하고 실천해 가고 있다. 책상 앞에서 지금도....

코로나19가 끝나기를 기도하고,

너가 건강하기를 진정 기원하며,

비록 **開學**은 4월부터 시작이지만 누구보다 보람 있게 잘 지내기를 소원한다.

할머니가 너를 많이 많이 보고 싶어 한다. 말은 안 해도....

엄마·아빠·형과 함께 행복하여라.

2020. 03. 20.(토) 할아버지 글

힘들어도 포기하지 마라

학교가 그리워지지 않니?

할아버지도 방콕만 하려니 지겹고 따분하고 밖으로 나가서 달리고 싶어서 좀이 쑤신단다.

그래서 요즈음엔 1주일에 3~4번은 아침 자전거를 탄다. 자전거를 타면 아라강의 물을 바라보며 대화를 나누고 봄이라 새싹들과 이제 막 피어오르는 매화꽃잎과 노오란 산수유꽃과도 대화를 나누며 달린다.

너도 자기 시간을 어떻게 보낼 것인지 잘 생각해서 지루한 시간들을 힘들지 않게 극복하는 힘을 이런 때 기르기 바란다.

가까운 친구들이랑 운동, 놀이도 하며 책 읽기, 문제 풀이, 맛있는 거 먹기, 형이랑 아빠랑 카드놀이 등등 찾아서 너와 나, 우리 힘든 때를 극복해 가자꾸나! 가끔 건전한 TV도 보면서....

'코로나19'가 지구를 강타해도 사람은 그 세균으로 사망을 하거나 힘든 과정을 겪지만 생각하는 지혜가 있기에 능히 극복하고 이길 수 있다. 그리고 명헌이처럼 밖에 갔다 와서 씻고 몸을 깨끗이 하며 마스크를 쓰면 감히 침범할 수 없다.

부모님 말씀에 잘 따르면 충분히 아니 그보다 더 힘든 경우가 생긴다 하여도 이길 수 있음을 믿는다.

할아버지는 꿈이 사라졌다. ~때문에,

왜냐하면 2019년을 끝으로 일하여 돈을 벌어 할머니랑 좀 더 여유롭고 넉넉하게 살기 위함인 직업을 끝내고 훨훨훨 새가 하늘을 날 듯이 삶을 즐기려 했다. 스페인 8박 9일, 산티아고 순례길 40일 여행을 목표로 세웠는데 그만 그 꿈이 깨어지고 말았다.

그렇지만 절대로 포기하지 않는다. 할아버지의 사전에는 '**抛棄**[던질 포, 버릴 기]'란 없다. 지금까지 앞으로도 그렇게 살아갈 것이다.

넉넉한 마음을 배워라. 책을 통해,

시작하다 포기하지 마라.

모든 일에는 게으르면 답이 없음을 알아야 한다. 사랑한다.

2020. 03. 20.(토) 할아버지 글

彰珉이의 한자 실력은?

오늘 내가 漢字가 섞인 이 便紙를 읽을 수 있기를 기원한다.

물론 너가 못 읽는다 해도 失望하지 않을 것이다.

그렇지만, 25권이나 30권까지만 하면 어떠냐란 질문에

"왜요! 나는 끝까지 할 거예요."라고 했었지.

그 의지에 대해 지금도 감탄하고 있다. 이 편지글 주제를 '많이 사랑하기에 쓴 편지'로 한다.

사람 마음이 不便하다고 不評을 하거나 짜증을 내면 나를 낳아 준 父母님께 孝를 못 하는 것이 되며 마음을 힘들게 한다.

'코로나19'로 집에서 방송으로 공부하는 너가 대견스러워 보이기도 하고 한편으로 學校에 못 가고 있어서 측은해 보이기도 한다. 하지만, 모든

學生이 스스로 工夫하는 能力과 先生님 없이도 학습할 수 있는 기회를 가질 수 있다는 환경은 앞으로 올 未來 世界에 對應 能力이 엄청 높아질 수 있을 것이라는 기대를 갖게 한다.

지금 당장은 漢字 實力을 높이기 위해 努力하는 것이 重要하지 않을지 모르나 나중에는 分明히 잘 배우고 익혔다고 생각할 때가 올 거다. 할아버지가 살아보니까 여러 가지 아는 것이 많은 사람이 더 便利하고 便히 살 수 있으며, 다른 사람들에게 쉽게 인정받을 수 있게 된다는 것을 깨달았다.

漢字 工夫가

당장 必要 없다고 생각할 수 있으나 오늘의 인내심 발휘는 自身을 더욱 發展하도록 할 뿐만 아니라 어떤 상황에 對해서도 굴하지 않고 당당히 맞설 수 있는 能力을 갖게 된다.

孫子에게 모처럼 이렇게 많은 漢字말을 넣어서 便紙를 쓸 수 있는 기회는 처음인데 너무 氣分이 좋고 흐뭇하다.

부디 멋지게 잘 자라서 모두가 부러워하는 사람이 되었으면 한다.

파이팅 하여라. 창민아,

※ 많은 漢字 모두 읽을 수 있을까? 궁금~.

2020. 06. 10(WED) 할아버지 글

하늘 같은 손자의 사랑

코로나19 때문에 집에서 PC로 공부하고 있는 모습을 안타깝게 생각하여 자전거를 타고 명헌이와 한율을 보러 갔었지!

할아버지 집에서 너 있는 곳까지 51.2km, 돌아 인천 계양 집에 도착하니 오후 6시 8분, 총 자전거를 탄 거리는 105.7km였다. 명헌이 집으로 갈 때는 바람을 가슴에 안고 달려야 하기에 2배 이상의 힘이 들었다.

그러나 집에 도착했을 때 나의 몸과 마음은 피곤하지도 않았고 또 힘들다는 생각도 들지 않았다. 날아갈 듯이 하늘을 오르듯이 편하고 정신이 맑고 세상 모든 것을 다 얻은 것처럼 행복감이 가득가득했다.

아마도 그 이유는 우리 명헌이 때문이라 생각했다.

왜냐하면 잔치국수 집에서 있었던 일 그러니까 너가 국수 양이 많으니 "할아버지, 이것 좀 드시죠" 하고 나누어 주는 일과 나누어 준 국수를 율이 형이 먹으려 하니까 "형, 그러면 안 되지이~", "형, 뭐하는 거야~" 하고 다시 국수 그릇을 할아버지 앞에 갖다 놓은 마음을 읽고 깨달음이 많았다.

그리고 점심 후 자전거를 갖고 출발하려고 할 때 냉장고 문을 열어 길쭉한 아이스크림을 꺼내어 "할아버지, 이것 드시고 가세요" 한 마음과 안 먹겠다고 하니 이번엔 막대가 있는 작을 사탕을 꺼내어 "그럼 이것을 드세요"라고 권하는 너가 할아버지에게 큰 울림을 주었다. 너무 고맙고 기특해 사탕은 먹고 출발했다.

'우리 명헌이가 비록 4학년이지만 누구보다 마음이 컸구나' 또 '주위를 살필 줄 아는 정신도 많이 자랐구나' 하는 생각을 자전거를 타고 힘들게 오면서 잊히지 않았다. 그리고 몸도 많이 자라 멋진 모습을 볼 수 있어서 할아버지 마음이 엄청 흐뭇했다.

사람은 많은 것을 배우고, 높은 지위를 갖고, 많은 돈을 벌어서 재벌

부자 소리를 듣는다 하여도 그 됨됨이가 바르지 않고 도덕성이 결여되어 있으면 모두가 허사가 되어 버린다.

명헌이는 훌륭한 인재 되는 일은 분명할 것 같아요! 파이팅, 위하여!

2020. 06. 10(WED) 할배 글

호의를 베풀 줄 아는 사람

明憲아,

코로나19로 학교를 못 가고 형과 너가 집에 있을 때 할아버지는 계양에서 자전거를 타고 105.7km(왕복)를 찾아가서 점심을 같이 먹었던 기억이 자꾸만 떠올라 편지글로 쓰게 된다.

그날 너는 할아버지에게 점수를 많이 땄다.

왜냐하면, 자기가 먹어도 될 것을 할아버지에게 드시라고 나누어 주고 적극 권하는 모습을 보며 '명헌이가 많이 컸구나!', '배려할 줄도 알구나!'를 가슴에 새기면서 아주 기뻤다. 또 다른 사람들에게 자랑하고 싶었다.

집에 가서도 먼 거리를 자전거 타고 가는 어려움을 알아서인지 주스를 주면서 "이것이라도 드시고 가세요" 하며 진심으로 권하는 모습이 하도 간절하기에 받아먹었지. 그런 너의 모습에서 훗날 우리 명헌이가 아주 큰사람이 될 수 있음을 믿게 되었다.

그릇이 큰사람은 됨됨이가 반듯하고 남에게 호의를 베푸는 일에 힘쓰는 사람이란다. 그런 사람으로 인정받게 됨으로써 스스로에게 만족하고 행복한 사람으로 살아가게 된다.

우리는 흔히 속마음이 넉넉하고 행동이 모범적으로 큰 사람을 빗대어 그릇이 큰사람이라고 말하곤 한다. 이런 사람은 좋은 평가를 받게 되고 마음이 너그러운 사람으로 칭찬을 듣게 된다.

많이 배웠으니까, 지위가 높으니까, 명예가 있으니까, 돈이 많으니까 큰 사람이라고들 하지만 그것은 착각일 뿐이다.

분명한 것은 너의 마음처럼 마음 씀씀이와 행동 실천이 올바른 사람을 큰사람이라 본다.

건강하고 행복하며 코로나19 잘 이기기 바란다.

2020. 08. 11(TUE) 할배 글

무엇이든 즐겁게 만들어라.

彰珉아,

사람은 누구나 자신이 하는 일을 잘하려고 한다. 할아버지가 살아온 과정을 돌아보아도 그런 것 같다. 논문 하나를 써도 최선과 최대가 무엇인지 생각하였고 생활 속 부서진 것을 고치거나 새로 만들어 낼 때도 가장 좋게 하는 것이 어떠한 것인지 생각했다.

그 과정에서 일에 집착이 생기게 되고 심한 스트레스를 받게 되어 '내가 왜 이렇게 사는 거지' 반성하기도 했었다.

아마도 할배 성격이 어떤 일에도 공을 들이고 열심히 하려고 하며 전전긍긍하기도 수없이 했다. 그 후에 깨달은 것은 잘하려고 하는 것보다는 즐겁게 하는 것이 더 좋은 결과를 낳을 수 있다였다.

파스칼(Pascal)이란 분은 이렇게 말했다.

"천재는 노력하는 사람을 이길 수 없고, 노력하는 사람은 즐기는 사람을 이길 수 없다."라고

야구 운동에서 선수들이 승리를 하고 나서 방송 인터뷰를 할 때 흔히 이런 말을 들었다.

"꼭 이긴다는 생각보다 연습할 때처럼만 하자고 생각했습니다. 그런데 이렇게 좋은 결과를 얻게 되어 기쁩니다."라고 한다.

옳은 말이다. 공부도, 운동도, 일도 즐겨라. 그냥 즐겁게 하다 보면 기대 이상의 결과를 얻게 된다.

너무 잘하려고 하지 말고 즐기기 바란다.

건강과 행복이 넘쳐나길 바라고 코로나19 잘 이겨 내기 바란다.

2020. 08. 11(TUE) 할배 글

가을 편지

어느덧 가을을 지나 겨울로 빠져든다.

코로나19가 온통 지구를 못살게 굴고 마스크가 우리들의 숨통을 답답하게만 하고 있다.

"이길 수 있다. 해낼 수 있다."

비록 작은 바이러스 하나에 쉬이 무너지는 것은 만물의 영장인 사람이 아니다. 앞으로 더 어려운 환경이 우리에게 **到來**(이를 도, 올 래)할 수 있다. 그러나 인간은 극복에 극복을 거듭 해내고 있지.

오랜만에 편지글을 쓰는 할배는 게을렀구나 하는 반성도 있고 그렇

지만 이제라도 창민이를 **便紙**(편할 편, 종이 지)로 만날 수 있다는 생각에 마음이 흥분되고 행복하다.

가끔씩 만나지만 편지글로 만나는 이 타임은 먼 나라에 자전거를 타고 와서 자연과 만나고 대화를 나누는 기분이 들 때마다 떠오른다. 근데 온라인으로 공부하는 너의 모습을 보면 마음이 아프다.

학교에서 선생님과 관계를 돈독히 하며 친구들과 웃고 대화하며 장난치고 달리고 뒹굴뒹굴하는 생활들이 이어져서 나름대로의 초등학교의 추억을 쌓아가지 못하고 있음을 속상해하기도 한다.

믿는 마음은, 우리 손자들은 스스로 이루어 내려는 힘이 강해서 어떤 어려움도 이겨 낼 수 있다는 것을 안다. 여기에 엄마와 아빠가 멋진 여행도 제공해 주고 운동도 함께 해 주니까 행복한 시간을 보내고 있음을 나는 안다.

지난번 식탁에서 "살인자까지도 용서할 수 있는 것이 최고의 용서다." 예수님은 "일곱 번 용서를 일흔 번까지 하여라."라는 말씀을 하면서 미국 펜실바니아 아미시 공동체의 대응 방식을 빌려 너랑 이야기를 나누었다. 가깝게 형과 아우 사이 친구와 친구 사이 놀다가 겪는 화남도 용서로 덮고 이해하는 마음을 길러가는 창민이가 되어라.

건강하고 굳건한 정신력을 기르기를 바라면서....

2020년 11월 15일(SUN) 할아버지 글

너 때문에!

웃고 웃음을 주고받으며 산다.

우리 명헌이가 명언(名이름 명, 言말씀 언)을 남겨 주었다.

2020년 9월 11일 용인공원묘원 산소에 갔다가 큰 방아깨비 한 마리를 잡아서 카톡 사랑방에 곤충의 이름을 물었다. 근데 한율 형은 처음에 '메뚜기'라 했고, 명헌이는 '방학개비'라 답을 올렸다. 그래서 할배는 명헌이가 거의 정답에 가깝게 답을 했다고 했다. 형아는 다시 '방악개비'라고 올리게 되었다. 그래도 내가 아직도 조금 틀렸다 했더니 형아가 '방아깨비'라 하여 정확한 곤충 이름이 나오게 되는 과정이 있었다. 그다음 할배가 둘에게 각각 100포인트를 메모하고 칭찬해 주었었다.

여기에서 명헌의 명언(名이름 명, 言말씀 언)이 나왔다.

"끝까지 따지네."였다.

할배가 이 말을 인용해서 할머니의 자매들과 할아버지의 동서들에게 어느 한 사람이 거듭거듭 자랑을 하면,

"끝까아~지 잘난 척하넹."ㅎㅎㅎ~웃으며,

또, 어느 한 친구가 말꼬리를 물고 늘어지면,

"끝 까아~지 따지네."ㅎㅎㅎㅎ~ 웃고,

또 웃고 웃으며 지금도 즐거워하고 여행 중에도, 놀이 중에도, 운동 중에도 이 말 때문에 웃음으로 보약을 먹고 있다.

어느 날 할아버지가 우리 명헌이가 명언(名이름 명, 言말씀 언)을 했다고 표방하게 되었다.

넌 훌륭해! 넌 멋진 녀석이 될 거야!

형은 기자가 되는 것이 꿈이라 하니 끝까지 따지고 파고드는 성품이 있어야 되는 거란다. 그러지 않으면 大 기자가 될 수 없어. 따지는 것은 의문을 정확하게 알아내기 위한 수단이란다.

항상 할배와 할매에게 **웃음 보약**을 먹게 해 주어 고마워!

코로나19 잘 이겨 내 건강하고 행복하기 바란다.

2020년 11월 15일(SUN) 할아버지 글

한 해의 반성과 새해맞이

나는 무엇을 했는가?

우리는 쉽게 내 탓보다는 상대편의 탓을 원망하거나 질책하기가 쉽다. 2020년엔 여러 가지 희망과 꿈이 있었는데 돌이켜 보면 이루어진 것은 다섯 손가락 안에 불과하다.

멋쟁이 彰珉아!

시간은 누구를 기다리지 않는다.

그 때문에 그를 활용할 때 고마울 거야.

스스로 따라오길 바랄 뿐이다.

그 때문에 찾아가며 자신이 하나씩 쌓아 나갈 뿐이지

잡는다 해도 뿌리치지 않는다.

그 때문에 내가 그를 사랑하기도 사용해야 해

가는 것을 멈추려 하지도 않는다.

그 때문에 함께 가야 하고 실력 향상 위해 노력이 필요해

어쩌면 두려움이 없고 고집이 황소 같다.

그 때문에 거역도 불평도, 후회도, 미움도 없이 그냥저냥 따라갈 뿐....

하지만 시간은 누구에게나 공평하게 주어진 것이기에 노력의 깊이와 생각의 깊이, 개인의 의지와 분명한 목표가 있다면 보람이 있고 희망이 생긴다.

2021년 소띠의 해

6학년이 되고 새로운 꿈을 피워야겠지.

내년엔 무얼 하고 싶은지 한두 가지는 있어야 된다.

역병[코로나]이 창궐하여 세상을 모두 놓는다 하여도 내 목표는 세워야 한다. 그다음 꾸준히 실천하면 반성의 기회도 오고 시작의 기회가

주어진다.

　할아버지는 2020년 이틀을 남겨 두고 2021년을 어떻게 무엇으로 보낼지 밖을 나가지 않고 고민 중이다. 내게 주어진 시간을 아껴 쓰는 자만이 보람과 행복, 성공을 얻을 수 있다. 건강하세요.

2020년 12월 30일 할아버지 글

새해엔 明憲이가 최고였으면....

　할아버지 욕심인가?
　아니야, 소원대로 될 거야! 외친다.
　명헌이가 마음먹으면 무엇이든 할 수 있다니까!
　이렇게 생각해 본다.
　코로나19를 통해 참고, 견디고, 살피고, 씻고 하는데 주의를 기울이고 클린업을 실천하여 가장 위생적인 생활을 매일 실천하는 습관을 길들여 왔기 때문이다.
　가끔 明憲이를 생각한다. '우선 무얼 하고 있을까?', '화가가 되려고 그림을 그릴까?', '친구들과 즐겁게 운동 중일까? 등 너에게 궁금한 것이 많다. 이런 마음들은 아마도 보고 만나고 싶은 마음이 크기 때문이다. 그러면서 너의 늠름함과 말솜씨 적극적인 태도는 할배에게 기대감을 갖게 한다.
　올해는 많이 힘들었지. 집에 있는 날이 많아지다 보니 답답도 하였고 학교를 자주 가서 운동장을 뛰고 달리며 장난치는 일들을 못해 속상했을 수도 있었겠지. 그러나 형들과 어울려서 잘 놀고 재미있게 보내는 시간들이 있어서 심심하지는 않았을 거라 본다.

2021년을 향해....

힘내라. 어떤 경우라도 주저하지 말고 용감하게 밀고 나가며 실패, 실수, 패배하는 것을 두려워하지 말기 바란다. 왜냐하면 실패함으로 알게 되는 경우가 많아지고, 패배나 실수함으로써 새로운 다짐과 각오를 배우게 되기 때문이다.

70을 넘긴 할배도 실수를 하고 뉘우치며 잘못함을 반성하고 스스로를 새롭게 고치려고 다시 노력하며 산다. 아마 80~90이 되어도 틀린 행동을 고치려 하고 잘못한 것에 속상해 할 것 같다.

그러니 우리 명헌이는 절대로 절대로 주저하지도 두려워하지도 말고 앞을 향해 나아가기를 기도한다.

파이팅! 명헌,

내년에도 건강하고 행복한 생활이 이어지기를 빈다.

2020년 12월 30일 할아버지 글

失望 반 기대 반의 한 해

참 오랜만에 쓴다.

한때는 楷珉에게 편지 쓰는 시간이 무척 幸福했었는데....

중학생이 되면 사랑·희망·격려·충고의 편지를 쓰지 않겠다는 할배의 딱딱한 생각을 후회한 적도 있었다.

'내가 왜 그때 그 말을 했지?' 하고 말이다.

그렇지만 2020년은 특별한 해라 생각하고 쓴다. 기쁘지? 감사하지?

올 한 해는 너가 중학교를 입학하여 축하를 거하게 맞이하고 멋진 중학생의 출발을 기대할 수 있었는데, COVID19 모든 생활 형태가 바뀌면서 방콕이 되면서 측은한 생각이 들기도 했었단다.

그래도 잘 견디며 자기 할 일 찾아내어 실천하고 형제간의 우애를 지키며 피아노와 공부를 병행하는 너의 모습에 감사할 뿐이다. 키 큰 모습에서 할배가 처지는 듯하고, 갈 때마다 점점 능숙해지는 피아노 솜씨, 들을 때마다 행복감에 사로잡히는 마음 등 밝은 미래를 생각하게 만든다.

상대편을 배려하려는 마음도 많아졌고 어른을 섬기는 태도도 모범적이며 스스로 개척하는 힘도 높아졌음을 볼 때마다 느낀다.

그래서 늘 속으로 '건강하게 자라라, 항상 즐거워라, 하나둘 알아 가는 것에 감사해라'라고 빌며 기도한다.

초등 때 할배의 충고 잊지 않았겠지?

"어떤 경우에도 주저하지 마라, 그리고 실패를 두려워하지 마라."라고 했다.

사람은 누구나 실수할 수 있다. 그리고 실패하며 잘못을 저지르며 산다. 그렇지만 이것들을 두려워하면 마음이 쪼그라들고 옹색해지며 다른 사람 앞에 서는 일들이 송구해진다. 한마디로 용감성을 잃는다.

공부를 해도 두려움 없이 알아 가는 것을 기뻐하고 운동을 하여도 겁 없이 달리는 과감함을 배우며, 피아노를 치면서 내 앞에 수 많은 관중이 있다는 생각으로 대담함을 키워가야 한다.

큰 뜻을 품고 멋지게 健康하게 자라서 이 나라의 기둥이 되어라! 감사!

2020년 12월 30일 할아버지 글

늘 이런 해가 뜨기를.......

하늘을 바라보아도 눈이 밝고 희망적이었음을 감사했다.

"남들을 쳐다보기 전에 먼저 자신을 돌아볼 줄 아는 사람이 되라."라는 가르침 받았었는데 翰栗이는 전투에서도 이기고 전쟁에서도 이겼다. 스스로 노력한 앎에 즐거워할 줄 알았고 친구들과의 경쟁에서도 승자의 입지를 굳혔다는 뜻이다. 勝者의 기쁨을 누렸다. 이런 일은 할아버지도 경험해 보지 못했다. 다시금 축하한다.

한율, 이런 때는 겸손이 필요함을 배워야 한다. 잊지 마라. 사람은 얄팍한 마음이 있기 때문에 큰 것(All 100)을 얻으면 자존심이 나도 모르게 높아지게 되어 있다. 그런데 자존감을 높이거나 살리는 것은 괜찮지만, 너와 나의 삶 모두에서 나타나는 경우를 보면 지나치면 아니함만 못할 수 있다(過猶不及[과유불급]=과한 것이 부족한 것보다 못하다)는 뜻이다.

코로나19로 답답하고 우울했었는데 너가 이 암흑의 터널을 빠져나오도록 했다. 아마도 축복이 있을 것이다.

너에게 큰 영광이었고 수확이 차고도 넘쳤다. 또한 수재임을 인정한다. 할배가 부럽기까지 하다. 기쁨이 넘친다. 고마워! 우리 장손! 아울러서 너는 실천력의 대가이고 노력의 대가이며 장래의 꿈이 이루어질 수 있는 기회를 얻었다고 할 수 있다. 가문의 영광이다. 자랑스럽고 해서 할아버지 친구들 중 가장 믿음을 주는 한 사람에게 자랑도 했다.

천재는 만들어진다. 그 때문에 태어나는 천재는 노력하는 자에겐 이길 수 없으며 노력하는 자는 즐기는 자에게 이길 수 없다고 한다. 그러니까 한율이는 이미 맛을 본 기쁨으로 배움으로 인한 공부의 덕을 즐기면서 나간다면 따를 자가 없을 것이다.

할아버지도 노력하는 자였다. 그리고 즐기는 자였다. 그러기에 지금도 읽고, 쓰고, 그리고, 만들고 하는 노력을 게을리하지 않으려고 애쓰고 있다. 아마 하나님이 오라고 하는 날 전까지 손에서 책, 책상에서 쓰고, 읽는 일은 계속될 거야. 약속할게. 그리고 관심 가질게.

언젠가 너에게 머얼리 봤을 때'최선보다는 준 최선이 가성비가 더 좋을 수 있다'고 했다. 엄마와 아빠가 건강을 염려할 수 있고 할배와 할매가 행복하라 욕심낼 수도 있다만 그 기준은 자기가 만들어 가되 건강을 생각하지 않은 무모한 전진은 자신을 해칠 수 있다는 걸 잊어선 안 된다.

매 순간순간마다 최선을 다해 번아웃이 되면 안 된다는 뜻이기도 하다. 그러니까 평소에 쉬기도 하고 놀기도 하고 산행, 캠핑도 하며 마음의 충족을 풀어 주기 바란다.

지금도 너를 생각하면,

희망적이고 할배 생활이 즐겁다.

쉼 없이 일하고 싶고 자전거를 타고 끊임없이 가고 또 가고 싶다.

최근에 할아버지는 어떤 젊은 분을 통하여 이런 말을 들었다.

"회장님, 너무 잘하려고 하지 마세요"라고,

이 소리를 듣고 생각했다.

아, 아직도 내가 내 자신을 괴롭히고 힘들게 하고 있구나 라고 반성했다. 또 나 아닌 다른 사람에게 나의 잘하려 함 때문에 피해감을 주지 않을까 생각하니 조심스럽게 되더라. 이 모두 참고일 뿐이다.

여백이 남아 탁구 얘기 좀 할까!

올들어 할매랑 탁구 레슨을 받았다. 레슨 받은 후 꾸준히 지도 코치와 개인 단식 경기를 하여 3:0으로 이기기도 지기도 하며 경기력을 쌓은 결과 엊그제 12월 27일(일요일) 오후 하도 탁구하고 싶어서 코치와 통화하여 약속을 잡고 저녁 7시경 단식을 서울 럭키탁구장에서 했다. 항상 6점을 접고 했는데, 코로나로 운동을 못했어도 3:0, 3:0 두 번이나 勝者가 되었다. 기분이 하늘로 솟을 듯 기뻤으나 1점을 내려 5점 걸고 언제 경기해 주시나 하고 기다리고 기다리는 겸손을 지켰다.

다시 세 번째 경기를 하고 싶다 했는데 이젠 실력이 향상되어서인지 5

점으로 경기한다고 해서 놀라웠고, 마음 비우고 한 수 더 배운다는 생각으로 경기에 임했는데 3:2로 패하였다. 하지만 땀 흘린 노력과 즐거움이 만점 받은 한율이 만큼이나 아주 기뻤단다. 감사해!

이 사실에서 할배가 얻은 **教訓**이 무얼까요?[   ]

2020년 12월 30 할아버지 글

불혹의 나이 큰아들!

코로나의 터널이 이리도 길 줄을 몰랐다.

모든 일상이 단절되는 듯하고 하도 답답하여 겨울에 타지도 않는 자전거를 타기도 하며 지루하고 울적한 마음이 있어서 주변을 돌아 아라강가에서 마음을 달래기도 한다.

한편 暗黑 같은 이 터널이 더욱더 길어진다면 나를 비롯한 우리 국민은 어디에다 의지하며 살아갈지 막막함이 앞서기도 한다. 삶에 희망이 보여야 하는데 점점 가라앉는 듯한 망망 大海의 돛단배 같아 훌륭한 우리 손자들의 미래가 앞서 걱정되기도 한다.

내가 살지 않는 시대이니 괜찮다고 편한 마음을 먹기도 의지가 달리고 이제 사랑도 미움도 모두 떠나서 보고 듣는 것 모두에 "훌륭하다 훌륭해!"라는 말을 새해 화두를 삼기도 했다.

내 생애 겪어 보지 못한 한 해였다.

인간이 이래서 작은 것에 멸종할 수 있다는 학습도 했고 모두가 잘났다고 떠들더라도 이 상황을 보고 반성할 줄 알고 다음이 두렵다는 마음으로 준비하고, 대처하고, 실행할 줄 아는 지혜를 쌓아가야 하는데 눈앞에 보이는 이익에만 어두워 길들여지고 있으니 참 한심한 사회를 본다.

큰아들! 건강하고 희망을 잃지 마라.

아빠도 사는 날까지 건강 위해 노력할 것이고 나의 버킷리스트대로 누가 뭐래도 의미를 부각시키면서 엄마 지키며 살아가겠다. 걱정하지 말고 너희들의 세대와 손자들의 앞날을 위해 무언가는 움직이고 실천해 가는 역할을 기대해 본다.

때를 기다리는 여유도 필요하지만, 그때를 찾아내는 일도 상당히 중요하다. 사람은 최선을 다해도 후회가 남게 마련이다. 그러나 똑같은 후회를 반복해서는 안 된다.

2021년엔 소처럼 賢明하게 뚜벅뚜벅 즐거워할 일을 찾겠다.

늘 행복을 가꾸어 가는 삶이 되길 기도한다.

2020년 12월 30 아버지 글

내게 아직 사랑이 남았기에

가끔 보고 만나지만,

올해는 특별하여 글 쓰고 싶다.

코로나19, 비대면, 사회적 거리두기 등등 부모 자식, 이웃 간의 情 마저 가져가려는지 점점 늘어만 가는 확진자 수를 보며 바이러스의 창궐이 인간의 세계를 멸하려는 것이 아닌가 염려에 이른다.

아빠 살 만큼 살았다. 얻을 만큼 얻었고 할 만큼 했으며 누릴 만큼 누렸음을 회상하며 내년에는 무얼 하고 나누며 살지 하는 마음을 새기는 중이다.

엄마와 나, 총알처럼 한 해가 가고 나면 한 살씩 더 먹어 가는 데서 오래 살았다는 생각을 하지만, 앞으로 어떻게 우리의 건강 지킬 수 있을지 최고의 과제라 본다.

아빠 엄마가 기도하는 마음은 '우리 아들·며느리에게 폐끼치는 삶이 아니 되도록 하여 주십시오'이다. 이제 그럴 나이도 되었지.

풍진 세상의 고생살이를 마다하지 않고 참 열심히 살아왔다만 너희들과 손자들의 세상이 더욱더 좋아져야 할 텐데 기대를 하다가도 실망과 염려를 아니 할 수 없게 된다.

그러다가도 든든하고 능력 있는 아들이 있어 자랑스럽고 눈이 밝아지는 희망을 맛보기도 한다. 특히 튼튼한 손자들이 쑤욱쑥 자라고 있어서 삶에 희망이 되고 기쁨이 남는다.

부모의 사랑 끝이 없어서 힘들게도 귀찮게도 하겠지만 엄마랑 서로서로 챙기며 위하며 살아갈 것이니 걱정하지 말고 너의 앞날을 위해 최선보다는 준최선을 하는 삶으로 인도하여 갔으면 한다.

늘 잘해 나가고 있는 모습들을 보아오고 있기에 염려는 되지 않으나 건강만은 잘 지켜서 살았으면 하는 바람뿐이다. 이것도 늙어 가는 아빠의 사랑이 남은 **老婆心** 이해 바란다.

힘내라!

늘 행복해라. 간절히 기도하는 삶에서......

2020년 12월 30 아버지 글

215

너희 둘에게 작은 도움이 된다면

며느리 사랑은 시아버지라는데 내가 그렇게 노력하고 실천하고 있는지 스스로 돌아보게 되는 지점이다.

기온이 내려가 연말연시가 꽁꽁꽁 얼어붙는데 시원한 건 없고 **愉快·爽快·通快**도 찾을 길이 없어 담담하다 못해 먹먹히 멈출 기분이고 어쩔 수 없다는 한계점을 느끼기도 한다.

세상 빛이 바래더라도 살맛이 나야 하는데 이제는 희망도 가망도 깊은 수렁으로 빠져드는 사회상이 역겹고 암담하기만 하다.

나는 너희들에게 할 이야기가 없다.

지금까지 잘 지켜 주었고 지극 정성으로 자식들을 남이 모르도록 잘 키우려는 한결같은 노력이 내게 편안한 마음을 남게 한다.

모두가 함께 있어도 행복감이 넘쳐나고 제집으로 돌아간 후에도 같이 지내고 싶은 마음 들도록 고맙고 감사하다. 아니, 어쩌면 내가 지금 세상을 別한다 하여도 "나는 행복하고 즐거웠노라!" 하고 자신 있게 외칠 수 있어졌다.

내가 사는 날까지 외면하지 않을 것이고 소중한 보물처럼 아끼고 돌볼 각오를 단단히 마음먹었다. 그러니 혹 내가 너희들에게 부족했거나 서투른 잘못이 있다면 서슴없이 말하여 반성하고 소통하고 고쳐 나갈 수 있게 기회를 만들어 주면서 살자.

세상이 절망적이라도 우리 가족들은 희망적이고 미래가 꽉 찬 삶이 펼쳐지리라 믿는다. 봐라 한율이가 중2에서 누구도 해내기 힘든 All 100을 했지, 해민이가 피아노에서 자기 실력을 보란 듯 자랑스럽고, 창민이가 기타를 어린 나이에 현을 타는 소리가 지금도 생생히 남으며, 명헌이가 미술에서 재능이 남다르며 재치와 의욕도 남달라 모두가 장래가 촉망된다. 이것이 내가 바라던 바다.

"너희들 생각은 나와 다르냐?"라고 물어보고 싶다.

이것도 뗄 수 없는 **天倫**이 아닌가 싶다. 작은 도움이 될 수 있기를 바라는 마음에서 이 글을 모처럼 썼다.

내년에도 건강·행복하길 기도할게.

2020년 12월 30일 희망의 글

꾸준함의 힘

핑계 같지만 생각지도 못한 할배·할매가 교통사고를 당하여 오래도록 便紙[조각 편, 편지 지]를 멀리했었지. 나는 빨리 회복이 되었는데 할머니가 오래 병원에 입원해 있어서 아직도 걱정이 된다.

그렇지만 시간이 건강을 회복시켜 줄 것이라 믿고 하나님께 기도도 하고 온 가족이 마음으로 빌어 주어서 지금 많이 좋아져 곧 퇴원할 것이다.

너는 학교를 다니고 코로나를 이기기 위해 '꾸준한 힘'을 채워가듯이 나도 할머니와 함께 지금까지 쌓아온 꾸준한 힘을 발휘하여 사고의 후유증을 이겨 나가고 있다.

이번의 일을 통해서 나는 세상살이 속에선 '잃은 것이 있으면 반드시 얻는 것이 있다'는 것을 알게 되었다.

나와 할매가 갈빗대가 부러지고 늑골과 흉골이 금이 가서 오랜 고통을 참아내고 있지만 '둘이 살아 있다'는 생각과 '할아버지에겐 할매가 할머니에겐 할배가 아주 **所重**[바 소, 무거울 중]하다'는 것을 깨달았다. 그리고 손자들이 걱정해 주고 모든 가족이 염려해 주는 꾸준한 힘 덕택에 더욱 깊은 사랑을 느끼고 그 깊이를 알 수 있었다.

이런 바탕 위에 창민에게 '꾸준한 힘'에 관하여 알리고 싶다.

노르웨이 탐험가 아문센은 탐험대원을 모집할 때 조건 중의 하나를 '비가 오나 눈이 오나, 무조건 하루에 20마일(32km)을 걸을 수 있는 사람'이었단다. 사람을 선택하고 나서 이 규칙을 엄격하게 지켰다.

결국에 1911년 12월 14일, 세계 최초로 지구 남극점에 도달한 탐험대가 되었다.

꾸준한 생활과 삶은 평범해 보여도 놀라운 힘이 있고, 흔들림 없이 뚜벅뚜벅 앞을 향해 가 큰 성과를 냈음을 보여 준 본보기이다.

병이 낫는 것도, 한 사람이 성공하는 일도, 훌륭한 삶을 향하여 천천히 나아가는 꾸준함의 힘을 발휘할 때 해낼 수 있게 되고 이루어질 수 있게 된다.

창민아, 꾸준하고 힘찬 발걸음으로 매일 걸을 줄 아는 사람이었으면 좋겠다. 그래서 너에게도 아문센 같은 특별한 선물이 왔으면 한다. 일상 속에서 욕심과 분노, 화를 버리고 단순하면서 달콤한 생활로 참다운 행복을 찾아가는 삶이기를 기도한다.

'분명히 행복은 거창한 데 있지 않다'는 것을 깨닫기 바랄게....

할아버지는 그래서 그저 감사하며 산다.

너랑 형하고도 통화할 수 있고, 보고 싶을 때 볼 수 있고, 만나고 싶으면 찾아갈 수 있다는 소소한 사실만으로도 행복함이 넘친다.

풍부한 지혜로움을 발휘하는 사람이 되었으면 좋겠다.

그리고 건강하여라. 사랑해!

2021년 04월 30 할아버지 글

능력 있는 삶

　明憲[밝을 명, 법 헌]이를 생각하노라면 먼저 웃음과 기쁨이 가득하다.

　올해는 할아버지가 교통사고를 당하는 바람에 마음에 찬 편지를 못 썼다. 이 일로 할머니의 소중함을 알았고 가족의 **所重**[바 소, 무거울 중]함을 알았으며 나이 들어서 잃은 것들이 있지만 얻은 것들이 있다는 것을 알게 되었다. 편지 안 쓴 핑계 같아서 미안해!

　어린 나이에도 걱정해 주고, 안부를 묻고, 전화해서 마음을 전할 줄 아는 너가 감사하고 고맙다. 그리고 내가 보지 않은 사이에 동영상을 만들어 기쁨과 감탄을 자아내게 해 주니 아주 행복하다. 아직 병원에 있는 할머니도 놀랍고 반가워서 어쩔 줄 몰라 했다.

　아마도 너 덕분에 할머니가 빠르게 쾌차할 거라 생각된다. 누가 뭐라고 하더라도 난 너를 '미래의 작가'라 부르고 싶다.

　지금까지 꾸준함의 힘으로 시간을 아껴서 배우고 익힌 능력의 발휘가 아니겠냐. 분명히 천천히 꾸준하게 자기 계발을 위해 차근차근 노력해 간다면 우수한 작가가 탄생할 거라 믿는다.

　'세상에 **天才**[하늘 천, 재주 재]는 없다.' 혹시 있다 하더라도 그 천재는 노력에서 만들어지는 것이지 그냥 가만히 있어서 되는 것은 절대 아니다. 그래서 노력하는 자에겐 이길 사람이 없고 꾸준히 노력하는 자가 하늘이 준 인재라 생각한다.

　너는 천재의 길을 가고 있고 지금 이 수준과 능력을 보면 아마도 따를 자들이 없을 거야. 이것 이상으로 자랑하고 있다.

　명헌아, 모든 사람은 태어나 행복하기 위해 노력하고 이를 위해 삶의 끝까지 욕심과 분노를 화를 일삼기도 한다. 그러나 행복이란 소소한 데서 작은 것에서 얻을 수 있다. 누구나가 필요한 만큼은 갖고 있어야지만 사람의 행복은 높은 권력과 명예를 갖고 많은 돈을 벌어 떵떵거리는 삶이 아니란다.

그래서 할아버지는 너의 뽀얀 얼굴 모습에서 행복을 느낀다.

너가 하고 싶은 일을 찾아서 하면 된다. 지금처럼.......

건강하고 마음이 아름답기를 바란다.

2021년 04월 30 할아버지 글

아버지

사람이 태어나면서 먼저 '엄마·어머니'를 먼저 익히게 된다.

아마도 엄마의 젖을 먹으면서 감성적으로 아기의 몸으로 받아들이고 눈빛을 읽고 입으로 전달되어 부르는 자연의 첫소리가 아닌가 한다.

그러나 아버지는 자식이 태어날 때 첫 만남의 기쁨과 세상과의 만남을 말하지 못하고 멍하니 깊은 웃음으로 바라볼 뿐이다. 속이 깊은 마음으로 '건강하여라', '무사히 창밖으로 나오라'라는 기도 속에 머언 미래를 생각하게 된다.

아버지가 되었다는 자신감으로 힘이 솟고 일터에서 아무리 어렵고 힘들어도 책임감 하나 갓 태어난 저 녀석의 앞날을 위해서 최선을 다하여 자랑스러운 아버지로서의 책임과 의무를 다하려고 다짐한다.

옛이야기 하나,

어느 날 장대 같은 소나기가 내렸다. **草家**(풀 초, 집 가) 집에서 가난하게 살아가는 가족은 가정의 기둥이라는 아버지 하나를 바라보고 살고 있었다. 그런데 방안 천장에서 비가 뚝뚝뚝뚝 떨어지기에 자식들과 엄마는 아버지에게 말한다.

"방에서 비가 샙니다. 어떻게 해요?"

"어떤 방법을 써서라도 새는 것을 막아 주세요."

라고 아우성치는데 아버지는 아무 말 없이 밖으로 나가버린다.

그 후 이상하게도 소나기가 멎지 않았는데 방으로 비가 새어 들어오지 않았다.

그런데 집을 나간 아버지는 날이 어두워졌는데도 돌아오지 않아 할 수 없이 우산을 들고 가족들이 아버지를 찾아 나섰는데 갑자기 지붕 위에서 우산을 들고 초가집 지붕에 구멍이 나서 비가 새어 들어가는 빗줄기를 막고 있었다. 그랬기에 소나기가 내려도 방 안으로 비가 새어 들어가지 않았던 것이다. 이것이 가족을 사랑하는 아버지로서의 책임을 다하려는 것이 아닐까.

말은 하지 않아도 자식들을 아끼고 사랑하는 마음은 누구보다도 깊은 분이 '아버지'가 아닌가 한다.

누구나 세상에 태어나면 아버지가 있게 마련이고 그 뜻을 따라 생활을 하게 되며 자식들의 어떠한 꿈과 희망도 아버지의 영향을 받는 것이다. 그래서 존경심이 생기고 심지어 아버지의 든든한 믿음과 말씀을 귀담아 자신이 나아갈 바를 결정하는 데 많은 도움이 되기도 한다.

우리 창민이는 아버지를 어떻게 생각하고 있을까 궁금하다.

이번 기회에 '우리 아버지는?'하고 깊이 생각해 보았으면 한다.

코로나19 잘 견뎌 내기 바라고, 바이러스 물러간 후 예전처럼 서로 만나서 알콩달콩 웃고 소통하며 살았던 시절로 빨리 돌아오기를 기대한다. 고대하고 있다.

한참을 편지 쓰기 잊었다가 이제 다시 정신 차리고 쓰기로 했다. 우리 창민이도 6학년이라 곧 중학생이 될 터이니 할아버지도 부지런해져야겠다.

오래도록 편지 쓰지 않아서 미안해!

사랑한다.

2021년 08월 15 할아버지 글

우리 집안의 畫家(그림 화, 집 가)

　우리 집안의 가족 중 손자가 4명이다. 그중에서 막내 손자에게 명헌이라 이름을 지어 주었는데 맑고 밝게 잘 자라고 있다. 친구들도 많아 재미있는 방학 생활을 하고 있다고 봤다. 만나 보면 씩씩해서 더욱 든든하게 했다. 情(뜻 정)도 많고 어린 나이인데도 어른이 먼저라는 생각이 있어서인지 할배·할매에게 음식 하나라도 먼저 권할 줄도 안다.

　물론 근거 없는 결과가 있겠나만, 부모가 나름의 가정 교육을 바람직하게 하고 있기에 행동 하나라도 바르게 쌓여 가는 것을 나는 안다. 늘 부모님의 뒷모습을 보고 자라는 아이가 몸으로 배우는 것이 무엇이겠는가. 가정이라는 기초 단위가 올곧게 설 때 그 나라는 무너지지 않고 융성할 수 있다.

　우리 명헌이가 분명히 훌륭한 일을 해낼 손자라 생각한다. 畫家가 되어 나의 삶을 만들어 나가는 한 사람이 되기를 빈다.

　명헌아, 무엇이든지 하고 싶은 것을 하고 전문가가 되어 나라 위한 인재를 양성하는 데 힘을 보태었으면 한다. 그렇게 될 거라 믿는다.

　비록 코로나19로 온라인 수업, 방 안에서 세상도 제대로 읽지 못하는 어려운 때이지만, 그래도 전문가 수업을 빠뜨리지 않고 열공하고 있는 것을 보고 너무너무 흐뭇하였다.

　노력하는 자에게는 하나님이 복을 주시게 되고, 이길 수 있는 자가 없으며 자신이 자기를 이기는 강력한 힘을 가진다. 그래서 天才(하늘 천, 재주 재)를 능가하는 실력자가 될 수 있다.

　항상 무엇인가 나를 위해 실천하다 보면 지루하고 힘들고 짜증스러울 때가 있다. 그땐 몸을 쉬어주어라 그리고 맛있는 거 사 먹고 기분을 전환하는 재치를 발휘하여라. 여행이라도 좋다. 얼마든지 내 마음을 달래는 방법은 생각하면 많다. 잘할 것이고 잘 해낼 거야 명헌이를, 항상 사랑하고 있다.

우리 명헌이 힘내라. 오랜만에 편지 썼다. 미안해!

2021년 08월 15 할아버지 글

容恕(얼굴 용, 용서할 서)의 무게

갑자기 기온이 내려가서 몸과 마음이 움츠러든다.

그렇다고 피하려 하지 말고 이겨 내려고 애써야 한다. 오늘 아침 기온은 할배 사는 계양구 귤현동이 0℃로, 바깥바람을 맞으며 걷고 하루를 시작하는 운동을 했다.

이번엔 **容恕의 무게**가 무언지 생각해 보려고 쓴다.

우리는 생활하면서 형과 아우 사이, 부모님과 나 사이, 친구와 친구 사이에서 용서를 해 주기도 바라기도 한다. 용서란 국어사전적으로는 **"공격적인 마음과 복수와 같은 부정적인 정서를 버리는 것"**이라고 한다.

잘못은 잘못한 대로 지적과 지도를 받아야 하겠으나 나에게 잘못을 저지른 것에 대해 용서할 수 있는 마음이 중요하다. 우리는 나를 중심으로 생각하는 경우가 많음으로 이해와 용서를 못 하는 경우, 마음이 비뚤어지는 경우를 많이 본다.

그래서 용서는 남을 위한 것이나 자신을 위한 행동이기도 하다. 왜냐하면, 용서를 하지 않으면 내 마음의 상처는 결코 나을 수가 없다. 상대를 용서해 줌으로써 마음의 무게는 줄어들 것이고 이해와 용서를 안 해줄 때 내 마음의 무게는 점점 무거워지게 된다.

스스로 용서해 주지 못하면 첫째, 마음을 짓누르는 분노가 생기게 되고 둘째, 행복이 소멸되기도 하며 셋째, 결국은 내 삶까지 망가지게 될 수도 있다.

그러므로 먼저 용서해 주는 사람이 넉넉한 마음의 소유자이고 용서의 무게를 줄일 수 있으며 마음이 넓고 큰 사람이다. 그 때문에 자기의 자존심을 버리고 마음의 평안을 찾기 바란다. 많이 컸으니.......

창민아, 날씨가 점점 기온이 점점 떨어지고 있으니 조금 두툼한 옷을 입고 몸을 보호하기 바란다. 사람의 몸은 차가운 것보다 따뜻한 것이 건강에 훨씬 좋다고 한다. 부디 지켜 가기 바란다.

2021년 10월 18 할아버지 글

돌 함부로 던지지 않는 사람

돌(石:돌 석)이 부서지고 부서지면 자갈이 되고, 자갈이 더 닳고 닳으면 모래가 된다. 돌은 우리 생활 속에 사용되는 곳이 많다. 제주도의 강한 바람을 막는 돌울타리, 수석을 다듬어 전시회에 공개되는 아름다운 돌, 빌딩이나 집을 지을 때 무게를 견디는 주춧돌 그 쓰임은 다양하다.

"무심코 던진 돌에 개구리가 맞아 죽는다"라는 말이 있다. 실제로 돌에 맞으면 큰 상처를 받거나 죽을 수도 있는 것이다. 그래서 돌의 뜻은 폭력·폭행, 심한 욕설, 괴롭힘 등 서로가 주고받는 대화에 사용되는 말 등 말, 말, 말로 비유되기도 한다.

명헌아, 매일 만나고 대화하고 웃고 놀고 하는 사람은 형과 부모님뿐만 아니라 밖으로 나오면 친구를 비롯하여 나이 어린 동생들 어른들을 언제나 만나게 되지. 이것은 피하려고 해도 피할 수 없는 일상을 맞이하게 된다.

사람의 말(言:말씀 언)과 돌을 같다고 보고,

상대방에게 하는 말을 곱고 아름다운 말을 사용해서 속마음이 아름답다는 것을 보여 주기 바란다. 그러면 상대가 누구이더라도 너와 가까워지려고 하고 미래가 촉망되는 청년이 될 수 있다는 믿음을 받게 되기도 한다.

상스러운 말을 함부로 던지게 될 때 손가락질을 받게 되고 미움을 사게 되며 가슴 깊이 상처를 남기게 되기도 한다. 그렇기 때문에 평소에 하는 **너의 어떤 말도 무심코 던진 돌이 되지 않기를** 할아버지는 기도한다.

하루하루가 추운 겨울로 가는 것 같다.

내게 다가오는 추위를 피하려고 하지 말고 참고 견디어 내는 강한 사람으로 자라기를 소원한다. 그러니까 옷도 두툼하게 입고 몸을 따뜻하게 하여 감기나 바이러스가 침투하지 않게 잘 막아 내거라.

할아버지는 너가 있어 늘 행복하다. 그래서 항상 감사한다.

2021년 10월 18 할아버지 글

한 해를 보내는 마음

시간은 흐르지 말라 하여도 자기가 알아서 우리를 뒤로하고 말도 없이 빠르게 간다. 묶어 둘 수도 없고 잡을 수도 막을 수도 없어 그냥 시간을 따라가는 것을 당연한 것으로 생각하고 따라갈 뿐이다.

어찌 보면 너희들은 빨리 나이를 먹었으면, 빨리 청년이, 대학생이 되었으면 하고 바랄지도 모르지만, 할아버지는 지나간 세월들을 돌아보는 추억만을 남기려고 하고 가끔 어린 날의 기억을 살려내려고 하나 점점 기억 속에서 사라지는 것을 어쩔 수 없이 받아 들여지게 됨을 당연한 일로 여기고 나이가 들어도 그대로의 모습을 지키려고 애쓸 때도 있다. 이것은 솔직한 고백이다.

사람은 태어나고 자기 삶을 살면서 다양한 체험을 통한 경험과 세상사를 학습하게 되며 옳고 그름, 정의와 불의, **生老病死**(날 생, 늙을 로, 병날 병, 죽음 사)를 겪으며 죽음이라는 끝을 향하여 세상 누구도 다를 바 없이 같은 길을 가고 있다.

이런 인생 여정 속에서 너는 이제 중학생이 되고 있고 앞으로도 많은 시간과의 싸움을 통해 자신을 멋지게 세우려고 노력하며 다른 친구들과 경쟁하면서 살아가게 된다. 이것이 사회다.

12월 23일 이제 1년의 마지막 달이 달랑 8일 남았다. 우선 손자들에게 편지를 보내야겠다. 그래야 정리 하나가 끝나는 것이니까 그리고 이해의 첫 달부터 일정표를 보고 기억을 더듬어 본다.

그다음은 2022년 '흑 호랑이띠' 임인년(壬〈젊어질 임〉寅〈호랑이 인〉年〈해 년〉)을 어떻게 보낼까를 생각한다. 그래서 첫째, 할머니의 건강을 지키기 위해 노력한다. 카톡 '사랑방'에서 말했듯이. 둘째, 자전거로 마무리짓지 못한 남해안 종주를 마친다. 셋째, 3개월 정도의 '제주살이'와 '섬살이'를 해 본다. 그리고 해외여행도 생각한다.

창민이도 중학교의 생활을 어떻게 꾸며갈지 생각을 해 보고 작은 목표를 세워서 꿈과 희망이 있는 중학교의 생활이 시작되었으면 한다.

올해 마무리 잘하고 내년엔 멋지고 능력 있는 사람이기를 기도한다.

2021년 12월 24일 할아버지 글

시작과 끝은 언제나!

이달을 보내고 나면 우리 明憲〈밝을 명, 법 헌〉이가 초등학교에서는 최고 학년이 된다. 더 어렸던 시절을 생각하면 큰일을 해낸 것처럼 대견하고 씩씩하게 자라고 있음을 하나님께 감사한다.

할아버지가 보기에 점점 멋지게 자라고 있고 잘생겨 보이며 어떤 때는 티브이 탤런트 같은 생각이 들 때도 있지. 그리고 미래가 있는 학생이라는 생각이 들기도 하고 어느 곳을 가더라도 자기 자신의 주어진 일을 잘 해낼 수 있는 능력을 갖춘 인재라고 본다.

이렇게 보는 이유 한 가지는 건강을 위해 음식을 가리지 않고 잘 먹는다는 것과 하고 싶은 일에 대해서는 최선을 다하여 노력할 줄 아는 생활 태도를 갖고 있기 때문이다.

할배가 손자가 사랑스러워서 안목이 좁아진 것이 아니고 객관적으로 경험을 살려 관찰해 보아 왔을 때 자랑할 만한 믿음이 있다. 그래서 너희들이 잘 자라고 멋진 일을 실천하는 모습을 보면 나라의 기둥이요 보배라는 말이 절로 나온다.

잘 자라서 훌륭한 인재가 되어라.

그리고 다른 학생들과 똑같은 사람이 되려 하지 말고 다른 사람들이 하지 않은 일을 능력에 맞게 찾아내어 실천하는 사람이어라.

그다음은 어떤 일이 나에게 다가오더라도 "난, 할 수 있어."라고 큰소리를 쳤으면 한다. 할아버지가 삶을 살아보니 말한 대로 이루어진다는 것을 알았다. 지금도 할아버지는 "석희, 잘하고 있어" 또는 "난, 멋진 일을 해냈어." 화장실 거울을 보며 자기 자신의 칭찬을 많이 하는 편이다. 너도 그렇게 해 보렴......

2021년의 1월 시작이 벌써 8일 남아 끝이 보인다. 사람이 태어나 죽음이라는 끝을 향해 가듯이 언제나 시작과 끝은 공존한다. 그러기에 반성과 목표의 설정을 끝남과 시작이라고 보아야 한다. 2022년 '흑 호랑이 해' 더욱 건강하고 정신이 청명한 최고 학년이 되기를 기도할게. 부모님과 행복하여라. 안녕!

2021년 12월 24일 할아버지 글

희망

어둠이 깊어져 가는 밤 끝
새벽의 희망이 찾아오는 걸
어제 아픔·슬픔 모두 떨쳐버리고
새 시작을 꿈꾸어 보라.

희망은 밝은 불꽃처럼
맘속 깊은 곳에 씨앗을 심어
너희가 바라는 바대로
앞으로 앞으로 나가 보렴

한때 어려운 시간들이 찾아오더라도
기꺼이 맞이할 자세를 갖춰라.
오늘이 있는 바는 너가 있어 가능했고
뛰어갈 텐데, 날아갈 텐데 희망이 가득한 곳으로
너희들의 가는 길이 꽃길이고
너희들 가는 앞이 굴함이 없는 날개가 펼쳐지길
할밴 소원한다.

고3, 고2, 중3, 중2 되는 손자들 일상을 느끼며
(2023년 11월 말)

새해엔 해 보지 않던 일을

壬寅年(짊어질 임, 호랑이 인, 해 년) 호랑이띠 해가 벌써 한 달을 다해가고 있다. 내일모레가 우리 명절 구정이니 1월이 두 번 있다고 생각해서 1년 각오도 다시 해 볼 수 있어 좋다.

이때쯤이면 누구나가 '올해는 무엇을 하고 지낼까?' 생각하게 된다. 창민이는 어떤 마음을 먹고 새해를 맞이했는지 궁금하다. 물론 초딩을 졸업하고 중딩으로 올라가니 아마도 새로운 각오를 하고 시작할 것이리라 믿는다. 덕양 중학교로 배정받았다는 소식은 알고 자기 각오와 계획은 모르겠다.

해가 바뀌면 떡국을 먹지만 사람은 새로운 마음을 먹기도 한다.

'하늘을 나는 고래 자동차를 만들어 볼까?', '매달 책을 10권씩 읽을까?', '혼자 후울쩍 여행을 떠나볼까?' 등등 마음먹는다. 그런데 막상 이루려 하면 쉽지 않고 12월이 되면 '올해 내가 한 것이 무언가?'라며 되돌아보면 대부분 아무것도 한 것이 없는 허전함을 남기게 된다. 그래서 떡국처럼 하고자 했던 일, 해 보고 싶었던 목표를 먹어 치워버린 경우가 다반사이다.

사람은 자신이 아는 것과 모르는 것을 구분할 줄 아는 '메타인지'가 있다. 그래서 낯선 상황, 낯선 곳은 인간의 가장 기본적인 감성을 일으키며 성찰하게 되고 도전하려는 의욕도 생긴다.

창민이나 할아버지도 늘 하던 일은 재미없고 큰 의미를 부여하지 못하기 때문에 작은 실천 목표를 세워 하나씩 이루어 내는 기쁨을 맛보는 것이 최고이다. 계획이 계획으로 끝나지 않도록 나 자신을 채찍질하는 중학생이었으면 한다.

생각한 바를 미루지 말고 가슴이 따뜻해지는 사람이기를,

목적한 바 쉽게 포기하지 않는 중학생이기를,

어느 곳에 있더라도 창의와 혁신 사고를 발휘하는 학생이기를 바라고 기도한다.

세상의 모든 일은 그냥 되는 것은 없고 작은 일에도 노력과 과정과 올바른 생각이 투입될 때 가능하니 공짜를 바라서는 안 되는 것이다.

자기 생활의 폭을 넓히고 앞을 바라보는 욕망도 필요함을 인지하였으면 한다.

늘 건강하고 즐거운 한 해가 되기를 소원한다.

환경이 달라지는 중학교에서 서로 다른 친구들과 좋은 관계를 맺으며 새 학교 입학을 축하한다.

뜻이 있는 곳에는 언제나 길이 있다.

2022년 01월 29일 할아버지 글

마지막 한 해

6학년이 되는구나!

너를 보면 항상 어린 그대로 있을 거라 생각했는데 어느새 최고 학년이라는 마지막 급수를 맞이했다.

남다른 각오와 다짐을 하고 시작하겠지. 사람은 누구나 '마지막 학년'이라 생각되면 마음도 몸도 정신도 '잘해 봐야지' 하는 의욕을 갖는다고 한다. 아마 명헌이도 그럴 거라 생각된다.

흑 호랑이 해라 하는데 비상한 날개를 달고 하늘을 나는 용기와 희망을 불어넣어 멋진 나날들이 되었으면 한다. 코로나19가 오미크론 세균이 득실하여 불안을 주어도 단단히 이겨 내고 초등학교 6학년을 맞이하길 바란다.

"생각이 사람을 변화시킨다."

시작을 똑같이 하였어도 어떠한 생각과 마음을 다스리느냐에 따라 끝은 달라질 수 있다. 독일의 최대 시인이자 세계적인 대문호인 괴테(1749~1832)는 자기 생활의 분명한 목표를 가지고 있었고 자기 능력 개발을 게을리하지 않았다. 그러기에 또 다른 훌륭한 시인들보다 앞에 설 수 있었고 나라를 대표할 수 있는, 아니 지금까지 지구상에서 최대의 시인이라 칭찬을 듣고 이름을 후대에 남겼던 것이다.

명헌아, 무슨 일이든 쉽게 생각하지 말아라. 그리고 이루어 내고 싶은 뜻이 있다면 게으름을 물리쳐야 한다. 사람은 편한 것을 좋아하고 쉬거나 놀고먹는 것을 좋아하는 습성이 있단다. 게으르면 되는 일이 없다.

자신을 깨워내기 위해 '안 되겠다. 해야겠다.' 이런 생각으로 자신을 일깨워 부지런함을 발휘하여 주기 바란다. 너는 우수한 능력과 남다른 재능을 타고났다고 본다.

새해라는 출발 선상에서 높은 꿈을 피우고 다가오는 12월에는 '아, 멋지게 해냈다'라고 소리치며 웃을 수 있기를 기대해 본다.

아빠, 엄마 말씀과 새 선생님의 뜻을 실천하는 건강한 학생이 되길 바란다.

2022년 01월 29일 할아버지 글

새 꿈을 꿔라.

언제나 시작은 흥분이 되고 하늘이 맑고 아름다움을 느끼는 시점이 시작이다. 덕양중학교 1학년 생각만 하여도 할배가 강릉 명륜중학교 철 모르고 어리둥절하게 입학식에 참여했던 그때 그 시기로 돌아가 보았으면 얼마나 좋을까 하는 바람을 지금도 저버릴 수 없다.

입학시험 9등 합격! 장학생은 못 되었으나 신기하고 합격의 기쁨이 이렇게 좋은 것인가를 알기도 했지. 이제는 추억으로 남았으나 가끔 이 생각에 그때 참 열심히 했었다고 자부심을 갖기도 한다.

지금의 입학 형식은 엄청 다르게 되었으나 새로운 1학년이 되고, 열심히 공부를 해야 하고, 미래의 꿈을 꾸는 일 등은 예나 지금이나 다를 바가 없다.

나의 꿈은 별을 다는 군인이 되고 싶었다. 그러나 이루어지지 않았고 엉뚱하게 교사가 되게 되었고 군인이 별을 다는 것처럼 학교장을 하게 되었다. 이 꿈을 이루게 된 동기와 원인, 과정은 지금 소개할 수 없으나 언젠가는 창민이가 읽을 수 있을 때가 오리라고 생각한다.

누군가가 "꿈은 이루어진다."라고 한 것처럼

이 말은 틀림없이 옳고 바른 부르짖음이다.

할배의 삶을 돌아보면 사람의 꿈은 어떤 식으로든 이루어진다고 확신한다. 그런데 게으른 사람에게는 답이 없다. 그러니까 노력하지 않는 사람에게는 운도 따르지 않고 꿈이 따라오지 않는다는 사실을 믿는다. 내가 이루어 내려고 하는 꿈과 희망은 절대로 그냥 찾아오는 법은 없다.

애써 찾는 者〈놈 자〉에게는 달콤한 열매를 맺고 얻을 수 있다.

세상에는 공짜가 없다. 그냥 되지 않는다. 그러므로 자신의 게으름을 버리려고 노력하고 애써 이기려고 한다면 분명 너의 뜻은 이루어진다는 걸 믿기 바란다.

중학교 입학을 진심으로 축하하고 사랑한다.

큰 뜻을 마음껏 펼쳐보아라.

2022년 2월 22일 계양에서 할아버지 글

나의 목표를 정하자!

자신의 작은 목표를 정하는 것은 목표를 설정하여 살겠다는 의지의 실천일 수 있다. 그래서 사람은 큰 뜻을 품을 수 있고 그것을 실천해 내기 위해 사람들은 삶의 목표를 두고 하나씩 실천에 옮기려 한다. 물론 하루하루 그냥그냥 시간만을 낭비하는 사람 즉 허송세월로 시간만을 잡아먹는 이들도 있음을 안다.

누더기 딕(Ragged Dick)이라는 사람은 고아였고, 낮에는 구두를 닦고, 밤에는 신문지를 깔고 자기도 했다. 어려운 상황에서도 그는 존경받는 사람이 되겠다는 목표가 있었다. 그래서 그의 결심은 '저축하자, 정직한 사람이 되자'라는 결심을 한다.

그의 노력은 얼마 되지 않은 돈을 벌면 일부는 꼭 저축을 했고, 책 읽기를 좋아했고, 책을 스승으로 생각하여 낮과 밤을 가리지 않고 책을 읽어 소화하고 그대로 실천해 보려 했다.

그 결과 딕이라는 분은 사업을 해서 큰 성공을 거두어 국가와 사회의 모범적인 사장이 되어 칭송을 듣는 사람이었기에 알리고 싶어 쓴다.

할아버지는 여기에서 너에게 이를 알리고 배울 점을 본받아 앞으로 다가올 6학년부터 작은 실천 목표를 두고 실천해서 훌륭한 사람이 되는 길을 걸어가도록 밀어주고 싶을 뿐이다.

점점 2월이 가면 3월에 최고 학년이 된다. 참 기쁜 일이다. 새해에 너를 만나 웃고 이야기하고 세배도 받고 덕담 나누며 올 한 해도 멋지게 시작되었다는 것을 알렸다. 그리고 삶은 털게를 직접 까서 할아버지 드시라고 드리는 바른 행동에서 감동을 받고 효성이 넘치고 정이 넘치는 막내 손자임을 지금도 흐뭇하게 생각하고 있다. 너는 분명 남다른 재능이 있으며 지금 최선을 다해 노력하는 모습도 보고 있다.

사람은 마음을 어떻게 먹고 실천 노력하느냐에 따라 나중의 결과는 달라진다. 너에게 많은 것을 요구한 것 같아서 이번 편지는 좀 미안하다. 6학년에서 목표를 정하고 어떤 어려움과 힘든 일들이 네게 다가오더라도 피하지 말고 굴하지도 말며 당당하게 나서기를 바란다.

2022년 2월 22일 계양에서 할아버지 글

마지막 편지

    우리가 살아가는 세상일은 언제나 시작이 있으면 끝이 있다. 이번 편지가 할아버지의 마지막 편지가 된다. 한율, 해민 형들도 그랬었고 너 역시도 마찬가지다. 초등학교 졸업하고 중학교 입학하는 3월이 되면 끝이 된다.

    마음 같아서는 중, 고, 대학까지 쓰고 싶지만 할배도 연로하고 기력도 예전 같지 않아서 그리고 처음 시작할 때 마음이 초등 입학 후 졸업할 때까지만 편지글을 보내기로 나와의 약속이기 때문에 그러하기도 하다.

    초등학교를 무사히 마치고 건강하게 생활했던 너를 많이 칭찬해 주고 싶다. 입학 당시 아빠, 엄마, 할매랑 같이 학교 운동장에 가서 입학을 축하해 주고 똘똘한 녀석이 줄지어 섰던 너를 기억한다.

    졸업 때는 코로나19 때문에 깜깜한 밤 너를 만나 전등 불빛 아래서 기념 촬영했던 기억은 아마 평생을 두고 잊을 수 없을 것이다. 세상 만물의 영장인 사람이 눈에 보이지도 않는 바이러스 때문에 모든 삶이 바뀌는 현상을 겪으면서 지구상에 아주 나약한 동물이 사람임을 느끼게 했다.

    중학교란 너의 또 다른 생활의 장이다.

    친구도, 환경도, 배울 과목 등 다른 영역들이 많다. 새롭게 바뀌는 이 모두는 멋진 창민이가 어떻게 대처하고 지혜롭게 헤쳐 나가려는 정신력과 의지력이 그 결과를 말해 줄 수 있다. 학교생활에 잘 적응해 나가게 바란다.

마지막으로 쓰는 편지라고 생각하니 할배 마음이 드라마처럼 마음이 울컥해진다. 언제 또 쓸 수 있으리라 생각하면서도 너를 향한 펜을 놓을 생각을 하니 아쉽기도 하고 결정했던 마음을 취소하고도 싶다.

창민아, 부디 건강하고 높은 뜻을 갖고 새롭게 출발하기 바랄게. 말과 행동이 일치하고, 옳은 길을 선택할 줄 알며, 그를 위한 노력을 아끼지 않는다면 성공한다. 안녕!

2022년 3월 1일 계양에서 할아버지 글

고1이 된 한율을 생각하며,

사랑한다. 진정으로,
아니 지금도 너의 앞날을 그리며 사랑하고 있다.
벌써 중학교를 졸업하고 서라벌 고등학교에 입학한다니 세월이 너무 빠르다는 것을 실감한다.

중학교 입학할 때 전체 학생들을 대표하여 단상에서 입학 선서를 하는 모습과 中3에서 회장을 맡아 봉사 희생 능력도 쌓았고, 특히 끊임없는 노력으로 학력 역시 상위를 놓치지 않았던 너를 우리 집안의 자랑이라 아니할 수 없다.

무엇보다도 공부가 좋아서 수많은 날을 게으르지 않고 꾸준히 노력해 나가는 실천력은 할아버지의 DNA를 닮지 않았나 하는 생각을 하게 한다. 고맙다. 최한율! 하나님께 감사한다.

서재에 너를 비롯한 동생들의 사진을 걸어 놓고 세상을 이겨 나갈 힘과 능력과 건강과 행복을 기원한다. 세상 할아버지들의 손자를 향한 마음은 마찬가지이겠으나 나는 너에게 더욱 특별한 것 같다.

百(일백 백)**聞**(들을 문)**不**(아니 불)**如**(같을 여)**一**(하나 일)**見**(볼 견)이란 어구가 있다.(**百聞不如一見**) 뜻이 '백 번을 듣는 것보다 한 번 보는 것이 낫다'인데 경험이나 체험을 중요하게 생각하여 나온 말이다. 그러니까 율이도 익힌 것이나 아는 것들을 경험을 통해 몸소 익히게 되면 평생을 잊지 않고 앞으로 앞으로 나갈 수 있음을 강조한 말이기도 하다.

할아버지 고등학교 시절이 생각난다. 당시 희망과 꿈이라면 열심히 공부해서 직장을 잡아 가족들의 생계를 유지해야 한다는 강박 관념으로 생활했다. 그리고 용인묘원에 계시는 증조할머니(조분녀)는 어릴 때부터 늘 "석희야, 너는 이곳에 뿌리를 내리지 말고 머얼리 떠나라"라고 하셨다. 처음엔 무슨 말인지 몰랐으나 알고 보니 '열심히 해서 뜻하는 바를 꼭 이루어 넓은 세상을 향하여 나서 보라'는 말씀이었다. 비록 글자를 모르시는 문맹인이었지만 자식에게는 정신적인 지주를 갖춘 큰 스승이었음을 70이 넘어서도 새록새록 깨닫고 있다.

너에게도 큰 포부가 있겠고 그 뜻을 향해 노력하고 있을 것이다. 하고자 하는 의욕도 있고 남다른 의지와 노력도 있기에 훌륭한 인물이 될 것이라 믿고 있다. 힘들고 어려운 상황이 다가오더라도 '할 수 있다.', '그까짓 거 해낼 수 있어!'라고 소리쳐라. 그러면 하늘이 너의 뜻을 알고 이들을 물러나게 할 것이다.

그러나 건강을 최우선으로 생각해야 한다. 할아버지가 살아 보니 뭐니 뭐니 해도 건강한 것이 나를 이긴 것이고 세상을 얻은 것이며 뜻을 이루는 바탕이더라. 명심해 주기 바란다.

세상은 너를 위해 있다. 큰 뜻을 품고 멋지게 헤쳐 나가기 바란다.

고맙고 감사하고 사랑한다.

서라벌고등학교의 등불이 되어라. 파이팅!

2022년 3월 1일 계양에서 할아버지 글

有志意聲〈있을 유, 뜻 지, 뜻 의, 소리 성〉

서정중 입학하고 마지막 보낸 편지 후 오랜만에 쓴다.

유지의성이란 말의 뜻은 '뜻이 있다면 마침내 이루어진다.' 사람에게는 누구나가 바라는 바가 있고 이루고자 하는 욕망이 있으며 그 바람에 따라 한결같은 노력을 한다. 할아버지도 그랬고 아빠 엄마도 그랬을 것이라 본다.

해민이도 자기 자신에게 물어보라.

'나는 무엇을 위해 애쓰고 있나?', '나는 나에게 무엇이 되기를 바라고 있나?' 자문해 보기도 했으면 한다. 이 물음에 답을 얻은 후 나의 목표를 설정하고 그를 이루기 위해 모든 것을 참고 견뎌 내며 노력한다면 세상에 그 어떤 것이라도 분명 이루어진다. 게으르면 答〈대답 답〉이 없으나 이를 믿으라.

지금 중학교 3학년이 되었기에, 그리고 충분히 생각할 수 있는 나이가 되었기에 이 말을 전하고 싶다. 할배는 삶의 모든 것을 혼자 생각하고 혼자 결정하고 혼자 판단하여 실행했기에, 그리고 작은 뜻을 이루게 되었고 인생의 멘토가 될 만한 사람은 학교 선생님의 충고뿐이었다.

모든 일은 자기가 할 나름이다. 물러서면 敗〈깨뜨릴 패〉하는 것이고 앞으로 나아가고자 노력하면 성공하는 것이다. 너에게는 잠재 능력들이 무궁무진하다고 본다. '이거 한번 해내고야 말겠어' 스스로 외치면서 갈 길을 선택하고 노력해 보라. 틀림없이 목적했던 것들은 이루어진다.

몸, 마음, 정신, 키 많이 자랐다. 할배가 부러울 정도로.

큰 뜻을 품고 앞으로 전진해 나아가거라. 불굴의 의지로 목표를 향해 나간다면 분명 이루어지게 된다. 이것은 하늘의 뜻이다. 무엇을 위하여 노력을 하든 이루어지는 것을 믿기 바란다.

중3 된 것을 축하하고 건강·행복하여라.

늘 만날 수 있으나 진지한 이야기를 나눌 수 없었기에......

2022년 3월 1일 계양에서 할아버지 글

희망과 즐거움이 있는 3월이기를

제주도를 2박 3일 다녀왔다. 제주의 명물은 바람, 돌, 여자라는데 봄은 왔으나 바람은 너무 강했다. 특히 바람이 센 곳은 모슬포란다. 할매와 할배는 제주 북동쪽 한림공원 가까운 바닷가 쪽이다. 그 바람은 비양도라는 섬이 있는 가까운 곳 일성 해비치리조트(콘도)에도 어김없이 강했다. 차가 날아가지 않나 두려움을 느끼기도 했지.

6학년이 되어서 어떠하나?

새로 만난 친구들은 얼마나 좋은가? 선생님은? 공부는? 하고 묻고 싶다. 물론 새 학교생활 환경에 든든하고 넉넉하게 잘 적응하리라 믿지만, 코로나19가 아직도 많이 힘들게 하고 있으니 많은 스트레스를 받을 것 같구나.

"이겨라! 견뎌라! 버텨라! 명헌아,"

이렇게 말하고 싶다.

세상 모든 일은 본인이 어떻게 마음먹는지, 노력하는지 자신에게 달려 있다. 너는 훌륭한 엄마와 아빠가 있기에 걱정이나 염려가 덜하다. 모르면 물어서 의문이 드는 것들은 담임선생님과 상의하고 친구들과 의논하면 모두 다 풀리게 된다. 그리고 모든 의문은 **책 속에 답이 있다.** 그래서 사람들이 '**책이 나의 스승**'이라고 하지.

왠지 너에게 믿음이 있다. 뭐든 잘 먹는 모습, 건강하게 친구들과 잘

노는 모습, 신체적으로 건강해 보이는 모습 등등. 그렇기 때문에 언젠가는 공부하겠다는 의욕의 시기가 온다면 명헌이를 따라잡을 자가 있을까 하고 믿고 있다.

뜻을 높게 가져라.

그 뜻을 향하여 노력하거라.

그리고 노력의 결과에 승복하여라. 그래야 부분이든, 아쉬운 부분이든 후회하지 않게 된다. 그래서 자신의 노력은 최선을 다하는 것임을 명심하기 바란다.

늘 건강하고 행복하기를 기도한다.

하루가 다르게 달라지는 명헌이였으면 좋겠다. 파이팅!

2022년 3월 9일 계양에서 할아버지 글

제주 한달살이 떠나면서

늘 너희들을 생각하면 고맙고 감사하다.

손자들을 잘 양육하여 건강한 정신을 품게 하고 미래에 부러운 삶을 살아가도록 도와주려는 팍팍한 세상 속에도 그 생활실천력을 보노라면 행복이 내게 저절로 찾아오는 걸 느낀다.

덕분에 '제주 한달살이' 如如히 엄마랑 알콩달콩 다투며 살다가 올게. 지금 우리 둘 해외여행 떠나는 것처럼 조금은 설레고 기대된다.

특히 하루 먼저 출발(21일)해서 태안반도와 군산항을 연결한 '해저터널' 지나 보고, 전남 신안군의 'Purple Island'와 '섬티아고'라는 절경지를 두루두루 돌아 하루 자기로 했다.

다음 날(22일), 완도항을 가서 오후 3시에 출항하여 2시간 40분의 한일고속페리호에 승선한 후 제주국제선박터미널에 도착하면 약 1시간을 운전하여 서귀포시 안덕면의 '수펜션'에 오후 7시경이면 도착 예정이다.

이 한달살이하는 동안 내 의도만의 삶보다 엄마의 생각을 존중하고 주어진 자연이 허락하는 대로 시간을 쓸 것이며, 7旬을 넘어선 엄마와 아빠는 무리하지 않을 것을 스스로 다짐한다.

거듭 너희들이 마음 써 주어서 고맙다.
늘 건강하고 행복하기를 기도한다.
도착하면 전화할 것이다.
잘 다녀오마.

2022년 03월 19일(토) 계양에서 할배 글

제주 한달살이 Ⅰ

명헌이를 생각하면서,
여기 있는 동안 내내 돌과 바람을 보며 제주살이를 잘 왔다는 생각을 떨칠 수 없다.
물에 비친 햇빛도 아름답고 바다 색깔도 보석처럼 귀하게 여겨지며 멀리 은은히 구름에 가려진 한라산의 모두도 하나 되어 새 조화를 이루는 듯 감탄한다.

아마도 우리 집안의 막내 손자가 예술가처럼 그린 그림처럼 놀랍고도 아름답게 보인다.

3층 방 안에 있어도 파아란 바다가 보이며 저 멀리 가파도, 마라도, 송악산과 형제바위가 보여서 너가 왔으면 그림을 그려 놓게 해 보고 싶다.

아침 창을 열면 맑고 부드러운 바람은 물론 유채꽃 마늘밭, 귤 농장의 비닐하우스 그 사이로 지나가는 관광객들의 차가 한 폭의 그림과도 같다

명헌아, 할머니랑 달랑 둘만 와서 미안하다. 너를 데리고 왔으면 좋았을 걸 하는 아쉬움이 있다.

오늘은 일요일이라 할머니랑 가까운 교회에 가서 하나님께 예배드리고 창밖을 가끔 보면서 네게 편지를 쓰고 있다. 지금 우리가 있는 이곳은 서귀포시 안덕면 수펜션인데 제주도의 어느 곳보다 편안하고 조용하며 거친 바람을 막아 주는 오목하고 포근해서 세상을 초월해서 사는 기분이 들기도 한다. 지금 이 순간도 제주 한달살이 결정을 참 잘했다고 생각한다.

어제는 '비양도'라는 섬을 탐방하여 옥색 같은 바다와 섬사람들의 살아가는 모습을 울타리 너머로 보며 짧은 생각에 잠기기도 했단다. 높이 114m의 '비양봉'을 올라 하얀 등대를 만나고 기념 촬영을 하면서 한라산 북편과 애월항, 제주항, 한림공원, 협제해수욕장 등 한눈에 볼 수 있게 되어 가슴이 확 트이는 벅참을 한껏 느꼈다.

제주 둘레길을 돌면서 화산 활동의 흔적을 체험할 수 있었고, 갖가지 전설이 담긴 화산암의 형상을 탐방할 수 있어 옛날 교사 시절 학생들을 데리고 문화유적지를 다니며 안내했던 생각이 절로 나기도 했다.

"여행은 사람의 마음을 살찌우고 사람의 정신을 일깨우는 데 최고이다."라는 생각이 떠오르기도 했다.

남다른 재능이 있는 너는 나중에 많은 여행을 하며 곳곳의 아름다움

을 그림에 담아 스스로의 행복을 느끼기 바란다.

2022년 04월 03일(일)
제주 안덕면 수펜션에서 할아버지 글

제주 한달살이 II

'새연교'를 생각하며,

인천 계양 집을 떠나 서귀포항 서편의 새연교를 찾았다. 이름하여 새의 날개를 형상화하여 중간에 교각을 세우고 갈매기의 날개 모양으로 깃을 세운 듯 흰색의 다리는 작은 섬을 잇게 하여 아름다움과 시원한 모습을 우리에게 선물하고 있었다.

이 다리는 '새섬'과 연결된 다리로 길이 169m, 폭 4~7m로 대한민국 최남단의 사람이 직접 걸어서 섬으로 들어가는 곳이라 유명하다.

작은 섬의 아름다움도 여기저기 있지만, 세계에서 아름다운 항구로 서귀포항을 꼽는다고도 한다. 우리나라에도 이렇게 아름다운 곳곳이 있다는 자부심이 들기도 했다.

이름 모를 새들만 모이는 곳이라 조용한 산책 코스와 더불어 전복을 따는 해녀들의 모습도 볼 수 있어서 최고의 장소라 생각했다. 할매랑 깊숙이 40분 정도 걸으며 새소리에 힐링이 되고 둘이 걷는 발자국 소리도 함께 어우러져 야외에서 고운 음악을 듣는 기분이었다.

다른 사람들은 배의 돛을 형상화하여 만든 다리라 했으나 나는 갈매기의 날개를 형상화하여 만든 다리라고 지어내기도 해 보았다. 그뿐만 아니라 그 앞 바다에는 문섬, 범섬, 섶섬이 자리하고 있어서 서귀포항을 우리나라의 미항으로 보이게 했다.

야경은 아름다워 많은 관광객을 들러보게 했고 해녀들이 직접 잡은 해삼, 멍게, 소라와 문어에 라면의 맛은 최고의 맛이 아니었나 생각한다. 근데 너무 비싸서.......

창민이 중학교 생활 1달이 지냈네. 늘 잘하고 있을 거라 믿는다. 마음 먹은 대로 이루고 싶은 대로 자신을 만들어 가기 바란다. 할아버지가 지금처럼 즐겁고 행복한 시간을 쓰고 삶의 여정을 여유롭고 넉넉한 마음으로 살아갈 수 있었던 것은 다름 아니라 남다르게 내게 다가오는 고통을 견뎌 냈고, 자신을 다듬는 노력을 게을리하지 않았으며, 어떤 작은 일에서도 남들과 같게 하는 것을 싫어했기 때문이라 생각한다.

늘 새로운 것을 추구하려 했고 지금의 제주 한달살이도 남들이 하니까 나도 해 보겠다는 것이 아니라 할배의 버킷리스트에 꼭 해 보겠다고 계획되어 있었기에 실천하고 있는 것이다.

수펜션의 303호가 아주 작은 공간으로 구성되어 있지만 할매랑 둘이 지내기는 부족한 것이 없다. 사람은 만족할 줄 아는 마음이 중요하다는 것을 새삼 깨닫고 있다. 그리고 부족한 것 없이 있는 그대로 받아들이고 어떤 경우라도 만족하고 살고 있다.

창민아, 사랑한다.

멋진 아이디어 발휘하고 긍정적인 에너지 많이 갖고 중학교 생활 잘 이어가기를 기원하다. 4월 17일이 너 생일이지 멀리서 축하한다. 우리 만나서 보자!

2022년 04월 04일(월)
제주 안덕면 수펜션에서 할아버지 글

제주 한달살이 III

'마라도' 무슨 인연인가!

서귀포시 안덕면 수펜션 303호 아침에 기상 커튼을 열면 식탁 의자와 방바닥에 앉아서도 바라볼 수 있다. 참 새롭기도 하고 신기하기까지 하다. 아주 맑은 날에는 아주 가까이 있는 것처럼 완연하게 보인다.

하루의 시작을 마라도와 함께 시작하다니 기분이 상쾌하면서도 무슨 인연이 된 듯하여 우리가 복 받은 것 같아 감사한다.

'마라도'는 대한민국의 최남단에 위치 면적 0.6 제곱킬로미터, 인구는 104명 가량, 모슬포의 운진항에서 배를 타면 30분 정도 걸린다. 유명한 음식점이라면 모두 '해물짜장면'이란다. 음식점마다 메뉴에 이 짜장면이 유명하다고 죄다 붙어 있다.

어느 날 바람이 불어서 너울성 파도가 일었다. 유람선을 타고 마라도에 접안을 하는데 이 파도로 인하여 접안이 쉽지 않아 내리기가 힘들었다. 심지어 접안을 하지 않고 다시 운진항으로 돌아가는 배도 보았다.

겨우 부축을 받으며 내렸는데 마라도 관광을 한 후 제대로 돌아갈 수 있을지 염려가 되기도 했다.

근데 마라도를 거의 다 구경을 할 때쯤 방송이 나왔다. 원래 돌아갈 시간은 아니었는데 기상 상태가 나쁘다고 일찍 회항하니 여러분들은 우리가 내렸던 선착장으로 몇 시까지 오라는 방송이었다. 아마도 여기서의 이런 추억은 아주 오래 기억될 것 같았다.

일요일 예배를 드리기 위해 제주 서편에 있는 방주교회를 갔다. 이곳은 교회를 다니지 않는 사람들도 관광 차원에서 많이 온다고 하는 곳이다. 노아의 방주를 모티브로 만들었고 예배당 주변은 온통 물로 에워싸여 있어서 바다 위에 배가 떠 있는 것처럼 아름답기도 하고 신기하기도 했다.

검은빛 화산재처럼 예술적인 색깔은 새롭고 감탄하기에 딱이고 두 번째 방문이었지만 감탄이 나오게 하였다.

해민아, 할아버지가 새롭게 깨달은 것은 여행은 한 번 온 것으로는 수박을 겉핥는 식이고 적어도 세네 번 같은 곳을 와야만 제대로 느끼고 맛볼 수 있다는 것을 확신한다.

너가 파고드는 배움도 단 한 번의 이해로는 부족하다. 복습과 예습을 반복함으로써 내 실력으로 쌓여가고 진정한 나의 실력이 되듯이 모든 일이 쉽게는 이루어지지는 않는다.

그러니 마음먹고 크게 실력을 향상시켜 보아라. 건강을 해칠 정도로 열심히 할 필요는 없고 자기 최선을 다해 보면 후회 없는 학창 생활에 이르게 된다.

할머니와 제주 생활은 즐겁고 행복하다. 이제 14일째 제주 해안 길 1/2은 돌았다. 부디 건강하고 하고자 하는 일을 다하기 바란다.

사랑한다.

너의 능력을 믿으며 너 위해 항상 기도하는 마음이다. 잘 지내!

2022년 04월 06일
제주 안덕면 수펜션에서 할아버지 글

제주 한달살이 IV

송악산을 바라보며,

커튼을 열고 베란다를 나오면 먼저 푸른 바다가 들어오면서 고개를 약간 돌려 보면 우측으로 보이는 산이 정겹게 느껴지게 된다. 비가 오고 흐린 날도 있지만 늘 우리를 보호해 주시는 하나님이 큰 선물을 안겨 주는 것을 안다. 내 것이 아닌데 내 것처럼 말이다. 그래서 늘 감사하며 지낸다.

내가 호흡하는 공기, 건강을 주는 햇살, 걸을 수 있는 힘 등등이 여기 생활 속에 깊이 들어와서 나날을 감사함으로 시작하고 해 질 무렵이면 감사로 끝을 맺는다. 오늘도 햇살은 맑고 따스하다.

송악산은 104m의 높이 제주도에서 바람이 제일 세고 많다는 모슬포의 서편에 위치하고 오르는 길은 완만하고 평평하며 정상에 닿으면 동편으로 바다 가운데 '형제바위'가 보이고 조금 멀리 '산방산 굴사'가 나타난다.

누구라도 여기 서면 '아, 아름답다. 시원하다. 한 폭의 그림이다.'라고 찬탄할 것이다. 우리나라 제주를 사랑하고 싶다. 제주살이를 하면서 더욱 그런 생각이 든다. 다른 때는 이런 마음이 아니었는데 지금은 마음이 바뀐다.

오늘 14일째 지루한 것도 모르고 힘들지도 않고 마냥 새로움의 연속이라 여행 외는 다른 생각은 감히 엄두도 내지 못한다. 그저 하루하루가 희망적이고 기쁨이다.

우리 한율이는 미래를 향하는 힘이 좋고 자신의 확실한 입지를 위해 소중한 시간을 아끼는 최선의 노력을 하고 있지만, 할아버지는 노후 생활의 건강과 여유로운 삶을 위해 주어진 시간을 값있게 보려 노력한다. 목적과 방법은 다르지만 미래를 향한 마음과 '오늘'이라는 시간을 아낀다는 실천은 아마 같다고 생각한다.

할아버지도 율이처럼 공부에 열정을 다했던 시절이 있었다. 그러나 옛날 그 시절로 돌아간다는 건 가능한 일이 아니니 현재 율이의 모습을 보면 부럽고 나의 불가능이 무엇인지 알게 된다.

할아버지는 어려운 가난을 벗어나기 위한 꿈을 실현하기 위해 몸이 부서지도록 공부했는데 너는 국가와 사회의 우수한 일원이 되기 위해 열중하고 있다 본다. 그러니까 현재 너의 모습들이 부러울 뿐이다.

사랑한다.

위대한 세상을 향해 질주하고 있는 너를 위해 늘 기도하는 마음으로 산다. 건강하고 가끔 주변을 돌아볼 줄 아는 폭 넓은 사람이기를 소원한다.

2022년 04월 03일(일)
제주 안덕면 수펜션에서 할아버지 글

계양으로 돌아왔다.

제주에서 한 달을 살아보겠다는 생각은 오래전에 해 왔었다. 할아버지가 죽기 전에 해 보고 싶은 일 10가지 중 한 가지를 실천 체험했다.

첫째, 학교를 퇴임한 후 자전거를 사서 대한민국의 방방곡곡을 돌아보는 것이었다. 그래서 한강, 낙동강, 금강, 영산강, 섬진강 우리나라 4대 강을 모두 자전거로 돌아보고 그 아름다운 강, 산, 바다, 들, 자갈, 모래, 꽃과 숲을 체험해 보니 해외여행을 나가지 않아도 가 볼 만한 곳이 많다는 것을 알았다. 234km의 제주도 종주도 2번이나 마쳤으며 또 750km의 동해안 종주와 600km 이상의 서해안 종주, 완도에서 부산 을숙도까지의 남해안 종주는 일부분만 남아 있다.

둘째, 제주 한달살이를 해 보고 싶었다. 이번 3월 20일부터 4월22일까지 33일간 제주 서귀포시 안덕면 소기왓로 81-19 수펜션 303호에서 제주살이를 끝냈다. 한마디로 즐겁고 행복했고 인천 계양으로 돌아오고 싶지 않았다. 할머니도 결혼 후에 첫 신혼 살림살이를 떠올리며 보람 있었다고 한다. 방은 없고 거실에 침대 1개, 부엌, 화장실, 조그마한 식탁 하나, TV 1대, 거울과 선반, 커피포트, 전기밥솥, 전자레인지 정도였다. 살림살이가 많이 부족했지만 마음을 비우고 생활에 적응하니 아쉬운 것 없이 만족했다. 필요한 것이 모자라고 없어도 마음먹기 나름이었다. 건강하게 마치고 안전히 돌아온 것을 하나님께 감사드리며 지금도 그 시간들이 생각이 나고 다시 가고 싶기도 하다. 명헌이도 나중에 한번 실천해 보기 바란다.

셋째, 클라리넷이란 악기를 불고 악보에 있는 노래와 할아버지가 부르는 노래를 연주하고 싶었다. 그래서 지금도 가끔 클라리넷을 불며 즐거워하고 나의 친한 친구로 여기고 산다.

넷째, 색연필화를 하고 싶었다. 그래서 색연필로 그림그리기를 배우고 한강의 성산대교를 그려서 전시회도 참가한 경험이 있다. 지금은 아주 가끔씩 색연필화를 하기도 한다. 명헌이가 그림을 그리듯이, 아직도 해보고 싶은 일들이 있다. 아마, 하나님 곁으로 가기 전까지 하고 싶은 일은 억만금이 들더라도 실천 체험할 것이다.

모든 생활 속의 실천은 호기심을 잃지 않은 것과 자기 열정을 다 하는 생활이 꾸준히 이루어질 때 이루어 낼 수 있게 되고 그 성취를 통하여 가장 보람 있는 삶을 살아갈 수 있다고 생각한다.

이제부터는 너에게만 편지를 보내게 되어 조금은 편한데 한편으로는 서운한 마음도 있다. 명헌이도 중학교에 입학하면 할아버지의 편지를 받지 못하게 되고 끝난다. 마음으로 초등학교까지만 마음을 다듬고 행동을 바르게 심어 주기 위하여 시작한 편지글이기 때문이다. 아마도 할아버지의 편지글을 받고 제대로 읽고 느끼고 마음에 잘 새겨 둔다면 올바른 심성을 가진 훌륭한 인재가 될 것으로 본다.

비록 답장은 받지 못하지만, 보관은 제대로 하고 있는지 궁금할 때가 가끔 있다. 그래서인지 할아버지와 할머니의 생신 때는 마음의 글 편지를 선물로 받기도 하여 흐뭇하다.

너에게만 보내는 편지라서 그런지 길어졌다.

6학년 생활을 잘 마치려고 노력하고 부모님 말씀과 선생님 지도에 잘 따르는 즐겁고 건강하고 행복한 손자이기를 기대한다.

잘 지내 안녕!

2022년 05월 01일 일요일
인천 계양에서 할아버지 글

5월이 되면

서재에서 생각한다.

사람의 있었던 일, 겪었던 일 등등, 일상에서 배움과 경험에서 머리에 떠올리거나 잊는다는 것은 일면 좋은 일일 수 있으나 나쁠 수도, 슬플 수도 있다.

그러기에 우리는 컴퓨터, 핸드폰, USB 같은 기기에 의존하여 오래도록 저장해 두었다가 다시 열어 재생해 볼 수 있는 좋은 세상에 살고 있음을 부정할 수 없다.

「회고의 기쁨」

계절의 여왕 5월이 되면 할아버지는 늘 세상에 태어나 학교를 통해 앞으로의 일을 걱정하며 배움으로 지식을 쌓아가면서 자신의 세계를 펼치게 되었다. 그때의 정스러운 일은 불러도 불러도 고운 이름 '어·린·이' 귀한 이름이 생각난다. 그래서 어린 시절을 다시금 돌아보게 된다.

공부보다 자연과 더불어 뛰고 달리고 소리치며 놀았던 체험들과 만국기 휘날리는 운동장에서 땀 흘리며 달렸던 가을운동회 등등 어린 시절 부담 없이 살았던 기억이 새록새록 떠오른다.

이런 일들이 현재 내가 살아가는 힘이었으며, 건강이고 삶의 의지력을 키운 기회였다고 기회였을 거라고 생각하게 된다.

「만남의 기쁨」

다음은 세상 고통 마다하지 않고 가난한 생활고를 이겨 내며 자식 위해 평생을 아낌없이 바치시고 저세상으로 떠나가신 불러도 불러도 아름다운 이름 '어·머·니'가 가슴에 닿아 혼자 눈물을 남몰래 훔치기도 한다. 옛 사진들을 꺼내어 볼 수 있어서 다행이지만 어루만질 수, 기댈 수, 대답을 들울 수 없음으로 어머니의 소중함을 나이 들어 더욱 느끼며 산다.

살아생전에 잘 모실 것을 후회해도 소용이 없다. 후회되는 부분들을 실천해 볼 수 없을 뿐만이 아니라 실천해서 씻어낼 수도 없다. 지금 내 곁에 어머니가 계신다면 훨씬 잘 모실 수 있는데, 이도 이제 돌아올 수 없는 강을 건너 버렸다.

우리 손자들은 할배·할매보다 얼마나 좋을까 어머니와 아버지가 있어서 참 부럽기도 하다.

「학습의 기쁨」

또 나를 배움에서 우뚝 서게 하고 세상살이의 깊이를 알게 하며 멋지게 자신을 만들어 가게 길울 인도해 주셨던 불러도 불러도 부르고 싶은 스승 '선·생·님'이 있다.

초·중·고·대·대학원 이러한 배움의 과정을 거치면서 많은 지도 담임과 교수, 지금은 어디서 무엇을 하고 계시는지 신기루처럼 갑자기 떠오르기도 한다.

초등 6학년 담임 선생님은 내가 결혼 후에도 만나 뵈었던 분으로 가장 오랜 기억으로 남고, 고교 때 담임은 나를 교사의 길로 가도록 진로지도를 해 주신 분이다. 그러나 중학교 선생님은 머리가 휜 것만 기억나고 솔직히 아물아물하다. 대학과 대학원의 교수는 논문 지도교수 정도 남아 있고 벌써 기억에서 사라져 버리기도 했다.

　그렇지만 내게 선생님은 세상을 알게 하고, 올바른 인성을 지도하려 애써 주셨다. 공부를 잘 가르쳐 주어 자신에게 기쁨을 남게 하였고, 칭찬으로 마음 뿌듯한 만족을 위해 작은 회초리도 아끼지 않고 내게 과감히 들어내기도 한 기억을 잊을 수 없다.

　'어린이, 어머니, 선생님'

　이 부름은 5월이면 아침에 동해에서 해처럼 떠오르는 참으로 아름다운 이름이며, 늘 생각하며 쉽고 편하고 늘 부르고 싶은 말이 아닐 수 없다.

　그러나 사람의 망각은 아픔을 치유하는 보약이라 하며 숱한 괴로움과 고통도 시간이 지나면서 망각이 살아나 이겨 낸다고는 하나 이제는 싫어도 먹어야 하는 나이 때문에 점점 잊혀 가는 것을 어찌할 수 없다. 이런 상황에서 5월이 다 갈 때까지 참 좋은 기억으로 되살리기 위해 노력하기도 한다.

　우리 막내 손자 명헌이가 이 글을 읽고 어떻게 느낄지 모르겠으나 그저 쉽고 편안한 글로 이해된다면 더 바랄 것이 없으련만은.......

※위 편지엔 할아버지 생각들이 많이 담겨 있어서 미안해,

2022년 05월 07일(토) pm9:00 할아버지 글

할아버지 서재

금방 소나기가 내릴 것 같은 하늘에 태풍 비슷한 바람이 일고 있다. 어제 내렸던 비로 밖은 깨끗해서 비행기가 뜨고 내리는 김포공항 파란색 지붕이 지은 대로 보인다.

가끔 연이어 내리고 떠오르는 비행기를 바라보며 여행을 가고 갔다가 오는 사람들이 많구나 '나도 저 비행기를 타고 멀리 날아가고 싶다'는 생각을 하게 된다. 서재에서 왼편은 아라강 뱃길과 등대가 보이고 바로 보이는 것은 김포평야라서 녹색의 들판이 시원하게 펼쳐져 있다. 그래서 '할머니랑 함께 참 좋은 곳에 살고 있다'는 마음 때문에 행복해하는 마음을 늘 품고 산다.

다가오는 23년 1월 말이면 서울 마포 하현의 e-편한세상 아파트로 이사를 간다고 생각하니 이곳 계양에 와서 자전거 타고 탁구 치며 즐겼던 일들이 많이 생각날 것 같아서 이사 가기 싫은 마음도 있다.

제주 한달살이처럼 우리나라 어떤 곳에 살든 정들이고 마음 붙이면 얼마든지 살 수 있다는 것을 체험했고, 어느 곳에 가더라도 할머니랑 서로 위하며 살면 된다는 생각을 했다. 할아버지는 나이 들어 생각해 보니 '새로운 변화'에 적응하는 것을 좋아하는 성격이라는 것을 알게 되기도 했다.

명헌이도 형아를 보면서, 아빠·엄마를 보면서 많은 것을 배우리라

생각한다. 사람은 힘든 것을 싫어하는데 의지가 강하거나 극복하려는 정신력이 강한 사람은 노력하기만 하면 어떤 것이든 모두 다 이룰 수 있는 것을 믿는다.

우리 집안에서 본이 되고 있다.

왜냐하면 미술 공부를 꾸준히 해 온 덕택에 2022년 노원 청소년 역사·문화 예술제에서 초·중·고 학생들이 참여한 행사에서 '초등특선'의 영

광을 얻었잖아. 다시 진심으로 축하한다. 할아버지 초등학교 때 너처럼 이런 상을 받아 보지 못했다만 우리 손자가 이렇게 멋진 일 해낸 것에 집안 모두가 축복하고 있다.

"명헌아, 사람은 자기가 하고 싶은 일을 해야 한다."

이것은 변하지 않는 이치이며 자기 평생을 즐겁고 행복감 속에 살아갈 수 있는 지름길이다. 열심히, 꾸준히 애써 평생 행복하기를 빌 것이다.

벌써 6학년 중반이 다 지나간다.

한 학기 마무리 잘하고 선생님과 친구들 잘 사귀어서 더 높은 학교를 가서라도 서로 만나 정보를 교환하며 동창으로서의 좋은 관계를 유지해 가기를 기대한다.

멋진 사람이 되어 남에게 축하받고 남을 위해 영광을 나눌 줄 아는 지혜로운 사람이 되기를 바란다. 다시금 축하해! 명헌,

2022년 06월 27일(월) 계양에서 할아버지 글

친구가 보내 준 감자

택배가 한 개 왔다. 열어 보았더니 강원도에서 함께 공부했던 친구가 보낸 감자였다. 알은 굵지 않았으나 정성스럽게 담은 잘생긴 감자였다.

이 친구는 학교를 졸업하고 평생을 부모님 모시면서 농사를 지어 온 정이 많고 착한 친구였다. 솔직한 마음의 소유자, 땅만을 일구어서 그러한지 정직하고 의리가 있으며 남다른 친절함이 돋보였다.

나와 동갑인데 수년 동안 많이 아파서 병원에 다니며 약을 먹어오고 있는데 차도가 없고 낫질 않아서 지금은 더 많이 아파 거동이 불편

하다. 그래서 나는 정이 더 가고 좋아하며 늘 병이 낫기를 매일 기도 속에 두고 있다.

이 친구를 생각하면 막 달려가고 싶어지고 안부가 궁금 점점 알아들을 수 없게 되어 친구의 아내에게 전화해서 안부를 묻고 대화를 나누게 되었다. 병간호를 하고 있는 친구 부인은 이렇게 말한다.

"하도 힘들어서 요양원으로 보낼까?"라고 생각했다고 한다. 내 가슴이 철렁 내려앉는 것을 느낀다. 그래서 요즈음 전화하게 되면,

"아픈 내 친구 어렵지만 잘 부탁합니다."라고 말하지만 앞일은 모르겠다. 마음 한 켠엔 언제나 하나님께 기대면서 회복되지 않을 병을 건강 찾게 해 달라고 매달리고 있다.

매달 전화해서 목소리를 듣고 대화 나누며 건강하라고 부탁했었는데 이제는 대화를 나눌 수 없고 의사 전달이 되질 않아서 참 슬프다. 점점 기어들어 가는 친구의 목소리를 생각하면 회복할 수 없다는 생각에 하늘을 바라보기만 한다.

우리 명헌이게도 친구가 많이 있겠지만 친구는 영원히 변할 수 없으며 늘 함께 뜻을 나누고 아픔도 같이 할 수 있는 사람이 친구이다. 보내온 노오란 감자를 삶아 저녁을 먹으면서 식사 끝나는 시간까지 눈시울이 뜨거웠다. 부디 좋은 친구를 사귀기를 바란다.

2022년 07월 22일(금) 할아버지 글

끝없는 도전

우리는 오늘도 늘 하고 있는 일을 하며 잘했다. 아쉽다. 못했다고 말하

며 자기가 자신을 평가하며 생활한다.

젊음을 지나온 할아버지도 마찬가지다. 어린 시절에는 어떤 비전 보다 지금이 즐겁고 현재를 사랑하며 알게 모르게 자기의 놀이에 즐거움을 느끼면서 건강을 위한 세상 놀이로 최선을 다하고 보냈다고 할 수 있다.

방학을 맞이했을 때도 공부하기 싫어 교실이 떠나갈 정도로 환호를 하고 소리를 쳤고 친구들과 하이파이브를 하며 반가워했다. 아마도 당시는 무서운 담임 선생님의 지도 목소리를 듣고 싶지 않으니 좋고, 마음대로 공부하며 놀며 장난치는 일 등 하고 싶은 것들이 많았기에 학교라는 막힌 공간을 벗어나는 일이 아주 고마웠던 것이다.

그랬으나 지금은 많이 다르다. 해야 할 일이 많고 부모님이 시키는 학습활동이 있어서 자유를 만끽하며 놀러 다니는 것은 쉽지 않다고 본다. 과제 처리, 학원 다니기 주제별 학습들이 많아서 생각 없이 하루하루를 보내었던 할아버지 시대와는 전혀 다른 환경이라 본다.

방학을 비전 있게 어떤 긍정인 목표를 갖고 출발해야 한다. 학교에서 내어 준 과제 처리보다 '나는 무엇으로 방학을 보낼까?' 고민해 보아야 한다. 그래야 의미 있고 보람 있는 방학이 될 수 있다.

할아버지 경험담을 말하면 방학초기는 마냥 즐겁고 재밌고 흥분되고 기뻤으나 차츰 방학의 끝으로 가면서 후회스러운 마음이 많아졌다. '길었던 방학을 나는 무엇을 하고 지냈나?' 이것저것 밀린 과제들이 많아 제대로 처리하지 못해 결국 개학을 맞아 학교에 가면 선생님께 야단을 들었던 기억이 지금도 난다.

방학은 도전의 기회라 말하고 싶다. 다음 학기를 위한 도전일 수 있고 평생을 위한 작은 도전을 실천하는 기간일 수 있다. 그래서 방학을 잘 보내는 사람이 다음을 위한 준비가 되어 새로운 것에 도전력이 생기며 '나도 할 수 있다'는 자신감이 생기게 되어 더욱 좋은 모습을 친구들에게 보일 수 있고 학교생활의 행복을 느끼게 된다.

적어도 학교라는 공간에서 배움이라는 실천을 하는 인생의 일정 기간에는 끝이 없는 도전력이 필요하다. 이 도전이라는 것은 다른 누구를 위하는 것이 아니라 자기 자신의 미래를 더욱 알차게 만들고 꿈을 이루기 위해서다.

비록 초등학교 6학년인 명헌이도 작은 실천의 기획가 끝없이 실천되어 멋지고 영광스러운 기쁨이 있기를 기대한다. 명헌아, 도전이라는 것이 해낼 수 없는 특별한 것이 아니다. 일상생활에서 '해 봐야겠다', '해내야 한다'는 본인의 마음을 하나씩 해결해 가는 것이 도전인 것이다. 어느 곳에서 든 이루어 내기 바란다.

2022년 08월 계양에서 할아버지 글

끝과 시작

날씨가 후덥지근하고 찜통으로 홍수로 여름 한 철 보내는구나!

모든 일에는 시작이 있고 끝이 있다. 학교도 시작이 있고 졸업이라는 끝이 기다린다. 하루라는 단위도 아침은 시작이요 끝은 해가 진 후에 밤이 된다. 사람의 한평생도 부모에게서 태어나 세상을 시작하고 점점 자라면서 늙어 끝을 행해간다. 지구상에서 영원한 것은 아무도 없을 것 같다.

어떤 사람은 시작이 중요하다 하고 어떤 이는 끝이 중요하다고 주장하기도 한다. 시작은 어떤 일의 처음이므로 마음의 각오와 다양한 방법을 고민하여 멋진 시작을 준비한다. 그다음 여러 가지의 노력과 과정을 거치며 땀을 흘리고 난 후에야 끝을 만나게 된다.

명헌이가 방학의 시작과 끝을 어떻게 잘 마무리 했는지 그리고 새 학기의 시작을 어떤 각오로 맞이했는지 가끔 궁금하다. 물론 엄마 아빠가 훌륭하셔서 당연히 잘 마무리하고 새 학기를 시작했을 것이라 믿는다.

　모든 일에서 가장 중요한 것은 자기 자신이다. 할아버지는 결과가 더 중요하다고 생각하는 사람이다. 사과나무에 비하면 빨간 사과가 열리기 전 꽃은 시작이고 강한 빛과 물을 받아먹고 자라 수확기의 열매는 결과이다.

　그래서 사람들은 마지막에 열린 열매를 보고 수확을 평가하고 반성을 하며 다음의 농사를 다시 기약하게 된다. 결국 결과가 좋으면 모두 성공했다고들 한다.

　그러나 시작은 준비단계 처음에 철두철미하게 갖추어서 출발하게 되면 그 결과에 많은 도움을 주기 때문에 절대 무시할 수 없다는 것을 명심해야 한다.

　6학년 2학기 멋지게 마무리 잘해서 빛을 발휘하고 중학교라는 상급학교로 당당히 올라가기를 기도한다. 건강하고 매일 즐거워라.

2022년 08월 20일 계양에서 할아버지 글

남이 남이 아니더라!

주제 : 가을

파란 하늘 솜구름

실바람 더불어 살랑살랑

코스모스 한들한들
달리고 달려본 설렘
마음 깊은 곳 담아 놓아볼까,

고추잠자리 맴돌아
작별하려 하는가?
남은 여정 짧은데
하고 잡픈 일 많다 고백할까,

윗글은 카톡 '사랑방'에 띄운 글이지만 짓게 된 동기는 전남 여수에서 부산 을숙도 철새도래지까지 잔차 라이딩을 하면서 달린 일정 속에서 누렇게 익은 들판과 메뚜기, 잠자리들의 파란 하늘을 나는 모습을 보면서 75세인 할아버지의 남은 여생을 돌아보는 생각을 표현했다. 이 글 깊은 곳에는 집에 혼자 있는 할머니의 그리움도 있고, '왜 이 고생을 사서 하는가' 질문도 던지면서 할배의 남은 여정이 얼마일지도 모르면서 달려본 6박 7일간의 생각을 담았다.

명헌아, 할배가 왜 자전거를 타고 방방곡곡을 돌아다니는지 아는가? 라는 물음을 던지고 싶다. 그 이유는 대한민국에서 태어난 사람이 제 나라의 구석구석을 먼저 알지 못한다면 안 된다. 세계를 여행하는 것보다 내 나라의 아름다움을 먼저 알고 싶었기 때문이다.

'참으로 대한민국은 아름다운 나라였다'는 것을 알았다. 너도 하고 싶고 궁금한 것이 있다면 발견해 내고 찾아내는 의지를 키워라.

늘 건강하고 행복하여라. 뜻이 있는 곳에는 분명히 길이 있다는 것을 안다. 그리고 체험으로 배웠다. 그리고 곳곳을 누비고 다니다 보니 "남이 남이 아니더라"라는 것을 깨닫기도 했다. 그 까닭은 힘들게 라이딩을 하고 있는 할배에게 의자를 내어 주며 "쉬어 가세요" 하는 과일가게 아줌마도 있고, 힘들어 쉬고 있는 할배에게 다가와서 시원한 커피를 사다

주며 "힘내라"라고 하는 아저씨도 있더라. 정말로 눈물이 나도록 고맙고 감사함이 컸단다.

전혀 알지도 못하는 남이 친한 친구처럼 가까운 친척처럼 대해 주는 인정에 튼튼한 나라, 잘 사는 나라가 될 수 있었다는 걸 다시금 느끼기도 했다. 참 고생 많이 했으나 즐겁고 행복한 남해안 종주였음을 고백한다.

항상 생각하는 사람이기 바라고 그 생각을 실천에 옮길 줄 아는 우리 손자가 되기를 기원한다.

22년 09월 29일 계양 사는 할아버지

생일 선물

즐겁고 기쁨이 넘치는 날

모처럼 차를 가지고 화랑대입구역을 찍고 큰아들 집을 출발했다.

마침 이날은 큰 며느리 생일날이었기에 축하도 할 겸 함께 식사도 하고 즐거운 대화시간을 갖기 위해 깜작쇼를 하려고 했었다. 근데 방문한다는 것이 쉽게 알려지고 서프라이즈라는 큰 의미는 없었다. 우리와 멀리 있는 큰아들의 집을 오랜만에 찾은 것이기도 하다.

저녁을 먹고 나서 명헌이가 엄마에게 예쁜 축하 꽃다발을 준비했다가 드리는 모습을 보고 놀라고 감사했다. 그리고 참 보기 드문 아름다움이었다.

"엄마, 생신 축하해요"

명헌이의 말이다. 꽃을 받는 엄마는

"우리 아들 고마워"라며 살포시 안아 주었다. 이 모습을 보고 할아버지는 너무 고맙고 감사했다.

엄마와 아빠가 직장생활로 바쁠 텐데 틈틈이 시간을 내어서 가정교육을 잘하고 있었구나 느꼈다. 비록 명헌이가 초등학교 6학년 다 컸다고 할 수 있지만, 마음이 곱고 사랑이 가득 담긴 마음을 갖고 있다는 것을 이 모습에서 알 수 있었다.

그런데 준비한 꽃다발은 어떻게 그리도 아름다운 꽃들로 만들어 준비했는지 엄마가 좋아하는 꽃 종류를 알고 있는 듯했다. 또 자기가 모은 용돈으로 샀다고 하는 말에 감동 받기도 했다. 아마도 우리 명헌이가 미술을 잘해서 무얼 선택하는 데 특별한 감각을 갖고 있는 것이 아닌가 생각하기도 했다.

명헌아, 늘 감사할 줄 알며 살자. 할배는 너에게 감사하고, 너는 엄마·아빠·형에게 감사하며, 또 친구나 이웃들에게도 감사로 대할 줄 아는 마음으로 살면 복 받는다.

그다음 자기에게 주어진 일들을 잘 헤쳐 나갈 줄 알면 생각한 바대로 이룰 수 있게 된다. 오늘도 내일도 미래에도 '감사'를 바탕으로 생활을 만들어 나가길 바란다. 늘 건강하고 행복하여라.

2022년 10월 28일(금) 계양에서 할아버지 글

태권 대회 결과 후 생각

2022년 11월 24일(목) 오후 가족 카톡(최씨 집 사람들)에 노원구 태권도대회에서 당당하게 입상대에 2위로 오른 너를 보았다.

평소에 얼마나 많은 노력을 했기에 많은 참가자를 제치고 승리의 기쁨을 보았을까 궁금한 마음이 먼저 들었다. 늘 초등6학년에서 공부하며, 취미로 미술학원도 다니며 바빴을 너가 멋진 결과물을 할배에게 보여 주니 너무 감사하고 기쁨이 가슴에 꽉 차올랐다.

그래서 '세상엔 공짜는 없다.' 또 '세상엔 그냥 쉽게 되는 일은 없다.' 항상 결과물 뒤에는 변함없는 노력과 피나는 인내를 견뎌 낸 후에 오는 것이라는 것을 다시금 생각하게 했다.

명헌아, 자신이 이룬 좋은 일은 앞으로 너에게 일어날 좋은 일들의 밑거름이 되어 줄 수 있다. 어느 곳에서든 자기에게 주어진 일들을 잘 해내다 보면 더욱 성숙된 좋은 일을 만나게 된다. 지금은 힘든 경우가 많이 있겠으나 미래를 향한 목적이나 목표의 뚜렷한 세움이 있다면 주저하지 말고 밀고 나가기 바란다.

현재 너가 하는 것을 종합하여 보면 충분한 가능성을 알 수 있다. 능력 있는 부모님도 있고 최선을 다함을 보여 주는 형도 있고 너의 주변에서 잘되라고 밀어주는 할아버지와 할머니도 있으니 든든하지 않냐?

사랑한다. 그리고 앞으로 잘되기만을 기도한다.

이제 중학교 원서도 쓸 것이고 초등 마지막 졸업도 할 것이고 점점 더 넓은 세계를 향해 한 발 두 발 전진하게 된다. 어떤 경우에도 주저하지 말고 건강한 정신과 용기를 내는 데 열심을 다하여라.

절대로 누군가가 내 일을 해 줄 것이라고 생각하지 마라. 모든 선택을 너의 것이고 다른 사람이 대신해 주지 않는다. 남들이 대신해 주는 것은 만족하지 못할 수 있다. 그래서 자신이 목적한 바대로 세우는 결정권은 너 자신에게 있음을 명심하여라. 건강해라. 안~녕!

2022년 11월 28일 계양에서 할아버지 글

계묘년 새해

토끼띠(**癸**:〈열천간 계〉, **卯**:〈무성할 묘〉, **年**:〈해 년〉)

새해가 밝았다.

'우리 명헌이는 무슨 생각하면서 맞이했을까?'

할아버지를 비롯해 누구나 새해를 맞이하면 올해는 무엇을 해야지 하며 고민한다. 계획도 거창하게 세우고 '무엇을 해야지, 무엇을 하고 싶다, 올해는 이것만은 꼭 해야겠다, 무얼 배우겠다, 1등을 하겠다' 등등 다양한 생각에 따라 목표를 세우고 실천한다. 할아버지도 경험했지만 처음엔 이루어 낼 목적들을 세워 기록하여 실천하게 된다. 그러나 날이 갈수록 달이 갈수록 실천력이 떨어진다. 그러다가 그해 12월이 되어 한 해를 돌아보게 되면서 과연 새해 첫날에 세웠던 멋진 계획들은 겨우 한두 가지뿐이라는 것을 알고 실망도 하고 후회도 하며 다른 새해를 맞이하게 되는 경우가 허다하다.

그러나 실천력이 강한 사람이나 꼭 이루겠다는 의지가 강한 사람, 꾸준히 실천해 온 습관이 되어 있는 사람들은 90% 이상 100%까지 달성하고 모두 이루어 내고 행복해하는 사람도 있다.

이제 초등학교를 끝내고 중학생이 되는 너에게 부탁한다. 올해 나는 이것저것 하겠다고 욕심을 내지 말고 꼬옥 실천해야겠다는 목표를 한두 가지만 세우길 바란다. 처음 목표를 세우기 위해서는 하고 싶은 것, 이루고 싶은 것을 여러 가지 메모하여 생각하고 생각해 본 다음 한 개 아니면 두 개 정도만 결정하고 책상 앞에 멋지게 너가 잘하는 그림도 상상해 그려 넣으면서 크게 써 붙여 놓고 수시로 보고 세운 목표를 잘 해내고 있는지를 점검하며 가다 보면 실천했다는 기쁨을 맛볼 수 있게 된다.

할아버지도 많은 시도 후 많은 실패를 해 보았다. 그 실패의 경험이 쌓이고 쌓여서 기쁨과 만세를 부를 수 있었다. 너에게도 분명히 큰 기쁨과 행복감을 맛볼 수 있기를 기대해 본다.

할아버지는 이 편지글을 보내고 나면 '서울특별시 서대문구 북아현동 149번지 e-편한세상 신촌아파트 305동 502호'로 이사를 가게 된다. 그곳에서 2월의 편지를 보내게 될 것이다. 계양살이에서 많은 것을 얻었다. 아라강 뱃길을 수없이 자전거를 탔고, 김포공항에서 떠오르는 비행기를 보며 여행의 꿈을 키우기도 했으며 정말 오래도록 기억에 남을 삶이었다고 고백할 수 있다.

중학교 입학을 축하하고 올해가 명헌이의 훌륭한 한 해가 되었으면 기원한다. 무엇에든 최선을 다하여라. 안~녕!

2023년 01월 21일 계양살이 마지막 할아버지 편지글

우리 막내 명헌이가 졸업이라니!

세월 빠르고 더욱 감회롭다.

네 명의 손자 중 막내 - 명헌이가 중학교라는 새로운 세계로 나아간다니 건강하게 자란 너에게 감사함이 크다.

누구나가 초등학교를 거쳐 사회로 나아가지만 우리 명헌이는 나에게 특별히 큰 의미를 주는 것 같다. 그래서 할아버지의 남은 힘을 더 보태주고 싶다.

할아버지 책상 위 좌측에는 너 어릴 때 사진이 어린 모습 그대로인데 몸도 마음도 정신도 체격도 많이 자랐으니 이젠 더 넓은 세상을 위해 노력해야겠지.

사람은 이렇게 자라 성장하고 차츰 세상에 익숙해져서 즐거움과 재미

를 느끼면서 나 자신을 만들기도 하고, 보란 듯이 우뚝 세우기도 하며 비록 실수나 실패를 한다고 해도 두려워하지 않고 자기 자신의 목표를 향해 앞으로 앞으로 나아가는 것이다.

할아버지는 강원도 삼척 호산이란 고향에서 '호산초등학교'를 마치고 중학교는 강릉에서 '명륜중학교'에 시험을 보고 입학하여 3년을 공부했었다. 내 인생에 추억이었고 좋은 경험이었으며 늘 생각하고 가까운 친구나 친척들에겐 자랑하듯 이야기하기도 했다.

2023년에 해민 형이 중학교 졸업했고 명헌이가 10일 11시 졸업한다. 점점 높아지는 너가 부럽기도 하다만 진심으로 축하한다.

"졸업이란 끝이 아니고 시작이다."

그래서 더 영광스럽고 우러러보게 되며 가족들이 더 잘되기를 기도하며 다가올 미래를 잘 헤치고 가라고 소원처럼 빌어주게 된다. 지금 생각해 보면 초등 졸업이 가장 보람 있고, 의미 있으며, 평생 동창을 만드는 일이라고 본다. 왜냐하면 70여 평생을 살면서 초등 친구들을 만나고 그때 그 시절을 이야기하며 웃고 떠들고 자랑하기 때문이다.

세상 모두가 보란 듯이 멋지게 졸업하고 더욱 실력을 향상하는 데 노력하기 바란다. 다시 한번 진심으로 축하한다. 태랑초등학교 체육관에 가서 또 축하 축하하겠지. 기쁜 날이 되고 멋진 시작이 되기를 기도할게. 건강해라. 그리고 너의 뜻이 하늘에 닿기를.......

23년 02월 07일〈화〉 서울 서대문구로 입성한 할아버지 글

사랑의 편지의 종착역

이 편지가 너의 손에 닿으면 아마도 새 교복을 입은 중학교 1학년이 되었을 테니 그 기쁨과 영광으로 새 학기를 시작할 것이다. 초등학교 생활은 명헌의 역사로 남고 이제부터 새 역사를 쓰는 시간을 맞이하는 모습을 그리며 박수를 보낸다.

"건강해라, 사랑한다."

할아버지도 너를 마지막으로 편지를 매달 쓰지 않을 편안한 마음을 얻게 되었으나 한편으로는 '이제 누구에게 사랑의 편지를 쓰지?' 하며 아쉬운 생각을 떨쳐버릴 수가 없다. 아니, 이젠 마음으로 기도하며 쓰는 것으로 해야겠다며 서운함을 위로한다.

그러나 한율·해민 형아를 비롯하여 너희들이 건강한 모습으로 자라고, 자기에게 주어진 일에 최선을 다하는 모습을 항상 보아오면서 감사와 기쁨을 얻고 지내 왔었다. 세상에서 이만한 복이 어이 있겠냐 싶고 다른 어른들이 느낄 수 없는 사랑과 행복을 나는 충분히 뼛속까지 느끼며 살았다고 하여도 부족함이 없다.

실패는 나를 성장하게 한다.

사람이 살다 보면 꼭 이루고자 했던 것을 이루지 못하고 속상해하는 경우가 있다. 작게는 수학 문제를 풀지 못해서, 1등을 하여 공부 잘하는 학생으로 인정받지 못해서, 좋은 직장을 구하려다 시험엔 합격을 하고 면접에서 떨어져서 등 작은 실패에서 많은 반성과 경험을 얻게 된다.

그래서 내가 나를 새롭게 성장하도록 채찍을 가하는 결과가 되어 결국에는 성공의 대열에 오르게 된다. 그러므로 실패를 두려워하지 않아야 한다. 무모한 도전이야 실패하는 것을 당연시하는 것이다. 분명한 목표에 대해 이루어내지 못한 실패는 자신에게 약이 되는 것이다.

8,848m의 에베레스트 정상으로 오르기 위해 수 회의 도전과 고통을 겪은 네덜란드 탐험가 에드먼드 힐러리는, 정복을 하지 못하고 빙벽과 암벽 그리고 태산처럼 쌓은 눈에 막혀 돌아설 때마다 이런 말을 했단다.

"산아, 너는 자라지 못한다. 그러나 나는 계속 자랄 것이다."

이는 새로운 각오로 다시 돌아와서 꼭 정상에 오르겠다는 자기와의 약속을 다짐한 것이다. 결국 10여 년이 지나 1953년 5월 29일 세계 최초의 정복을 이루어 냈다. 숱한 고통과 처절한 환경을 이겨 낸 결과가 아닐까 한다.

명헌아, 자기 꿈을 이루는 것을 못 하도록 막는 사람은 자기 자신이다. 어떤 영역에서도 당당하게 노력을 다하여 이루어 내어 기쁨의 만세를 부를 수 있기를 기도할게.

부디 높은 꿈과 희망을 갖고 내게 다가오는 모든 힘든 일들을 잘 극복하고 멋진 중학교 생활이 시작되기를 기원한다. 성실하니까 어떤 상황이 다가와도 충분히 잘 극복해서 생활하리라 믿는다.

건강하여라. 사랑한다. 안녕!

2023. 02. 28(화)
서울 북아현살이 막 시작한 할아버지 글

훈육 Ⅰ – 사랑방

고등학생이 된 한율·해민에게

한 사람이 부모로부터 세상에 태어나 고등학교 3년은 사람이 100살까지 산다고 볼 때 그 영향력은 인생의 60% 이상 아니 그 이상의 영향을 준다고 차지하는 비율을 판단한다.

그만큼 고교 시절이 중요하다는 뜻이기도 하다. 실력 향상, 지적 수준, 신체 발달 및 정신적 활성화 등 최고조에 달하는 시기라 본다.

현재 두 손자가 노력하는 모습을 보면 할아버지는 만족한다. 왜냐하면 분명한 생활 목표와 노력하는 것을 지켜보면 든든한 믿음이 크기 때문이다.

할아버지 삶을 보면 지구상 모든 사람은 다양한 문제에 문제를 겪어내며 살아간다. 그래서 세계 4대 성인의 한 분인 석가는 사성제(四聖제) 중 첫 번째 가르침이 생즉고(生卽苦)라 했다.

이 뜻은 사람이 사는 것은 고통의 연속이라 보았다. 삶의 고통은 다양한 생활 속 문제의 발생에서 시작된다.

고교생활기의 한율·해민은 많은 문제 풀이라는 고통을 겪으면서 아주 힘들 것이라 본다. 할아버지는 여기쯤에서 큰 힘을 불어넣어 주고 싶다.

자신에게 다가오는 모든 다양한 문제들도 첫째, '그까짓 거 뭐!' 하는 자신의 용기와 지혜로 해결 능력과 방법을 찾아내어 풀어갈 수 있고 그 문제의 해결로 기쁨을 느끼게 되면서 나도 모르게 '만세!'라 부를 만족을 얻어 낼 것이다.

둘째, 내게로 오는 문제를 피하려고 하지 않는 것이다. 현명한 사람은 풀어낼 문제를 두려워하지 않고 그를 환영하며 적극적으로 풀어 넘으로써 해결법을 몸소 터득하게 되어 전문가의 능력을 갖추게 된다. 여기서 말하는 문제는 수학 문제만을 말함이 아니다. 제 생활에서 일어나고 일어날 여러 가지의 문제를 말한다. 문제는 풀어내지 않으면 언제까지라도 걱정과 근심을 낳게 하여 항상 문제에 스트레스를 받을 수밖에 없다.

"문제를 푸는 고통을 느껴야 배운다"라고 미국 건국의 아버지 벤자민 프랭클린이 말했다. 앞으로 영(靈)적으로 강함을 주기 위해 '나의 성장법'을 위한 훈육 시리즈를 고민해 볼 생각임을 밝히며 고등학교 생활하는 데 조금이나마 도움이 되었으면 한다. 고교생 너희들이 무엇을 한다 해도 난 믿는다.

2023년 04월 07일(Fri)
북아현에서 할아버지 글

훈육 II - 사랑방

"즐거운 일을 나중으로 미룰 용기가 있나요?"라고 이 질문을 먼저 던져본다. 스스로 교실에 있다면 천장을 보고 운동장에 있다면 맑은 하늘을 보고 자신의 마음을 솔직히 말해 보기 바란다. 지금~,

모든 사람은 재미있고 쉽고 즐거운 것들을 먼저 하고 싶어 하며 언제나 먼저 해야 한다고 생각한다. 부모님과 할배·할매가 이렇게 하라고 한다면 할 수 있을까 아니 분명히 할 수 있을 거야. 왜냐하면 믿는 마음이 많아서 할 수 있다고 본다.

가령 공놀이 카드 게임, 스마트폰 게임, 학교 과제, 학원 숙제가 있다면 우리 손자들은 어떤 일을 먼저 할까? 아마도~(?   )

할아버지 같으면 과제와 숙제 - 해야 할 일 먼저 끝내고 난 다음 즐거운 시간을 마음껏 즐길 것 같다. 왜냐하면 힘들고 고통스러운 일 먼저 끝내고 나면 게임도 놀이도 잘 집중할 수 있기도 하고 해야 할 문제를 먼저 끝냈다고 생각에 기쁨과 즐거움이 두 배 이상이기 때문이다.

꼭 해결해야 할 일 미루기 시작하면 피하고 싶어지고 해결하기 싫어지며 마음이 점점 게을러지게 된다. 그러다 보면 결국엔 핑계로 방어하게 되고 자기 합리화하려고 마음에 없는 말을 하게 되어 정직함에서 멀어질 수 있다.

그러므로 힘들고 고통스러운 일 먼저 끝내는 힘을 기르고 즐거움을 뒤로 미루어 내는 능력을 배워야 됩니다. 중1, 중2 두 손자의 자존감과 긍정심이 날로 날로 충만해지기를 기원합니다요.

2023년 04월 08일(Sat)
북아현에서 할아버지 글

훈육 III – 사랑방

할아버지의 고교 시험 대응법은 아래와 같으니 참고 바란다.

공부 환경은 전깃불이 없어 남폿불, 호롱불 아래 낮은 책상과 의자 없이 방바닥에 앉아서 책과 싸웠었다. 지금 생각하면 어리석고 바보 같은 수준 낮은 노력이었지만 공부가 즐겁고 재미있어 농사일에 싫증을 많이 냈다.

그러나 어떤 그 무엇도 탓하지 않았고 내가 최선을 다할 때 분명히 좋은 결과가 따라온다는 것을 믿었기 때문이다.

공부하는 방법은 첫째, 교과서를 철저히 숙지하고 참고서와 비교해 그 차이점을 이해하려 했다. 참고서는 겨우 '영어삼위일체', '수학정석' 외 다른 책의 문제집은 없었다. 교과서의 연습문제가 최고의 문제집 역할을 했다고 할 수 있다.

둘째, 학교에서는 평소에 영·수·국은 철저히 공부 지도교사의 방법을 맹종했고 주요점을 메모하며 익히고 또 익혔을 뿐이었다.

셋째, 시험 기간에는 평소에 최선을 다한 영·수·국에 적은 시간을 배정했고 평소에 하지 못한 교과목에 집중했다.

넷째, 99% 완성되지 못한 과목은 2~3일간 거의 밤을 새웠다.
잠은 한두 시간을 자고 새벽 네다섯 시 경 닭이 울면 증조할머니께 깨워 달라 부탁하고 피곤해 깊이 잤다.

다섯째, 친구보다 일찍 등교해 이미 요약한 주요점이나 시험에 나올 가능성 높은 것들을 시험 직전까지 드릴을 했다.
그다음은 최선을 다한 결과에는 후회하지 않았고 나의 먼 훗날을 늘 생각했었다.

그래서 고등학교 3년은 "자신의 인생에 6~70%를 차지할 수 있다"는 것을 자신 있게 말할 수 있었다.

너희들 세대와는 많이 많이 다르지만 공부하는 것만 같다. 그래서 한 말씀 전한다. 또한 우리 손자들이 더욱더 앞으로 잘되기를 바라는 마음에서 진심을 표현해 봤다.

2023. 05. 06.〈Sat〉 할아버지 씀

훈육 IV – 사랑방

오늘은 이런 말을 하고 싶다.

인생에서 실패한 사람 중 다수는 성공을 눈앞에 두고 모른 채 포기한 이들이다.

캄보디아人 2023년 동아시안 게임 5,000m 선수(삼낭-20세)는 중간 지점에서 포기해도 된다는 감독의 권유에도 듣지 않고 꼴등으로 피니쉬 라인을 들어와서 기자들의 질문에 "빠르게 가든 느리게 가든 '끝까지 포기 안 하면 목표에 다다를 수 있다.'를 보여 주려고 끝까지 뛰었다." 라고 말했다.

"지금 공부하느라 힘들지?"
한율, 해민, 창민, 명헌아! 할배가 돌아보니 너희들이 공부하는 때가 가장 행복한 거라 본다.

자신이 원하고, 목표한 대로 노력하고, 최선을 다해 극복한다면 분명 이루지 못할 꿈은 없어요.

힘들다고 아니면 늦었다고 좌절하거나 실망하면 용기 없는 손자이니 어떤 어려운 경우에 부닥치더라도 절대 포기하지 마세요.

포기하지 않는 한 너희는 위 경기의 완주라는 극한의 고통을 참아 목표를 이루는 것과 같이 될 것이다.
힘내라! 해낼 거야, 할 수 있어! 하고 소리치면서.......

할아버지 글 23/05/23

사랑 I

사랑은 깊은 바다
내 마음 잠겨
푸른 파도 닿은 곳까지
함께 하는 순간
시간을 멈추게 하고
서로의 미소 아름다운 노래 만들어 낸다.

사랑은 꽃처럼
예쁜 미모를 피워 내고
그 향기 바람 따라
널리 널리 퍼져 간다.

이해와 지혜를 바탕으로
강한 인연을 더욱 깊게 만들어 간다.

사랑은 상처도 치유하고
아픔을 함께 나누어 용기를 주며
서로를 이해하고 희생할 줄 아는 사랑
끝없는 행복으로 간다.

내 사랑은 영원히
서로를 존중하고 아름다운 이야기로
세상에 가장 아름다운 길 내게 준다.

2023. 10. 19 오후 글

사랑 II

사랑은 인간의 가장 귀중한 감정 중의 하나다.

그 감정의 흐름에 따라 더욱 깊은 서로의 이해를 낳을 수 있지만 기대하지 않던 어려운 일에 휩싸일 수도 있기에 대상의 중심 잡는 것이 중요하다.

부모가 자식을 위해 할아버지가 손자를 위해 나누는 사랑은 절대적으로 모든 것을 담아 주는 사랑이다. 그러나 자식들이 부모와 조부모에게 나누는 사랑은 크고 작음을 떠나 그 한계가 있다.

물질적인 사랑에 빠질 수도 있고 이해와 관용으로 끝없는 나눔으로 영원할 수 있다. 사랑의 연결 고리가 무엇인가에 따라 그 개념은 달라질 수 있다.

인간에게 사랑이란 감정이 작용하지 않는다면 용서와 관용은 기대할 수 없으며 한 사람의 평생이 사막처럼 메마를 수 있게 된다. 결국 감정을 어떻게 만들어 가느냐 하는 운영의 묘와 방법의 절차로 이리하여 신기루 같은 휘황찬란함을 창출해 낼 수 있고 좌절과 절망 속에 후회와 한을 품고 다른 삶을 살아갈 수도 있다.

사람의 말에도 뼈가 있듯이 사랑에도 가시가 있다. 어떤 마음으로 대하느냐에 따라 행·불행이 나누어지고 고귀함과 천함이 구분된다. 그러나 우리는 사랑을 먹고 살 수도 있고 사랑을 목말라할 수 있으며 사랑 때문에 생명을 내동댕이 칠 수 있기도 하다.

사랑은 일방적으로 상대방을 존중하고 배려하는 것으로 정의된다. 이는 상대방의 필요를 이해하고 지지해 주며, 서로를 위해 희생해 주거나 지지함을 요함이다. 서로의 필요를 받아들이고 인정하는 것으로 시작하며 서로에게 관심과 애정을 표현하여 서로의 신뢰와 성장을 촉진하는 것이다.

마지막으로 사랑은 행동으로 나타난다.

말로만 표현하는 것보다 행동으로 보여 줌이 중요하다. 서로를 존중하고 배려하는 행동, 서로를 지지하고 돌보아 주는 행동 그리고 서로에게 관심과 애정을 나타내는 실제적 행동이 사랑을 실천하는 방법이다. 사랑으로 더 나은 생활 세상을 만들어 가는 데 기여했으면 하는 것이 바람이다.

2023년 10월 20일

사랑 Ⅲ

사랑은 자기 자신을 포함한다.

부모가 자식을 위하여, 자식들이 부모를 위하여 자기 자신을 희생하여 사랑하는 것만이 사랑은 아니다.

자기 사랑은 자기를 이해하고 받아들이며, 자기 존중과 관심을 갖는 것을 의미한다. 자기 사랑이 없는 사람이 다른 사람을 진정으로 사랑한다는 것은 어렵다. 그렇기 때문에 자기를 먼저 사랑할 줄 알아야 진정한 사랑을 줄 수 있는 것이다. 또한 자기 희생적인 사랑만이 진정한 사랑이라 말할 수도 없는 일이다.

사랑은 개인과 관계의 가치를 높이는 일이다. 또한 높이려는 사람의 감정이다. 나 아닌 남을 남이라고 보지 않는 것처럼 사랑의 감정으로 상대를 바라보고 세상을 바라보며 숭고한 사랑의 힘을 발휘하는 용기와 실력을 쌓아 가기를 기대한다.

우리 세상 모두를 사랑하자.

우리 모두 사랑하며 살자.

2023. 10. 22 오후 할아버지 글

그날까지 이 녀석들을 위해

세상의 무엇과도 바꿀 수 없는 4명의 손자가 있다.

첫째 아들의 제일 첫 손자가 한율(翰栗)과 명헌(明憲), 둘째 아들의 손자 해민(楷珉)과 창민(彰珉)이다. 작은아들 가족은 경기 고양시 서정마을에 살고, 큰아들은 서울시 태릉 마을에 살고 있다.

녀석들은 서울태랑초 6학년, 2학년, 경기 서정초 5학년, 3학년이고, 독수리 4형제는 새 학기가 되면 한 학년씩 올라간다. 중학생이 되는 장손은 나를 늘 흐뭇하게 만들어 준다.

나는 정년퇴임을 한 후 인천 계양에서 오후를 보내고 있다. 서로 살고 있는 거점은 할배 집을 중심해서 삼각형을 이루고 해민네는 약 15km, 한율네는 약 30km의 거리에 살고 있으나 하루가 멀다 하고 오늘도 내일도 서로 정을 나누며 만나 웃음꽃을 피우며 이런저런 다양한 체험들로 방학은 물론 주말 때 등 지식적인 것들을 바라지 않고 손자들의 큰마음을 키우기 위해 기억에 남고 추억이 될 만한 교육활동을 함께하며 서로가 서로를 위하며 정(情)스럽게 살고 있음에 참 행복하다.

나이가 들면 들수록 손자의 자랑이 커다란 과업이 되고 누구와도 대화의 끈이 되어 자랑하는 것은 남과 다를 바 없다. 그런 까닭에는 남다른 이유가 있기 때문이다.

한율이는 우리 집에서 태어나 세상을 시작했고 둘째네의 해민과 창민은 우리 집에서 태어나 거의 10년을 살았기 때문에 더 각별한 정이 생겼다. 막내 명헌이만은 우리 집에서 태어나지 않고 자랐다. 물론 동생을 위해 형이 출가를 먼저 했고, 함께 하고 싶었지만 그렇게 되지 못했다.

내게 닮음을 꼭 찾으라 한다면 난 이렇게밖에 표현하지 못한다.

우리 손자들은 모두 외적으로는 해민(楷珉)이가 내 모습을 많이 닮았고 또 운동 능력도 내 DNA를 받았다고 생각하며 그 외 녀석들은 내적으로 모두 할아버지를 닮은 점이 있다. 장손 한율이는 하고 자 하는 일에는 뒤도 돌아보지 않고 추진하는 은근한 끈기이고, 창민이는 정확하고 섬세한 터치와 깊은 생각과 표현력이 다르며, 명헌이는 예술적인 감각력이 닮았다고 할 수 있다.

이 중에서 할아버지를 가장 많이 닮았다고 선택하라면 사진에 나와 있는 해민(楷珉)이라고 하고 싶다. 다 좋으나 정이 더 가는 녀석이 있는 것은 인지상정으로 어찌할 수 없다.

아마도 우리 집 며느리와 아들이 이 글을 읽는다면 어떤 샘이 있는지 몰라도 난 내 마음을 솔직하게 표현하고 싶을 뿐이다.

아래 사진은 3학년 때 할배랑 인천 갑문에 있는 '정서진'을 자전거 타고 갔다가 돌아올 때 찍었던 사진이다. 우린 지금도 만나면 포용하며 목마를 태우기도 하고, 등에 업고 거실에서 푸시업을 하는 등 깊은 정을 나누며 살아가고 있다. 어떤 경우라도 감사하면서…….

계양에 사는 할배 글

사랑이어라

빛남, 설렘, 희망 모두 사랑이어라.
너희들 곁이라면 어디라도 갈 수 있고
한 톨의 글도 어린 너희 손이 생각나고
한 줄의 건강 위한 말 한마디 삶에 힘이 된다.

너희 자람에 세상 기대 채우고
어느 하나 버림 없이 보관하고픈 것
나의 희망, 나의 자랑, 나의 삶이고 미래야
샘솟는 사랑이어라.

끝없이 그 무엇을 위해 아낌없이 줄 수 있고
비우고 또 비우더라도 채움을 바라지 않는
하늘 같은 맘
언제나 변함없이 떠오르는 태양 같고
그 영원함이 사랑이어라.

영원한 참사랑을 위하여 (2023년 12월 말)

눈에 넣어도 아프지 않은 손자들 편지와
노부부의 기도

할머니께

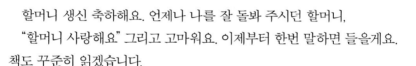

　할머니 생신 축하해요. 언제나 나를 잘 돌봐 주시던 할머니,
　"할머니 사랑해요" 그리고 고마워요. 이제부터 한번 말하면 들을게요.
책도 꾸준히 읽겠습니다.

2014. 4. 5일(토요일) 맑음
1학년 2반 13번 이름 최해민 올림

할머니 할아버지께

　할머니 할아버지 사랑해요.
　맛있는 밥도 많이 만들어 주시고 아빠, 엄마가 없을 때 저를 잘 챙겨
주셔서 감사합니다.
　저를 키워 주셔서 감사합니다.

2015년 05월 07일(목) 해민 올림

할아버지 안녕하세요?

할아버지 생신 축하드려요. 할아버지 70살 생신이죠?

진심으로 축하드려요.

할아버지께서 편지를 많이 써 주셔서 감사합니다.

그런데 다니시는 회사가 재미있어요? 할아버지 70살이 되면 좋아요? 아마도 좋겠지요. 회사에서 상을 많이 많이 받았으면 좋겠어요.

할아버지 사랑해요.

할아버지 건강하세요.

할머니께도 사랑하고 있다고 해 주세요.

2017년 12월 06일(수) 최명헌 올림

할아버지께

할아버지 안녕하세요.

할아버지의 칠순을 맞이해서 이렇게 편지를 쓰게 되었어요.

먼저 할아버지 칠순을 진심으로 축하드립니다.

그동안 꼬박꼬박 편지를 써서 보내 주셨는데 조금 바빠서 쓰지 못했어요. 죄송해요. 그래도 마침 할아버지 생신을 기념하여 편지를 쓸 수 있어서 기뻐요.

할아버지께서는 꾸준히 운동으로 몸도 마음도 즐겁게 지내는 것 같아요. 저는 요즈음 야구가 재미있어서 야구를 하고 있어요. 조금 늦게 시작해서 힘든 편이지만 그래도 열심히 하고 있어요. 또 저희가 오면 조언도 많이 해 주시고 편지로도 좋은 말씀을 써 주셔서 감사해요.

앞으로도 건강하시고 재미있게 지내세요. 저도 많이 찾아뵈려고 노력하고 편지도 많이 쓸게요.

그럼 안녕히 계세요.

아, 할아버지 칠순 기념으로 함께 가기로 한 사이판도 재미있을 것 같아요. 그럼 진짜 안녕히 계세요.

감사합니다.

2017년 12월 06일(수) 최한율 올림

할아버지께

할아버지 생신 축하합니다.

할아버지 집에 오면 반겨 주셔서 감사합니다. 음료수, 아이스크림, 젤리 사 주셔서 감사합니다.

할아버지 생신 선물로 빼빼로와 실 팔찌를 드릴 겁니다.

그리고 용돈 주셔서 감사합니다. 그리고 편지도 주셔서 감사합니다. 네잎클로버도 잘 받았습니다. 고맙습니다.

저의 마음을 담아 이 편지를 씁니다. 사랑합니다.

이 편지를 받고 기분이 좋아졌으면 좋겠어요.

2018년 12월 09일(일) 창민 올림

할아버지께

안녕하세요! 할아버지 저 창민입니다! 생신은 엊그제였지만 오늘로 착각하고 연락을 못 드렸네요. 아무튼 이제 생신 축하드립니다!! 제가 할아버지께 편지를 많이 썼는데 중학생이 되니 뭔가 전이랑은 다르고 더 멋진 편지를 써야 한다는 생각이 들어서 좀 더 멋지게 쓰려고 했는데 마음처럼 쉽게 되지 않네요. ㅎㅎ 다시 한번 생신 축하드리고요. 이제 편지 본격적으로 시작합니다!

할아버지랑 할머니 탁구 대회 또 나가실 거죠? 저번엔 아쉽게 졌지만 이번엔 끝내주게 이기길 바랍니다! 제가 나갔으면 다 쓸어버릴 텐데 아쉽네요. 장난이고요, 파이팅하세요! (우승하면 파티하나요?) 역시 여전히 건강을 잘 챙기고 계시군요.

할머니 건강도 챙겨주세요! 그 요양원 관해서 공부를 시작하셨다고 들었어요. 이것 역시 파이팅입니다!

매번 생각하는 게 제 키가 점점 커지고 있어요! 저번에 제가 할아버지보다 키가 커졌을 때 엄청 놀랐어요! 아직 2차 성징도 안 왔는데 키가 170cm가 넘었어요! 빨리 더 커서 형이랑 한율이 형보다도 커져야겠어요! 매번 놀러갈 때마다 반겨 주시고 맛있는 것도 많이 주시고 용돈까지 주셔서 감사합니다. 아 참, 마법천자문은 아직까지 재밌게 보고 있어요. 그 덕분인지 모르겠지만 또래 평범한 친구들보다는 제가 한자를 좀 더 잘하네요. 마법천자문 55권 나온다는 것도 맞췄죠!

이대로 56권, 57권 그 이후로도 꽤 나올 것 같아요. 100권까지 가는 거 아닌가 몰라요. 계속 봐야겠죠. 몇 년 동안이나 봤으니까요!

아무튼 다시 한번 생신 축하드려요!!!

2022. 12. 09 창민 올림

할아버지께

　할아버지 생신 축하드려요! 내일 할아버지 댁에 가는데 형 시험공부 때문에 형하고 엄마는 못 가게 돼서 아쉬워요. 하지만 그래도 생신 축하는 할 수 있잖아요. 그리고 늘 감사합니다. 할아버지 댁에 놀러 갈 때마다 맛있는 음식도 먹고, 탁구도 배우고 치고 하니까, 처음에는 탁구가 재미없었는데 이제는 너무 재미있어요! 다 할아버지께서 알려주신 덕분인 것 같아요. 또 제가 사고를 쳐도 화내신 알이 한 번도 없이 착하게 대해 주셔서 감사합니다. 또 사랑방에 좋은 사진과 좋은 글을 올려주셔서 신기하고, 유익했어요. 또 저에게 매달 좋은 편지도 보내 주시고, 제가 뭘 하든 칭찬해 주시고 감사합니다!

　앞으로도 사랑방에 좋은 글, 좋은 사진, 좋은 동영상 많이 보내 주세요!! 다시 한번 감사와 생신 축하드려요!

2022년 12월 10일 토요일 최명헌 올림

사랑하는 할아버지께

　할아버지께 매일 감사드립니다. 연세가 71세나 되시는데 아직도 멀쩡하게 탁구(ping-pong)를 잘 치시니 대단하십니다.

　제가 빼빼로 Day에도 선물(빼빼로)을 드리지 못해서 사과도 할 겸 해서 빼빼로를 보냅니다. 그리고 제가 정성을 다해서 실로 팔찌를 만들었는데 그 팔찌가 처음 만들어 본 거라서 조금 서툴 수 있으니 양해 바랍니다.

　12월 9일에 할아버지 생신 축하드립니다. 사랑하는 할아버지는 제가 생각하기에 게임 같은 곳에서 나오는 '만능가루'인 것 같습니다. 왜냐하면 할아버지는 클라리넷도 잘 부시고 탁구, 당구, 테니스 등 할아버지는 아주 완벽하게 소화하는 능력이 있어 피아노를 배우면 어떨까 하는 생각이 듭니다. 가끔 상상하기도 하죠. 그건 안 하시든 하시든 그건 자유지만요. 사랑합니다!

2018. 12. 09. 해민 올림

할아버지께

안녕하세요? 할아버지 저는 할아버지의 첫 손자 한율이에요. 할아버지의 생신을 맞아 편지를 쓰기로 했어요. 할아버지께서는 바쁘심에도 불구하고 매달 저에게 써서 보내시는데 저는 아직까지 편지를 한 번도 보낸 적이 없는 것 같아요. 항상 쓰려고 마음은 먹고 있는데 자꾸 잊어버리고 조금 바빠서 쓸 기회를 못 잡고 있어요. 하지만 이제 꼭 한번 써서 보낼 거예요. 요즘 할아버지는 행복하신가요?

할아버지께서 '행복'이라는 주제로 편지를 쓰셨는데 그 편지는 아직도 책상 위에 올려져 있어요. 저도 행복을 고민해 보았는데 저가 참 행복한 사람이라고 느꼈어요. 친구들도 많고, 놀 수도 있고 먹을 것도 많으니까요.

그런데 저는 궁금한 것이 하나 있어요. 할아버지께서 왜 아직까지도 일을 하시는가입니다. 솔직히 할아버지께서는 충분한 취미 생활을 즐기고 계시고 여유도 있으실 텐데 아직까지 일을 하시나 라는 의문이 들기도 하지만 할아버지한테는 '일'이 행복인 거 같아요. 마치 공부를 하고 좋은 점수를 받으면 좋은 것처럼 일하고 얻는 그 뿌듯함이 뭔지는 대충

할아버지께

안녕하세요! 할아버지 저 찬민 입니다! 생신은 엊그제 였지만 오늘로 착각 하고 연락을 못드렸네요. 아무튼 어제 생신 축하드립니다!! 제가 할아버지께 편지를 많이 썼는데 중학생이 되니 뭔가 전보다 좀 다르고 더 멋진 편지를 써야 한다는 생각이 들어서 좀 더 멋지게 쓰려고 했는데 마음처럼 쉽게 되진 않네요 ㅎㅎ 다시 한번 생신 축하드리고요. 여기 편지 본격적으로 시작합니다!

할아버지랑 할머니 탁구 대회 또 나가실거죠? 저번엔 아쉽게 졌지만 이번엔 무대뽀게 이기긴 바랍니다! 제가 나갔으면 다 쓸어 버릴 텐데 아쉽니다. ㅎ 장난이고요 화이팅 하세요! (우승하면 파티 하나요) 역시 여전히 건강을 잘 챙기고 계시군요.

할머니 건강도 챙겨주세요! 그 요양원 관해서 공부를 시작 하셨다고 들었어요. 이것 역시 화이팅 입니다! 매번 생각하는게 제 키가 점점 커지고 있어요! 저번에 제가 할아버지 보다 키가 커졌을 때 엄청 놀랐어요! 아직 2차 성징도 안왔는데 키가 170cm 가 넘었어요! 빨리 더 커서 형이랑 한윤이 형보다도 커져야 겠어요! 매번 보러갈 때 마다 반겨 주시고 맛있는 것도 많이 주시고 모두 까지 주셔서 감사 합니다.

아 참 마법천자문은 아직 까지 재밌게 보고 있어요. 그 덕분 인지 모르겠지만 또래 평범한 친구들 보다는 제가 한자를 좀 더 잘하네요. 마법천자문 55권 나온다는 것도 맞췄 죠! 이대로 56권, 57권 그 이후로도 쭉 나올것 같아요. 100권 까지 가는 거 아닌가 몰라요 계속 봐야겠죠. 몇년 동안이나 봤으니까요! 아무튼 다시 한 번

생신 축하 드려요!!))

이렇게 편지를 마칩니다.

-찬민 올림.

2022.12.09

어림짐작할 수 있을 것 같아요. 하지만 할아버지께서도 정말로 일을 하시면서 행복한지 생각해 보시면 좋을 것 같아요. 만약 행복하지 않으시다고 느끼시면 그만두시고, 취미생활을 더 많이 즐기시는 것도 좋은 방법 같아요. 그럼 저는 이 글을 마치겠습니다. 안녕히 계세요.

2018년 12월 9일 최한율 올림

친할아버지!

생신 축하드립니다. 친할아버지 저희에게 편지를 보내 주시고 저희에게 좋은 것들을 가르쳐 주셔서 정말 감사합니다. 그리고 저희가 올 때마다 반겨주시고, 사랑해 주셔서 고맙습니다. 그리고, 저희를 잘 키워 주시고 제가 부족한 것 있으면 저에게 보충을 해 주셔서 감사하고, 친할아버지는 정말 훌륭하십니다.

이제는 저도 친할아버지처럼 훌륭한 분이 되고 싶고, 자랑스럽습니다.

2019년 친할아버지께 최명헌 올림

To. 할아버지

2019년 할아버지, 안녕하시옵니까. 할아버지의 천재 효자 최창민 입니다. 일단은 우리 아빠를 낳아 주셔서 감사합니다♡ 가끔씩 용돈을 주셔서 감사합니다.
할아버지는 탁구를 잘하시니까 제가 배우고 다 함께 복식을 합시다!

사랑합니다.

항상 건강하세요. 할아버지 100. 아니 200세까지 건강할 겁니다. 정말 사랑해요. I Love You. 생신 축하합니다!

2019년 최창민 드림

To. 할아버지

할아버지! 생신 축하드려요!

매일 응원해 주시고 꼬박꼬박 편지도 보내 주셨는데 제가 답장을 못 했네요. 가장 최근에 편지에 답장+생신 축하 편지예요! 우선은 제가 수학여행을 다녀온 얘기를 하셨어요. 지금 우리나라에서 일본 불매운동을 하고 있는 거 아시죠? 저의 대한제국일 때 일본제국주의에게서 점령당하게 되죠. 우리나라는 그 시절의 아픔을 떠올리며 그만큼의 돈을 요구해서 재판을 했어요. 그 결과 우리가 재판에서 이겼어요. 그런데 일본 놈들이 억지로 버티는 겁니다. 게다가 우리나라 반도체의 부품을 수출하지 않겠다고 해서 우리나라가 불매운동을 시작하게 되었습니다. 그래서 이제는 숙박형 체험학습이라고 한답니다. 알아 두세용! 할아버지! 정말 정말 사랑해요! 앞으로 100년 1,000년 더 사세요. 감사합니다.

[love so much! Thank you very much]

2019. 12. 7. 토요일 잘생긴 해민 올림

할아버지께.

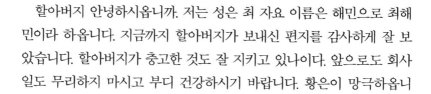

　할아버지 안녕하세요, 저 한율이예요. 할아버지의 72번째 생신을 축하드리고. 이번 생신에는 점심을 가족이 다 같이 회식한다고 들었는데, 기대가 되네요. 요즘은 여러 가지 취미 생활을 가지고 계시나요? 할아버지께서 할아버지가 하고 싶은 것들을 많이 하시는 거 같아서 좋아 보여요. 저도 운동할 때 기분이 좋은데 할아버지도 그렇죠? 일하시는 거 이번 년까지만 한다고 들었는데 잘하신 거 같아요. 이제는 할머니랑 여기저기 많이 가 보시고 여행하세요. 제 생각에는 북유럽 쪽도 재미있을 것 같아요. 제가 한 번도 가 보지 않고 들어보기만 했지만 관광지역도 많고 유명한 지역도 많아서 재미있을 것 같거든요 그리고 그곳에는 복지도 잘 되어 있어서 사람들이 살기 좋다고들 하던데 그건 나라들에 가서 다행하고 험하면 새롭고 많은 것들을 알게 될 것 같아요. 아무튼 일 끝나시면 할머니하고 여러 2명 관광지를 구석구석 탐방하고 여행하는 것을 추천드려요. 저도 시간 나면 한번 같이 가고 싶어요.

　그럼 안녕히 계세요.

2019년 12월 07일(토) 최한율 올림

할아버지께

　할아버지 안녕하시옵니까. 저는 성은 최 자요 이름은 해민으로 최해민이라 하옵니다. 지금까지 할아버지가 보내신 편지를 감사하게 잘 보았습니다. 할아버지가 충고한 것도 잘 지키고 있나이다. 앞으로도 회사 일도 무리하지 마시고 부디 건강하시기 바랍니다. 황은이 망극하옵니다. 사랑합니다!

   부디 건강하시기 바랍니다.

   할아버지 생신 축하드립니다!

최해민 올림

할머니께.

Your smile completes my day!

   안녕하세요. 창민이에요. 할머니 생신 축하드려요. 우리 아빠를 낳아 주셔서 감사해요. 할머니가 없었으면 저도 없었을 거예요. 요즘 코로나 19가 유행인데도 힘들게 저희 집에 오셔서 잘 챙겨 주셔서 감사해요, 할머니가 힘들게 밥을 만들어 주셨는데 편식해서 죄송해요. 하지만 편지는 이렇게 써도 장담 못 해요. 죄송합니다. 항상 몸조심하시고 건강하세요. 다시 한번 생신 축하드리고, 사랑해요.

올림 최창민 글

할머니께

   할머니 안녕하세요? 저 한율이에요. 이제 '내 생일이 다가오는구나'라고 생각하여 달력을 봤더니 할머니 생일이 어제더라구요. 그래서 이렇게 편지를 쓰게 되었어요. 할머니의 생일을 사이판에 갔을 때 정말 즐거웠어요.

   사이판 P.1.C 호텔에서 풀에서 농구할 때 저에게 직접 공을 주시고 도

할머니께

할머니 안녕하세요? 저 한울이에요. 이제 '내 생일이 대끼오구나' 라고 생각하여 달력을 봤더니 할머니 생일이 다서 더라구요. 그래서 이렇게 편지를 쓰게 되었어요. 할머니 생일을 진심으로 축하드려요. 저는 사이판에 갔을때 정말 즐거웠어요. 할머니도 즐거우셨나요? 저는 P.I.C 호텔에서 물놀이를 할 때 할머니가 저희에게 공을 주시고 도와 주셔서 더욱더 즐거웠던 것 같아요.

아빠께서 가셔서 병원에 입원 하셨을때 저는 조금 초조 하고 우울했어요. 그렇지만 할머니께서 저희 집에 오셨을때 '괜찮아, 사람은 한 번쯤 아파' 라고 말씀해주시고 퀴즈 해주셔서 기분이 안정이 되었어요. 그리고 한편으로는 것인가도 하였지요. 또한 제게 탁구를 알려 주실때 차분히게 설명해주시고 잘 알려주셔서 탁구가 조금 즐거워 졌어요. 또, 실력도 늘었지요 정말 감사해요. 앞으로도 저에게 탁구나 여러가지를 잘 알려주세요. 다시 한번 할머니 생일을 진심으로 축하해요. 오래오래 건강하고 행복하게 사세요. 안녕히 계세요.

2018년 4월 5일 (목)
- 할머니의 손자 한울올림 -

와 주셔서 더더욱 즐거웠던 것 같아요.

　아빠께서 아프셔서 병원에 입원하셨을 때 저는 조금 초조하고 우울했어요.

　그렇지만 할머니께서 저희 집에 오셨을 때 "괜찮아, 사람은 언제나 한 번은 아파"라고 말씀해 주시고 위로해 주셔서 기분이 안정되었어요.

　그리고 한편으로는 멋있기도 하였지요. 또한 제게 탁구를 알려 주실 때 차분하게 설명해 주시고 잘 알려 주셔서 탁구가 조금 즐거워졌어요. 또, 실력도 늘었지요. 정말 감사해요.

　앞으로도 저에게 욕구나 여러 가지를 잘 알려주세요. 다시 한번 할머니의 생일을 진심으로 축하해요. 오래오래 건강하고 행복하게 사세요. 안녕히 계세요.

2018년 4월 5일(목)
할머니의 손자 한율 올림

할머니께

　할머니 생신 축하합니다. 할머니 집하고
가까워서 좋아요. 자주 오라고 해서 감사합니다. 시도 썼어요.

　　제목: 똥

똥은 우리의 배설물
먹으면 나오는 똥.
변비 걸린 엄마는 힘겹게 내보내는 똥.

나는 그냥 똥이 불쑥,
밥 먹다가 대변이 마려우면 얼른 가야지
가기 전에 불쑥
난데없이 나타나서 바지에 불쑥!

허걱!!! 부끄럽네

지금까지 똥이었습니다.
사랑해요. 창민 드림
할머니께
할머니 생신 축하드립니다. 할머니는
나이가 많이 드셨는데도 늘 건강하시니까 참 좋아요.

비결은? 운동이겠죠? 저도 요즘 태권도를 다시 다녀서 운동을 많이 해요. (1kg 빠짐) 저도 앞으로 계속 운동을 하면 할머니처럼 건강할 수 있겠죠?

저도 나이가 아무리 많아도 운동을 열심히 해서 건강하게 지낼 거예요. 앞으로도 쭈-욱
건강하게 지내세요. 사랑합니다.

"사랑을 했다. 우리가 만나. 지우지 못할 추억이 됐다. 볼 만한 멜로드라마~, 괜찮은 걸 알았다. 널 사랑했다."

2018. 4. 5(목) from : 해민 올림.

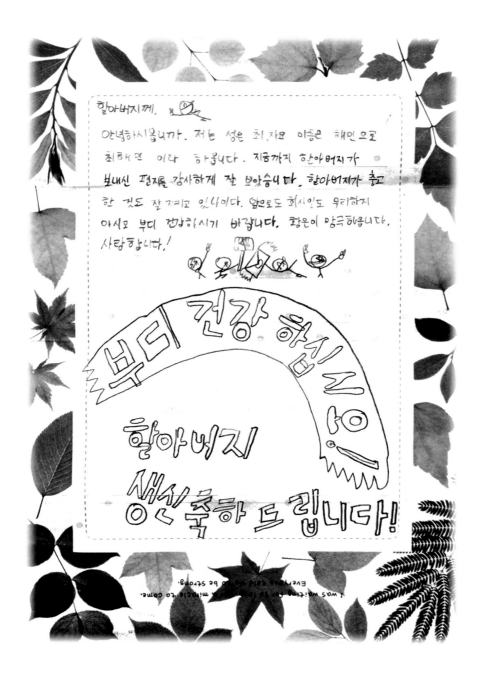

할아버지께.

안녕하시옵니까. 저는 성은 최자요 이름은 해인으로 최해인 이라 하옵니다. 지금까지 할아버지가 보내신 편지를 감사하게 잘 보았습니다. 할아버지가 충고한 것도 잘 지키고 있나이다. 앞으로도 회사인도 무리하지 마시고 부디 건강하시기 바랍니다. 항은이 망극하옵니다. 사랑합니다!

부디 건강 하십시오

할아버지

생신 축하 드립니다!

I was waiting for so long, miracle to come.
Everyone told me to be strong.

사랑하는 할머니께

할머니 안녕하세요! 저는 창민입니데이, 할머니 빨리 낫게 되면 좋겠고 빨리 탁구도 치고 싶고, 안고 싶고, 발 주물러 주시면 좋겠어요.

할머니 생신 축하드리고 또 생신 축하드려요~. 앞으로 더 밝게 인사하고 싶어요

사랑해요.

최창민 올림

To: 할머니께

할머니께서는 요즘 변화를 겪으시고 계신가요? 저는 요즘 많은 변화가 저를 찾아오고 있어요. 새 학기가 되었는데 아직 학교를 가지 않는 것이 신기하긴 하지만 수학 과외도 끊고 영어학원도 레벨업을 하게 되어서 1년 반 이상 함께 했던 친구들과 헤어지게 되었어요. 수학 과외는 제가 잘 맞지 않고 다른 방식으로 해 보고 싶었구요.

제 이야기가 좀 길었네요.

할머니께서는 요즘 무엇을 하고 계시나요? 제 생각 할머니께서 무척 심심하실 것 같아요. 칠순 잔치 대신해서 가시기로 한 스페인 여행이 급작스럽게 코로나 때문에 취소되면서 많이 서운하셨을 것 같아요. 저도 집, 농구장, 학원 정도밖에는 최근에 가 본 곳이 없어서 무척 학교가 가고 싶어졌어요.

이러한 이유들로 할머니께 예전보다 더 특별한 생신 선물을 드려야겠

다는 생각이 들어 할머니께서 즐겨하시는 탁구 용품을 선물로 준비했어요. 이 선물이 할머니께 가기까지 조금의 사연이 있었지만 그래도 나름 열심히 준비했어요.

마지막으로 들뜨고 흥분되어야 할 새 학기, 4월이 아직도 코로나 바이러스 때문에 다소 우울하고 재미없지만, 그렇지만 결국 할머니의 70번째 생신은 어느 때보다 빛날 것이라고 생각하는 최한율이었습니다.

생신 축하드려요!

2020. 1. 31 금요일

Your smile completes my day!

할머니께.

할머니 생신 축하드려요!
지난 몇 주간 죄송하고 고마웠어요. 요즈음 왠지 모르게 괜히 짜증이 나고 화가 나네요.

자주 말하기 애매해서 편지에다 적어요. 꼭 혼자만 읽어주세요. 할아버지 편지를 읽고 말 한마디가 바늘이 되는 걸 몰랐어요. 그렇게 서운하셨을지 몰라요.

그래서 지금 얘기 드려요. 겉으로는 강한 척하면서 안으로는 자존심이 너무 세요.

그런 것들은 이해해 주세요.

편지로만 이런 내용 적으니 웃기네요. 앞으로는 사소한 일에는 감정을 컨트롤 해 가면서 할려구요.

다른 제 친구들의 할머니 할아버지는 돌아가신 분들이 많아요.

그런데 70세까지 건강하게 사셔서서 고마워요. 전 지금까지 정말로 소중한 사람을 잃어 본 적이 없어요.

앞으로도 그런 일이 생기지 않게 불로장생하세요. 할머니를 진심으로 사랑해요!

2020. 4. 5 일요일
할머니를 사랑하는 해민 올림

To. 할머니께.

안녕하세요! 해민(楷珉)입돠!

2021년도 생신 정말 축하드리고요! 이번 생일엔 다치셔서 힘드시겠지만 힘내서 기쁜 생일맞이합시다!!

뭔가 불길하네요.... 할머니, 할아버지도 다치고 큰엄마도 다치고 아빠도 차를 박고 참 일이 많았네요. (저도 다쳤지만요)후....

이런 걸 헤쳐 나가면서 성장하는 거겠죠? 제물을 바쳤다 생각해요.

학교생활을 (궁금하실까 봐) 얘기해 드리면 일단 아직까지는 매우 쉬워요. 친구 사이도 좋아요. 반에선 왠지 모르게 튀고 있고요. 그리고 중2가 되니 한문을 배워요! 아직까진 기초적인 한자뿐이라 매우 매우 쉽답니다. 아직은 木, 本, 水 등등 비슷한 한자를 배워요!

할머니!♡ 다시 한번 생신 축하드려요!

앞으로도 영원히 불로불사(不老不死)인 할머니로 영원히 남아주세요!

* 일륜명월(一輪明月)* : 정확히는 모르지만 혼자 환하게 빛나는 달이라는 뜻이네요. 이달처럼 영원히 빛나세요! 사랑합니다♡

2021. 04. 02 최해민 (FRI) 올림

친할머니께

친할머니, 생신 축하드려요!

그리고 이사하신 것도 축하드려요!! 저희도 곧 이사합니다.

할머니, 할아버지께서 할아버지는 요양보호사 자격증을 땄다는 것은 대단하다고 생각해요. 또 할머니께서는 매일 매일 맛있는 음식들을 하시는 게 두 분 다 대단하다고 생각해요!

그래서 저도 나중에 크면 할머니, 할아버지처럼 대단한 사람이 되고 싶어요. 만약 제가 할아버지, 할머니였다면 이렇게 건강을 유지하지도, 음식을 매일 맛있게 만들고 자격증도 못 땄을 것 같은데,

'최대한 열심히 살아 봐야겠네요.' 또 저도 할아버지, 할머니처럼 탁구를 잘 치고 싶은데, 그래도 저 학교에서 반 중에서는 1등입니다! 저도 앞으로 실력을 키워서 같이 게임을 해 보고 싶네요. 매번 거에게 좋은데 막 씀, 좋은 것들만 주시고 해 주셔서 감사합니다! 다시 한번 친할머니 생신 축하드려요!

2023년 4월 1일 -최명헌 올림-

할아버지 안녕하세요.

할아버지 손자 명헌이에요. 먼저 생신 축하드려요.

생신이어서 편지 한 번 써보았어요.

최근에 들어서 형 뿐만아니라 해민형, 창민형 모두 시험 보느라 자주 보지 보지 못하는 것 같아서 아쉬워요. 오늘도 해민형이 독감에 걸려서 다 같이 못 보는 것이 아쉬워요. 또 제가 요즈음 카톡 사랑방도 빨리 답장을 드리지 못하는 것 같아요. 그래도 할아버지께서 보내시는 영어 문장을 영어학원에 다니다보니 다 아는 것은 아니지만 그래도 조금은 알아들을 수 있을 것 같아요. (원래 번역기를 썼다는 것은 비밀)

그리고 조금 아쉬운 부분이 제가 할아버지 한데 탁구를 배워서 탁구에 대해 더 알게 되고 늘고 있는데 학교에서 좀 할아버지 한데 배운 것도 써먹고 하고 싶은데 학교 애들이 탁구를 잘 못쳐서 기술은 좀 향상되는데 실력은 많이 늘어나지 않아요.

할아버지 집에 갔을 때에도 철없이 매번 휴대폰이나 텔레비전만 봐서 죄송합니다. 그래도 다음에는 안 보려고 최대한 노력해 보겠습니다. 또 이제부터 더 자주 뵙도록 노력하겠습니다. 마지막으로 생신을 진심으로 축하드려요.

2023년 12월 09일 막내 손자 드림

할아버지 생신 편지

[할아버지 된 해민]

　오늘은 즐거운 날이다.

　내가 태어난 날, 나의 부모님께서 나를 낳아주신 날, 그리고 지금에 이르러선 나의 아들들과 손자들을 보는 날. 내 생일이라 내가 준비할 것은 딱히 없지만서도 오늘 나를 만나러 오는 이들을 훌륭히 맞이하기 위해서 나도 준비해야 할 것이다.

　"위이이잉–"

　가볍게 청소기를 돌리며 오늘 일어날 일들을 생각해본다. 12월 9일 나의 생일. 분명 우리 집은 시끌벅적 떠들썩해지고 여러 사람으로 붐비게 되겠지. 그 중앙에는 내가 서 있을 것이고, 우리 집은 금새 사람의 흔적으로 가득 차게 될 거다. 생각만 해도 가슴이 따듯해지는 감정에 나는 흐뭇하게 웃으며 집을 청소하기를 계속했다.

　오늘 생일을 맞아 축하해 주러 오는 손자들. 각각 무척이나 개성이 있고 잘하는 것이 다른 아이들이다. 잠깐 이야기 해볼까.

최한율.

　나의 첫 번째 손자다. 최근 고등학교 2학년이 되어서 공부하느라 바빠진 것 같다. 그래서 공부 때문에 우리 집에 잘 놀러 오지도 못하는 것이 안타깝다. 공부를 하면 할수록 힘들어지겠지만 그 또한 즐거움이 아닐 수 없기 때문에 즐겁게 공부하며 놀 때는 또 놀고 하는 학창생활을 즐겨

나갔으면 하는 바람이다. 한율 손자 화이팅!

최해민.

작은 아들의 장남으로 나의 두 번째 손자다. 중학교에서 고등학교로 넘어가는 과정이 쉽지 않다는 것을 알기에 그도 응원하고 있다. 최근 소설을 쓰고 있는 것 같은데 우리 가정에서 작가가 나올 거라 생각하지 못했던 나는 손자의 이러한 변화에 신선함을 느꼈다. 옛날부터 글재주가 좋았던 것은 알고 있었으나 이렇게 실행하는 것은 또 다른 문제이다. 그래서 난 내 손자가 자랑스럽다. 작가님 화이팅!

최창민.

최근 즐겁게 중학교 생활을 만끽하고 있는 손자다. 농구도 하고 친구들과 즐겁게 이야기하기도 하며 재밌는 학창시절을 보내고 있는 창민이가 행복해 보여서 기분이 좋다. 그리고 중학교 2학년 때는 상당히 중요한 시기이니 놀 땐 놀더라도 자신이 해야 할 일은 착실히 해 나가는 모습이 자랑스럽다. 앞으로도 미소 잃지 않고 행복한 삶을 살거라. 창민아!

최명헌

초등학교에서 중학교로 갓 넘어간 아이다. 머리를 옆으로 넘겨 이마를 시원하게 드러내고 다니는 남자답게 생긴 자알~생긴 손자다. 어릴 때나 지금이나 창민이와 서로 사이가 좋아보여서 다행이라고 생각한다. 하는 행동이나 좋아하는 것이나 창민이와 비슷하여 우리 집에서 놀러왔을 때도 창민이와 잘 놀아서 기뻤다. 명헌아, 아직 놀아도 된다. 파이팅!

※ 이 편지글은 영원히 사랑할 둘째 아들 첫 손자 고교 2 학년이 된 해

민이가 2023년 12월 9일 할아버지 생신 날 A형 독감에 걸려서 오지 못하고 메시지로 단편 소설 형식으로 보내온 행복 편지글임.

짧은 소설과 작가의 말을 옮겨 놓음.

각각의 개성 넘치는 손자들과 함께 있으면 언제라도 즐겁다. 이렇게 착하고 멋잇는 손자들이 내게 와 줬으니 어찌 이 또한 축복이 아니리오 덕분에 매일매일 즐겁게 살고 있단다. 손자들아,

"띵동~!"

아이쿠, 벌써 시간이 이렇게 되었나, 손자들이 집에 모두 모인 모양이다. 내가 나가서 반겨주지 않으면 안 되겠지. 그렇게 생각한 나는 저벅저벅 걸어 현관문 쪽으로 걸어갔다. 그리고 나는 볼 수 있었다.

"생신 축하합니다."

환하게 웃으며 나의 탄신일을 축하해주는 자랑스런 손자들이 그곳에 있었다 각자 다양한 모습으로 웃는 모습이 아름답다고 생각했다. 고맙다!

"허허, 고오~맙다."

나도 그들처럼 환하게 웃으며 그들을 맞아들였다. 문득 그런 생각이 들었다. 이런 생활이 언쩨까지고 영원히 이어지면 좋겠다고 영원히 손자들과 즐겁게 살아가고 싶다고,

"아이고, 축하드립니다"

"그래서 오늘 저녁은 뭔가요?"

"배고프다~!"

모든 새싹이지나쳐간 현관에는 달콤하고 싱그러운 냄새만이 남아있을 뿐이었다.

〈작가의 말〉소개

 '할아버지 생신 축하드립니다.'이야, 이번에는 할아버지 생신 기념으로 짧게 소설을 하나 써봤습니다. 실제로는 현관에서부터 달려들지도 않고 한율 형은 시험 때문에 못 온다고 하니까요. 하지만 이 소설은 마냥 픽션은 아니라는 것-제가 할아버지 시점으로 할아버지의 마음을 짐작해서 제멋을 살렸지만 그 안에 담긴 마음이 진짜라는 것은 아니까요. 그렇죠? 더군다나 각 손자들의 특징 같은 것도 할아버지가 느낄 것 같은 부분으로 써봤는데 괜찮았나요? 저 이외의 이 소설을 같이 쓴 사람이 있는 것은 아닌지라 잘 모르겠지만 다들 할아버지를 진정으로 깊게 생각하고 있을 거라 생각해요. 저도 마찬가지고요.

 의지의 사나이 할아버지 정말 할아버지 과거사를 들을수록 대단하다 생각하고 또 저도 그렇게 되고 싶다는 마음이 들어요. 다른 모두도 그렇게 생각할 거예요. 아마 그렇지 않은 사람은 없을거라 생각하네요.

 아무튼 할아버지, 생신 정말 축하드립니다. 앞으로도 만수무강 하시고 또 새로 오게 될 한 해를 즐겁게 보내주세요. 이건 저의 바람이기도 하니까요. 1년 365일 21,900시간, 1,314,000초를 즐겁게 보내주시고 고작 지구 한 번의 공전주기일 뿐이지만 매년 오는 다음해를 행복하게 보내셨으면 해요. 꼭입니다.

 PS. 만약 이 글을 보고 할머니께서 서운해 하신다면 걱정하지 말아주세요. 그 당시에는 제가 소설 쓸 생각도 못하고 있었던 때라 다음해에는 꼭 써 드릴 테니까요. 필력이 구려서 필요 없으시다면 말고용!

[해민 손자의 세심한 배려와 겸손함에 감사], 2023. 12. 09〈금〉

老부부의 기도

　고통당할 때 도리어 믿음이 성숙하는 사람이 되게 하소서. 걱정을 쌓아놓지 않게 하시고 우리의 삶은 고난의 연속이오니 힘든 일에 부딪힐 때마다 사랑을 깨닫게 하소서.

　찢어진 상처마다 피고름이 흘러내려도 그 아픔의 원망과 비난을 하지 않게 하소서.

　어떤 순간에도 잘 견디고 이겨 낼 수 있는 믿음을 갖게 해 주시길 원합니다.

　헛된 욕망과 욕심에 빠져서 쓸데없는 것들에 집착하지 않게 하소서.

　고통당할 때 도리어 믿음이 성숙하는 내가 되게 하시고 계기가 되게 강하고 담대함을 주소서.

　불안한 마음으로부터 벗어나게 하소서.

　불만이 가득한 마음으로부터 벗어나게 하소서.

　아무런 가치 없는 일로 걱정을 쌓아놓지 않게 하소서.

　걱정을 구실삼아 믿음에서 멀어지지 않게 하소서.

　있지도 않은 일로 근심을 쌓아놓지 않게 하소서.

　내 마음의 걱정이 파고들어와 스스로를 괴롭히지 않게 하소서.

　어려울 때일수록 자신에게만 빠져 있지 말게 하시고,

　주변을 돌아보며 바라보게 하소서

　일부러 근심 걱정을 만드는 삶이 되지 않게 하소서.

　기쁨을 만들어 가며 살게 하소서.

많은 허물과 잘못된 과오를 뉘우치게 하시고, 서로 사랑하며 용서하며 위로하며 걱정하며 살아가는 앞으로의 삶이 되게 하소서. 이 모든 말씀을 우리 예수그리스도의 이름을 받들어 감사하며 기도합니다.

2013년 8월 24일 (토)
지애자 · 최석희 권사 기도

감사 · 기도

맺음말

문맹인이었던 어머니를 꿈에라도 한 번 보고픈데 그리워한다.

"석희야, 너는 여기서 뿌리내리지 말고 멀리 떠나라."라고 하신

이 말씀이 처음엔 무슨 말씀인지 몰랐지만, 지금도 살아서 생생하게 뇌리를 때리고 있다. 비록 배운 바는 없지만, 자식 하나의 앞날을 생각하는 깊은 마음은 있었던 것 같다. 다소곳한 모습에 속마음을 쉬이 내놓지 않은 성격, 고집스럽게 본인의 생각을 앞으로 밀어내지도 당기지도 않은 중간자였다고 회고한다.

그러한 연유로 현재 내가 여기에 있지 않았나 싶고 점점 확신이 든다. 손자 4명을 둔 지금,

이를 닮은 나는 무엇을 자식들에게 평생 잊지 못할 말을 남겼는지 생각해도 떠오르지 않는다. 어머니처럼 깊은 미래를 생각하게 하는 말은 하지 못했으나 아마도 아버지의 뒷모습을 보여 주기만 한 것 같은데 현재 의미 있게 아들 가족들이 잘 살아가고 있는 것을 보고 있다.

그로 말미암아 눈에 넣어도 아프지 않은 손자 넷을 끝까지 마음을 다해 늘 새롭게 남을 수 있는 편지글로 의미 있는 할아버지로 있게 하고 싶었던 것이다. 처음엔 사랑에서, 다음엔 건강과 행복을, 그리고 교육적 삶의 일환으로 올바른 인성을 중요하게 생각하여 또 미래와 세계로 나아가는 방향 설정 등 생활의 묘약을 담으려고 해 보았다.

그 기간은 초등학교 6년 동안만 편지를 보내기로 결정하였는데 마지막 쓴 편지글은 손자들이 중학교를 입학하고 나서 그해 3월의 편지가 끝나는 날이었다. 세상 아버지들이 같은 생각을 했을 것이고 나보다 더 나은 삶의 기회를 제공해 주었을 것이라 보고 편지로서 이 녀석들의 마음

과 정신을 올곧게 품도록 한 것이 큰 바람이었다.

그 결과는 성장해서 봐야 알 것 같으나 현재 중 고등학생이 된 시점에서 보면 정서적으로 많이 달라진 모습들을 평소에 보게 되었고, 만날 때 포용할 줄 아는 모습도 나로서는 무척 반갑고 사랑스러운 일이 아닐 수 없다.

지금은 보통 사람으로 자라나서 자기를 사랑할 줄 알고 행복할 줄 아는 한 사람으로 성숙되어 가기를 소원한다. 그리고 자기 뜻이 있는 길에 그 길을 찾아가는 힘이 있기를 간절히 바라고 산다.

'녀석들이 어떻게 자라날까?'궁금한 점은 분명 있다. 지금도,

또 한편으론 '믿을 수 있어' 하는 신념도 있다. 이렇게 생각하면 손자들에게 많은 것을 바라고 있는 할아버지로 보일지 모르지만 사실 바라는 것은 아무도 없다. 꼭 하나 있다면 '늘 건강해다오' 이것 하나뿐이다.

'아이들은 부모의 뒷모습을 보고 배우며 자란다.' 회고하면 어머니처럼 깊은 뜻이 담긴 말이 평생 동안 마음과 정신에 스며들도록 하지는 못하였으나 분명 무언가 남기고 싶은 심정을 뿌리칠 수 없었다.

사랑은 시간과 공간을 초월하는 힘이 있다. 삶에서 배운 교훈들이 이 한 권의 책으로 모든 걸 담을 수 없었으나 사랑의 진정한 의미가 새겨지도록 애썼으니 할아버지의 따뜻한 마음을 이해하리라 믿는다.

앞으로도 손자들의 큰 무엇에 목적을 두고 인도하는 것 보다는 소소한 일상의 참과 거짓을 구별할 수 있는 끈끈하고 은근한 연결 고리를 오래오래 갖고자 둘째아들 첫 손자가 함께 살다가 이사를 간 후 만들어 운영하는 카카오톡 '사랑방'을 통해 질문을 던지고 받아 칭찬하고 주제를

주고 생각하도록 하면서 인연의 고리를 이어 갈 생각이다.

사랑방에는 할아버지, 할머니, 손자 네 명만이 들어올 수 있는 방으로 오프라인 매체가 아닌 온라인 매체에 의존하여 매달 썼던 편지지로 대신 활용하고 있어 녀석들의 새 소식을 들어 행복한 나날들이 되고 있다.

이 긴 기간 동안 사랑이 삶에 얼마나 중요한 역할을 하는지 깨닫는 기회가 되었기를 빌고 녀석들에게 진정 감사하여 자신들의 끝없는 삶에 희망의 빛이 비춰 주기를 기원한다.

"내 모든 것을 다 아낌없이 주고 싶어......."

"사랑한다."